U0070208

福氣臨門

5

風文創 422

翦曉 著

目錄

第一百二十四章

葛石娃留在鋪子裡，當天，張義和阿安便把自己的被褥抱到隔壁，連同那三個小夥計和葛石娃的，也都安排妥當。

看兒子離得這麼近，葛玉娥心情極好，也不再黏著葛石娃，反倒在九月後面跟進跟出。

九月頓時不習慣起來，她發現葛玉娥看她的眼神有些發直，不由想起之前葛玉娥那一句「經典」的話——「她的命是我的。」

不會是真想跟她索命吧？九月平白無故一個冷顫，不行，這樣下去葛玉娥非得又犯病不可，得找些事讓她做。

當即，九月讓人去布莊買了許多紅碎布和布頭。

「玉姨，妳會裁縫嗎？我最近需要很多小袋子，幫我做一些好嗎？」

「會。」葛玉娥眼中流露一絲歡喜，點點頭。

「那好，這些就交給妳了。」九月把東西給她，又給了一個樣品。

葛玉娥歡天喜地的端著布袋坐在房門口做事情去了，她現在就住在舒莫房間隔壁。

九月見狀，心裡還是忍不住嘆口氣，顯然葛玉娥的舉止和正常人還是有點差距的，只能慢慢來了。

安頓好葛玉娥母子，九月繼續忙碌，她先找了魯繼源，訂了一批小盒子，用來裝福袋用，既然想要別人口袋裡的銀子，總得花些本錢把福袋包裝精美些，佛要金裝，人要衣裝，商品自然也看包裝。

齊孟冬的動作也迅速，第二天就派了人過來交接鋪子、打掃、布置、採購。其他幾間也都漸漸有了鋪子的模樣。

十幾間鋪子除了齊孟冬那間，另外還租出七間，餘下的，都是楊進寶和吳財生招了人手開辦的，而且沒有一間鋪子的買賣是重複的。

張義和阿安也被安排出去，一人管一家鋪子。

很快地，萬事俱備，只等著明日初一開門大吉了。

做好最後一遍檢查的楊進寶和吳財生到了祈福香燭鋪的院子裡，九月把這幾天晚上做出來的福袋裝盒交到他們手裡。她試了無數次，用香浸泡過的袋子，香味有些太濃，有心人一聞就知道，不大妥當，所以她試了許多次，便把調和好的香粉混入朱砂中，再畫成符，果然好了許多。

全部畫好後，又分類進行熏香，於是連那符紙也有了淡淡的香味。

除此，九月還運用了遊春教她的小把戲，在符紙上動了手腳，若是有人拆開袋子取出裡面的符紙，符紙一見光，上面的符紋就會消失，相信如此也能有些震懾的效果吧？

「四姊夫，這幾個用的是安神香、這幾個是驅蟲香；還有幾個是專門為婦人準備的；而有孕求安胎的是這兩種；若是求子的，是這兩個。」九月手指劃過最後兩個時，表情有些不自在。「上面都有記號，姊夫可得看好，莫發錯了。」

楊進寶和吳財生聽得很認真，把九月說的記號一一記下。

「記得告訴他們，切莫打開袋子取出符紙，打開便會失效。」九月眨眨眼叮囑道。

「為何？」楊進寶好奇地問。

「防盜版呀。」九月咧咧嘴，防盜版是其一，增加神秘感是其二，她就不信沒有人不會對這符紙好奇，想研究看看的。

楊進寶和吳財生相視而笑，無奈地搖搖頭，帶著東西離去。

五月初一卯時未到，天尚未亮，九月便聽到樓下開始熱鬧，她隨即便起身，洗漱收拾妥當，到了鋪子裡，張信等人已經收拾好了。

每間鋪子前都掛著紅燈籠——自然來自棺材鋪旁邊的燈籠鋪，那鋪子的掌櫃年近七十，紮了一輩子燈籠，子輩卻沒有能傳他手藝的人，孫輩也是勉強，不過如今他的曾長孫，十二歲就頗有天分，於是他就動了心思，開起鋪子，一來傳手藝，二來是想給他的曾長孫鋪路。

巷子裡長長兩排紅燈籠，紅紅的薄紙上都寫著「祈福巷」三字，此時全部點起，倒頗有幾分氣勢。

「早。」九月一回眸，就看到齊孟冬一身白衫從對面出來，便打了個招呼。

「妳這麼早起來做什麼？」齊孟冬緩踱了出來，笑著問道。「又不用像我需要坐堂，完全可以日上三竿再起來嘛。」

「醒了就起來了。」九月淡淡一笑，打量齊孟冬一番，打趣道：「你這副打扮，是想用美男計招攬客人嗎？」

「開門頭一天，總想博個好彩頭嘛。」齊孟冬也沒在意她的取笑，反而順著話調侃起九月來。「如何？能招攬九月姑娘來捧場不？」

「成啊，互捧。」九月挑眉回道。

「那算了，妳來我這一家，我還得逛遍那麼多家，不划算。」齊孟冬轉頭看了看巷子，搖搖頭。

「知道就好。」九月輕笑，看了看他身後的鋪子。「就你一個坐堂嗎？那初五怎麼辦？」

「自然不會就我一個的，我每月只坐三天。」齊孟冬搖頭。「我要是天天坐在這兒，遊少丟下的那堆事妳來管？」

「你不怕我辦砸的話，可以試試。」九月眨眨眼，她知道，齊孟冬不是那種不負責任的人，不可能真的把事情扔給她去做。

「你們家不是有位大夫嗎？為何還要專門請我去大祈村呢？」齊孟冬嘿嘿一笑，轉移話題。

「人家是太醫，我哪請得動。」九月想起文太醫，也有些無奈。

「妳要是想，還不是一句話的事。」齊孟冬是知道郭老底細的，他聽到九月說起太醫，以為九月已經知道郭老的身分。

「你太高看我了。」九月撇撇嘴，搖搖頭。「就是不知道我這點薄面能否請得動齊大夫呢？」

「九月姑娘開口，小的焉能不從？」齊孟冬抱拳，算是給了明確的回答。

兩人笑談一番，便看到葛根旺一家已經到了一旁開始擺攤，九月朝齊孟冬揮揮手，跑過去幫忙。

楊進寶沒有把祈夢的鋪子租給別人，而是由他們統一經營，如今賣的是文房四寶。

不過，葛根旺為了不妨礙做生意，一家人出攤便走了後門。

九月幫他們支好攤子，才回鋪子吃早點，待她再出來時，只見鋪子裡站滿了人，買香的、買燭的，還有站在後面觀望的，不由嚇了一跳，今兒又不是香燭鋪開業，哪來這麼多人呢？

張信看到她出來，忙上前說道：「東家，他們有不少都是衝著福袋來的。」

「一會兒楊掌櫃和二掌櫃來了會安排福袋的。」九月點頭，讓張信去後面把幾個夥計也喊來幫忙，免得出現順手牽羊的事。

「祈姑娘。」九月一出來，就有人注意到了，只不過看她在和張信說話，才沒有過來打擾，等到她出了櫃檯，馬上有人圍了過來。「聽說今兒會發福袋，不知怎麼發呢？」

「不好意思，這件事我已經交代給楊掌櫃和二掌櫃，一會兒他們會來向諸位解釋的。」九月含笑說道。「還請諸位見諒，我得去其他鋪子看看了。」

眾人一聽，忙紛紛讓道。

九月走出香燭鋪，她看到齊孟冬的藥鋪還算清靜，便打算過去坐坐，剛剛走了兩步，巷口來了幾個人，攔住去路。

「祈姑娘。」九月還沒決定要不要退讓，那兩個中年男子便走過來，其中一個瘦些的朝她笑著點點頭。

「兩位是？」九月福了福身，疑惑地打量兩人。

「前日便聽聞祈福巷即將開業，沒想到竟在這兒遇到祈姑娘，難道這『祈福』二字，出自姑娘？」瘦男子身穿錦衣，氣度雍容，看著九月的目光裡隱隱透著興趣，同時也隱藏著某種精明。

「不過是巧合而已。」九月與他們不熟，又不知道他們的身分，便不想多說什麼。

「遊少的鋪子，用的卻是姑娘的名字，不知姑娘與遊少有何淵源？」另一個略高胖的男子搖著扇子，笑咪咪地插嘴。

九月心裡一凜，他們怎麼知道這兒是遊春的鋪子？

「這位老爺說的遊少可是遊春公子？」九月微微一笑，客氣問道。

「沒錯，正是遊春遊公子。」胖男子點點頭，那模樣倒像極了愛笑的彌勒佛。

「小女子倒是與遊公子有過幾面之緣。」九月笑道。

「那還是因齊公子才結了這段緣，兩位想來也知道這巷子之前的凶巷之名吧？偏小女子命硬，鎮得住這凶巷，無奈家境貧寒，撐著一間鋪子已是勉強，想撐起一條巷子卻是極其困難，便是因齊公子之故，遊公子對這巷子起了興趣，才有了今天的合作。掛『祈福』之名，不過是因為小女子的命格罷了，說來慚愧得很，小女子沒有出什麼力，卻平白揚了名。」

這番話倒也合情合理。

「原來如此。」兩位男子點點頭，看樣子倒是信了。

「林老爺、郝老爺。」齊孟冬在鋪子裡瞥見九月對上了這兩人，匆匆迎了出來，笑著給兩人行禮。「兩位大駕光臨，祈福巷蓬蓽生輝，孟冬有失遠迎，恕罪、恕罪。」

「齊老弟客氣了。」林老爺便是那瘦些的男子，看到齊孟冬，笑得很開心，親暱地伸手搭上齊孟冬的肩，目光曖昧地看向九月。「齊老弟有心了，我還納悶你為何把藥鋪開在如此偏僻的小巷呢，原來……哈哈，高！」

「林老爺見笑了。」齊孟冬嘿嘿一笑，看了九月一眼，退後一步請兩人入內。「兩位老爺，裡面請。」

「好。」林老爺點點頭，朝後面的下人揮手。「來人，給祈姑娘備禮，恭賀開門大吉。」

「多謝。」九月有些猶豫，看到齊孟冬朝她點頭，便順勢福身道謝，招手讓鋪子裡的夥計接下禮物。

兩人把齊孟冬和九月的小動作看在眼裡，不由哈哈大笑，和齊孟冬勾肩搭背地進了藥鋪。

「沒想到林老爺和郝老爺也來了，那藥鋪的東家不簡單吶。」有些眼力的圍觀者驚呼道。

「林老爺是鎮上首富，那郝老爺是誰？」不明就裡的觀眾納悶地問。

「鎮上最大的糧商就是郝家，你連這也不知道嗎？」立即有人解釋。

康鎮首富？最大的糧商？九月看著藥鋪，目光閃了閃，心裡暗暗警惕，讓夥計收好禮物，便往巷子裡走去，她得去找楊進寶和吳財生，讓他們留意一下這兩人。

楊進寶和吳財生沒在一處，九月先尋到楊進寶，他正在文房四寶的鋪子裡，一條街經營不同店鋪，總有受歡迎和不受歡迎的，像這文房四寶，便只有幾個顧客，還是給家裡孩子啟蒙買筆墨來的，進項並不多，而這鋪子對面是麵館，生意便好很多，可以說是門庭若市。

九月向楊進寶提了林家、郝家的事，叮囑楊進寶留心，便繼續往巷尾走，越到後面越是冷清。

阿仁、阿貴今兒也打扮得極整齊，守在棺材鋪裡；張義管著壽衣鋪子、花圈鋪子；阿安管的自然是別的。

看到九月，阿仁、阿貴出來打了個招呼。

九月含笑聊了幾句，就進了壽衣鋪，這鋪子裡賣的自然不會只有壽衣，而是涵蓋所有葬禮要用的。

張義被派到這兒倒也安然，並沒有任何不滿，看到九月，還高興地上前招呼。「東家。」

「張義，你知道林家和郝家嗎？」九月點頭問道。

「知道，林家是鎮上最有錢的大戶，聽說還有位在京都為官的親戚。郝家與林家是兒女親家，平日親近得很，許多郝家的生意還有林家支持呢。」張義好歹也是在康鎮長大，如今手裡又掌管著一條情報網，對這點事還是清楚的。

「嗯，你尋兩個機靈的人，留意一下他們，千萬當心。」九月對林家、郝家的關係不感興趣，只是她在面對兩人時感覺不舒服，心裡有些戒備。

「是。」張義沒有任何異議地點頭。

九月如今也極看重張義的能力，見他應下後，心裡才一鬆，轉身出去，緩步回到香燭鋪。

此時，辰時將近，楊進寶和吳財生都已經到齊，準備開業儀式。

九月不願意出面，對外便由他們兩個處理，不過今兒祭土地公的頭炷香，卻還是得她來領。

巷口已經由夥計擺上香案，張信親自取了三枝最大的香點燃遞到九月手裡。

九月居中而站，楊進寶和吳財生等在一邊。

九月沒有主持過這樣的祭禮，不過吉祥話她還是會說的，無非就是祈求土地公保佑家宅平安，財神爺賜福賜財罷了。

九月像模像樣地說罷，三拜之後，鄭重地上香，退下後又是三拜，那震天的炮竹聲便在巷頭巷尾齊齊響起。

巷口巷尾聳立的「祈福巷」匾額也隨著紅布的扯落，亮於人前。

香案撤去，香燭鋪裡等候的人頓時顯得急切起來。

接下來該發福袋了吧？

「諸位，今兒祈福巷初開業，也是第一次發福袋，我們東家感激諸位捧場，今兒這福袋將免費贈與諸位。」楊進寶笑容滿面地朝眾人抱拳。

「太好了！」

眾人頓時譁然，今天免費呢。

「不過，」楊進寶話鋒一轉。「之前貼出的告示說，每月初一、十五本鋪都會發送福袋十枚，今兒自然也不例外。這十枚福袋，如何贈送自然也是個大問題。」

明擺著就是僧多粥少嘛。

「才十枚，這不得搶啊？」眾人有些躍躍欲試。

楊進寶等他們安靜下來後，繼續含笑說道：「今天這十枚福袋裡，有四枚安神符、四枚平安符、兩枚安胎符、兩枚求子符，哪位若是有意，那麼在本巷花銀子的時候，記得在鋪子裡留下姓名，只要正午時加起來的花費排名前十，這十枚福袋就是這十位貴客的。」

誰花錢最多就給誰？九月不由莞爾，她還在發愁怎麼分發這些福袋呢，他們就想出這樣的高招，廣告、效益都有了，只是這福袋真的能讓人搶著花錢嗎？

九月有些不確定了。

楊進寶給九月的驚喜遠遠不只是這樣。

「除了這十枚福袋之外，我們東家還說了，排名前百名的，我們都將贈送一張名帖，以後持名帖者在本巷購買東西可享優惠。」

「前三十名，可享一成半的優惠。也就是說，你在本巷任何一間鋪子買下單件價值一百兩的東西，只需付八十五兩便可。三十名後到前五十名，可享一成優惠，其餘的則享半成優惠。此名帖僅限今日發放，正午時為限，還請諸位多多捧場。」

折扣價啊……九月笑得兩眼彎彎，她這姊夫不簡單呢，要不是知道他是如假包換的古代人，她都要懷疑他是穿越來的了。

第一百二十五章

楊進寶的促銷手段果然有效，等他宣布完之後，香燭鋪裡頓時人數大減，有人自知得不到福袋的，想著有那名帖也好，拿到了，以後來買東西還能省不少錢，反正祈福巷賣的東西也齊全，省錢又省事的好處，誰不想得？

試想，誰家沒老人？老人過世以後，誰不需要一副棺材呢？最薄的薄棺也是一筆不小花費，就算只有半成優惠，那也能省不少呢。

於是，各處鋪子都熱鬧起來。

九月高興地走向楊進寶和吳財生。「四姊夫、吳伯，辛苦了。」

「看到這麼熱鬧，辛苦也值了。」吳財生比她還高興，雙目炯炯有神。

「希望天天如此，就更好了。」楊進寶今兒穿得也精神，一襲寶藍色錦衫，外面還罩著一件淺色袍子，高高瘦瘦的身形此時挺得直直的，平添了幾分氣度。

反倒是九月，一身布衣，兩人一比，楊進寶比她更像個東家。

「九月。」祈巧帶著張嫂和楊妮兒來了有一會兒了，見顧客多就在祈夢的攤子處站了片刻，直到此時才過來，張嫂的手裡還有兩疋錦緞。「今兒這麼大日子，妳怎麼還是穿這一身呢？」

「這一身不是挺好的嘛。」九月低頭看看衣服，不以為然地笑了笑。

「妳呀，大姑娘了，也不注意一下打扮。」祈巧無奈地點了點九月的額頭，示意張嫂把錦緞送到後院。

張嫂一手抱著錦緞，一手牽著楊妮兒去了後院，楊妮兒邊走邊喊道：「落兒姊姊，我來了。」

楊進寶和吳財生也閒不住，相攜去巡視各鋪子去了，九月和祈巧站在一邊說話，看著巷子裡的熱鬧。

祈巧感慨萬分。「當初租下這鋪子，不過圖個便宜，沒想到短短幾個月，妳竟把凶巷改成了祈福巷。」

「那是姊夫和吳伯的功勞，我可什麼也沒做呢。」九月可不敢居功。

「要不是妳，他們也不會想到凶巷做事呀。」祈巧輕笑。

九月只是笑，誰對她好，她不會忘記，卻也沒必要掛在嘴上。

「進院子坐吧。」九月拉著祈巧往後院走，不過她沒想把祈豐年赴京的事告訴祈巧，如今他的行蹤還是保密些好，免得橫生枝節。

就在這時，林老爺和郝老爺正從齊孟冬的鋪子出來，齊孟冬送他們到門口，便被上門的客人堵了回去，他向兩人致了歉，回去坐堂了。

「來人。」林老爺看著祈福香燭鋪的匾額，目光微閃。

「老爺。」身後一個僕從應聲上前，低頭候命。

「去，查查這個祈福是什麼來歷。」林老爺吩咐。

僕從領命而去，兩人順著巷子逛了起來，從巷口到巷尾，一個鋪子一個鋪子的看，連那棺材鋪也沒有放過，再回到香燭鋪時，兩人彼此交換了一個目光，走了進來。

片刻後，兩人均訂下一大批香熏燭，留下兩張百兩銀票，讓張信得了空把貨送去，才相攜離開。

出了巷口，那名領命而去的僕從竟又匆匆回來，在林老爺耳邊低低地說了一會兒。

林老爺的雙眸頓時亮了。

郝老爺一向唯他是從，這會兒也看著林老爺好奇地問道：「如何？」

「我就知道此女與遊春交情不一般，他們居然還想矇騙我們。」林老爺回頭看了看「祈福巷」三字，嘴邊流露一抹意味深長的笑。「祈福巷、福女……有意思。」

「齊孟冬只是個幌子？」郝老爺則看著那藥鋪。

林老爺點頭，冷冷一笑。「如今看來，他們這麼做都是在保護此女，遊春豈是能與人輕易合作的人？連地契房契都寫上兩人的名字，你說，他們又是什麼關係？」

「定不一般。」郝老爺贊同地點點頭。

「你覺得，皇上……會不會對福女有興趣？」林老爺捋了捋短短的鬍子。

「福女，配上祥瑞，是人都會有興趣的。」郝老爺的彌勒佛之笑再次展現。

兩人相視而笑，拱拱手，就在街頭分道揚鑣。

他們不知道的是，他們的談話已落在一旁的祈夢耳中。

等到他們離開，祈夢才抬起擔憂的目光看了看他們離去的方向。

她怎麼覺得剛剛那兩人想對九月不利呢？

只是這會兒攤子前客人正多，她根本抽不出手，只好忍著。

好不容易挨到人少了些，她湊到葛根旺身邊，低低地說道：「相公，剛剛那兩人說的話，你聽到沒？」

「什麼話？」葛根旺倒是沒注意，他的注意力一直在爆米花上。

「他們好像在說九月。」祈夢皺著眉，擔心地說道：「我聽不真切，就聽他們說九月和遊公子關係不一般，最後還說什麼福女配上祥瑞，是人都會有興趣，你說，他們是不是想對九月做什麼？」

「有這樣的事？」葛根旺驚訝地停下動作，側頭看著祈夢。「妳一會兒把這事告訴九月，她興許會知道原因。」

「嗯，那我一會兒就去。」祈夢點頭，回到攤子前。

這會兒，九月正被祈巧拉到樓上房間。

「九月，他們怎麼在這兒？」祈巧說的是葛玉娥母子。

「齊公子送他們來的。」九月輕笑。「四姊，妳幹麼一副如臨大敵的樣子？玉姨好歹也救了我兩次，我收留他們也是人之常情嘛。」

「我哪有，只是問問。」祈巧也覺得自己的反應有些過了，不自在地鬆了手，走到桌邊倒了一杯茶，端著抿了一口。

「四姊，興許不久的將來，妳會在家裡看到他們的。」九月看著祈巧的反應。

祈巧一愣，隨即無奈地扯扯嘴角。「他說的？」

「沒說，我感覺的。」九月知道祈巧口中的「他」是祈豐年。「如果傳言是真的，一直這樣不聞不問也不妥。」

「知道了。」祈巧點點頭，眼中流露一絲傷感。

葛石娃今年二十歲，當年娘正生下六妹……那時她已懂事了，那段日子娘的沈默、傷心，她都看在眼裡，至今她還記得娘親整個月子裡沒有乾過的枕巾，如今聽到九月說這個，她心裡還是排斥得很。

「四姊，爹也不容易。」九月坐在祈巧對面，沒有多說什麼。

「我知道……都不容易。」祈巧一聲長嘆。「順其自然吧，他要真想把他們接進門……我也沒資格說什麼。」

九月點頭。

拋開這段糾結不清的事，姊妹倆的話題也漸漸輕鬆起來，直到祈夢匆匆尋來。

祈夢把她聽到的細細告訴九月後，擔憂地問道：「九月，妳是不是得罪了什麼人？」

「沒有，林老爺、郝老爺今兒特地來給齊公子道賀的，順便給我送了禮，他們興許只是隨口說說的。」九月心裡警惕，面上卻不想讓姊姊們擔心。

「依我看，又是遊公子的事。」祈巧卻不高興地說道，她本來就對遊春不滿了，現在又罪加一條。

九月摸摸鼻子，笑道：「四姊，好好的扯他幹麼？他們又不知道這兒遊公子也有份。」

「九月，他們知道了。」祈夢立即說道。「他們的人回來對林老爺說了幾句話，一定是查過妳了。」

「管他們查不查，我們規規矩矩地做生意，也不招惹他們，不用怕的。」九月笑著安撫，轉移話題。「三姊，妳今兒生意怎麼樣？」

「一直忙到現在呢，我都急死了，好不容易等閒了才過來。九月，妳到底聽進去沒有？」祈夢卻不放過她，繼續問道：「那個遊公子到底是什麼來頭？」隨即又似想到什麼，睜大眼睛瞪著九月，囁嚅的問道：「九月，妳不會……吃他的虧了吧？」

「三姊，妳說什麼呢……」九月臉一紅，尷尬地避開祈夢和祈巧的目光。

祈夢的話，到底還是影響了九月。兩位姊姊下樓之後，她還在思考林老爺的用意，只是思來想去也想不明白，呆坐了一會兒便拋開這些。

正午時，楊進寶和吳財生從各個鋪子裡帶回消費記錄，當眾統計了一番，選出前十名，排在第一的赫然就是林老爺。他自己是走了，可他留了一個家僕在這兒，還指名要了一個求子符。

這讓九月有些驚訝，跟楊進寶一打聽，才知道那林老爺竟真的沒有兒子，一妻四妾所出的全是女兒，現在已經湊成了七仙女。

七仙女而已，他們家還九姊妹呢！九月撇撇嘴。

直到發完福袋、名帖，人群才漸漸散去，不過到了下午，還是有不少好奇的人陸陸續續過來探個究竟。

楊進寶和吳財生的情緒一直處於興奮中，看得出來，他們對上午的情況很滿意。

終於，一天的熱鬧過去了，所有的鋪子到酉時才打烊。

楊進寶和吳財生送來今天的消費記錄，十幾間鋪子，除了那幾間租出去的，收入可觀，連棺材鋪、壽衣鋪也有了幾筆生意，九月看得眉開眼笑起來。

「要是天天這樣就好了。」祈巧由衷替九月高興，當然了，這中間還有她家的一份呢。

九月把楊進寶帶來的銀子銀票都推回去。「四姊夫，這些你們留著周轉生意，反正我暫時也不用。」

「九月，遊公子那一千兩，妳還是要抽出來。這兒有八百兩銀票，妳先拿著，餘下的我們留下。」

楊進寶卻拿起那銀票推到九月面前，有些事還是分清些好，房子已經是遊春買的，再用他的本銀，將來九月嫁過去了，只怕也要被人詬病。

「行。」九月想了想，明白了楊進寶的意思，笑著點頭。

一干人等熱熱鬧鬧地吃了一頓有些遲的晚餐，隨後紛紛散去，各歸各家休息。

九月喊住張義和阿安，把祈夢的話簡單地說了一下。

張義和阿安互相看了一眼，臉色都有些凝重。

「我明兒就去安排。」張義立即點頭，這件事不單是要盯梢那麼簡單，還得通知遊少的人。

張義和阿安退下去後，九月才回房，把那八百兩銀票先放到暗格裡，便早早歇下。今天也算是站了一天，腰腿都有些痠軟。

祈福巷的反應似乎比預期的還要好，連續幾天人潮川流不息。

端午在即，所有人都忙著準備，加上對祈福巷的好奇探究，勢頭非常熱鬧。

九月徹底放心了，和楊進寶、吳財生談了一下午，把這邊的事交給他們。「四姊夫，要是有人需要主持葬禮，記得通知我。」

「放心吧，這事我會安排的。」楊進寶不以為意，他壓根兒就沒想到九月要自己上場，還以為她覺得這是個好點子，便加入鋪子中，所以他已經聯繫了幾個極熟悉葬禮流程的人。

九月見他答應，也就放開了這些。初五一早，她便帶上舒莫和葛玉娥包的粽子、福袋以及那些銀票，叫上齊孟冬一起雇車回到大祈村。

她將有段日子要留在大祈村，這些銀票放在祈福巷畢竟也不安全。

等他們到達祈家院子外面時，九月發現，她家的院子又擠滿了人。

「九月、齊公子，大家等你們好久了。」祈喜高興地跑到九月身邊，低聲問道：「我做了許多袋子，妳的符來得及嗎？」

「來得及，我這不是找幫手來了嘛。」九月朝祈喜擠擠眼睛，把粽子都交給她，然後招呼院子裡的人幫齊孟冬搬草藥。「各位叔伯們，齊公子今天特意來我們村裡義診呢，外面車上還帶了很多草藥，大夥兒幫個忙，一起搬進來好不好？」

「好，當然好！」眾人驚喜不已，紛紛出去幫忙，沒一會兒便把草藥全搬進來。

文太醫不在，應該又去採藥了。

「郭老。」齊孟冬指揮人把草藥擺放好，對堂屋裡的郭老恭敬行禮。

「好、好。」郭老很高興。「後輩仁義，不錯。」

「謝郭老誇讚。」齊孟冬咧咧嘴。

「家裡房子空得很，你就住下吧，空了陪我下下棋。」郭老隨即說道，終於有人能陪他下棋了。

「自當奉陪。」齊孟冬笑著應道，看了看九月那個方向，他又幫遊春說了一句好話。「春哥下棋也是不錯的，等他回來，我們都可以奉陪。」

「他的棋是不錯，就是……」郭老斂眉想了想，笑道：「殺氣太重。」

「英雄所見略同。」齊孟冬眨眨眼睛。

不過，這會兒齊孟冬也沒空陪郭老下棋，他是被九月抓來當義工的。

之前看過診的人得知齊孟冬又來了，還帶了草藥義診，更是聞風而來，把祈家院子擠得水洩不通，最後還是九月出面勸走了大多數的人。

九月招呼小虎、阿德幫忙，花了一個時辰，才把草藥分類歸整好。

齊孟冬嘴上說著無奈，做事卻也盡心，很快就在院子裡設下桌子，開始義診的頭一天。

九月反倒鬆了口氣，這樣一來，她便有空閒製符製香了，之前合的香如今所剩不多，也得多備一些。

很快，一上午便過去了，祈喜過來喊吃飯，九月才停手。

吃過飯，散去的鄉親們再度過來。

「祈家九囡，我就不看大夫了，看了也沒用。」一位老太太癟著嘴來到九月面前。「妳畫個符，我拿去化了服下就好。」

九月不認得她，卻也客氣回道：「大娘，妳哪裡不舒服？」

「我也不是哪裡痛，只是到了夜裡這膝蓋就痠得要命，就像有風灌進去，到了第二天出太陽又好了。」老太太的手也有些晃，繼續說道：「可能是我的大限不遠了，這夜裡……那東西不是怕太陽嘛。」

「大娘，妳說的這是什麼話。」九月不由無語。

「妳氣色這般好，哪裡像大限不遠的人呢？妳還是讓齊公子看看吧，定是妳年輕的時候受了寒，這才引起膝蓋痠痛，感覺入了風似的，對不對？一到陰天下雨天，妳這腿腳也不舒服吧？」

「哎呀，都說妳厲害，神了！」老太太聽罷，激動得雙手一拍。「我年輕的時候，家裡事裡裡外外都是我包辦，便是坐月子也沒能好好歇著，寒冬臘月的，泡在水裡也多著呢！祈家九囡，真的不是那東西作怪？」

「大娘，妳就聽我的吧，讓齊公子看看，妳一定能長命百歲。」九月哄老人還是有一手的，說罷，便攙著老太太走到椅子那兒坐下，等待前面三個人看完，就輪到她了。「妳先坐著，我去給妳備些藥。」

「好、好。」老太太點頭，聽話地坐在那兒，一邊和旁邊的人說起她年輕時的苦。

齊孟冬抬頭看看九月，笑了笑，沒想到她居然還有這方面的本事。

他鬆開把脈的手，笑著看向經過的九月。「妳覺得那位大娘是什麼病因？」

「應該是風濕。」九月隨口應道。「我去給她燒一桶老薑艾草湯，一會兒好泡腳。」

「準備些艾條吧。」齊孟冬點頭，把九月當藥童使喚。她既然懂一些，便比小虎和阿德好許多，能幫他省不少事。再說了，她把他抓來義診，她自己總得出點力吧？

齊孟冬說完，便繼續給病人說起症狀來，邊講邊寫方子，交代了許多平日注意的細節。

「遵命。」九月笑嘻嘻地應下，跑到廚房讓祈喜準備老薑艾草湯，如今時常給祈老頭泡腳，這些都是家裡常備的。

就在九月準備去齊孟冬那屋找艾條的時候，只見院門外匆匆進來一群人。

第一百二十六章

「大夫，快救人啊！」排隊看病的人讓開，只見趙老根、趙老石以及兩個壯年男人抬著一個門板進來。

「怎麼回事？」齊孟冬正好看完病人，站了起來。

「大夫，快救救我娘吧，她快不行了！」趙老石紅著眼睛，卻沒有抬頭看九月。在他們心裡，還記著趙老山的事。

「過來這邊。」齊孟冬招手，邊上幾人站起來，及時送上凳子。

九月也顧不得回去找艾條，快步湊了過去。

只見門板上，趙母滿身血污地躺著，身上幾處血肉模糊，大腿外側有一處連褲子帶肉去了一塊，傷口深可見骨。

「嘶——」九月倒吸了口涼氣，脫口說道：「這是被哪家瘋狗咬的？」

趙母的確是被狗咬了，那狗還是他們自家養的。

這段日子，趙老根和趙老石為了給趙老山想辦法，時常不在家，家中都是女人和老弱，他們擔心趙老山之前得罪的人會上門報復，便養了一條狼狗。

平日裡，那狗都是拴在門邊的，看著倒也溫馴，卻不料今天牠竟咬斷繩子跑出去，趙母擔心這條狗出去闖禍，就跟了上去。

果然，在外面就看到那狗銜著一孩子狂吠，孩子嚇得坐在地上大哭，趙母上前，原是想憑主人的身分喝止並把牠帶回來的，誰知那狗竟然發狂，衝著主人就撲上去……

齊孟冬沒有耽擱，迅速檢查一下趙母的傷。「必須馬上止血，否則性命不保。」

「大夫，您一定要救救我娘！」趙老石跪在齊孟冬面前，抓住他的衣襬。

「一邊去，耽擱了救人，自己負責！」齊孟冬怒喝一聲，甩開趙老石的糾纏。

他最恨這種拎不清的病人家屬了，這種時候還哭哭啼啼攔著大夫，還算什麼男人？說罷，不由又瞪了趙老石一眼。

趙家人一滯，會錯了意，這兒可是祈家啊，他們把祈家得罪狠了，這大夫又與祈家九囡要好，這……

「妳來幫忙。」齊孟冬懶得理會他們，迅速寫下藥方，順口便使喚起九月。

「喔。」九月點頭，也不待他吩咐，回頭對小虎和阿德說道：「小虎，把空房間收拾出來；阿德去燒水，準備烈酒、針線，讓我八姊把家裡那疋白布拿過來。」

齊孟冬驚訝地抬頭看她，他還沒告訴她要做什麼，她就知道了？不過，細一想遊春那時候受了那麼嚴重的傷，她居然都把他救活了，雖然現在遊春後背的那疤極其難看，可一想那是出自一個不會醫術的姑娘家之手，那麼這份膽識便足以讓他佩服了。

「聽她的，把人抬進去。」齊孟冬對趙家人淡淡地說道，也不拿藥方了，逕自進了他那屋尋找草藥，沒一會兒便出來，交給他們。「這包速去煎成熱湯、這包三碗水熬成一碗。」

趙家人面面相覷，尤其是趙老根、趙老石，對九月進入那屋子更顯顧慮重重。

「放心，我可不是趙老山，落井下石的事，本姑娘不屑做。」九月察覺到了，回頭冷冷地說道。「不想讓你們的娘死，就快去，更何況我也不想讓自己家沾上晦氣。」

「快去！」趙槐從後面擠進來，拿著枴杖衝著趙老根、趙老石的背一人敲了一下。

於是，趙家人馬上散開，開始忙碌起來。

趙母被安置到空屋裡，空屋裡沒有床，小虎和阿德找了凳子把門板架在中間。

九月淨了手進去，齊孟冬也到了，他那架勢，倒頗有些像外科醫生——衣袖緊緊紮起，外面另加了一件罩衣，頭上戴了帽子，耳朵上還掛著她熟悉的口罩，令九月不由多看了一眼。

齊孟冬注意到九月的目光，笑著說道：「這是康老爺子傳授的，隔離細菌。」

從一個古代人嘴裡聽到「隔離細菌」幾字，九月頓時一愣。

不過，他說是康老爺子傳授的，倒也合情合理。畢竟康俊瑭那小子的爺爺和她是「同鄉」，連遊春都知道是個奇人，想必已經做了不少奇事吧？發揮一下外科醫術，也不是不可能的。

九月撇撇嘴，在心裡吐槽，那小子的爺爺不會是個十項全能吧？還是外掛全開？

很快，祈喜送來白布，看到滿身是血的趙母，不由嚇了一跳。

「八姊，妳在門口候著，有什麼事我們喊妳。」九月把她支了出去。

白布剪下一大截，蓋到趙母身上，九月負責剪去趙母受傷部位的衣服，清理傷口；齊孟冬準備針線；阿德已經把要用的器具都送進來。

「糟，我沒想到會遇到這樣的事，沒帶迷香。」齊孟冬正要動手，卻想到很重要的事。

「我有香。」九月迅速說道。

「妳確定點上香以後，我們倆能安然無事？」齊孟冬古怪地看了她一眼。

「那……讓她聞好了，不點。」九月一愣，不由失笑，確實不行。

「效用不大。」齊孟冬搖搖頭。「除非妳有曼陀羅。」

「沒有。」九月嘟嘴。「子端那時候都沒怎麼用……」

齊孟冬頓時啞然，那小子是眼前這老太太能比的嗎？

就在兩人猶豫之際，救星出來了。

文太醫揹著藥簍回來，看到滿院子的人，也看到院子中那桌上大夫的專用物，目光淡淡地掃了一下，看到守在門邊的祈喜，他走過來，剛好把兩人的對話聽進去。

他頓時皺眉，直接放下藥簍回自己的屋去了。

沒一會兒，文太醫提著醫箱出來，走進空屋，遞給九月兩個瓷瓶。

「文太醫。」九月驚喜地看著他，雙手接過。

「前輩。」齊孟冬也恭敬行禮。

「再不動手，人就要斷氣了。」說罷，逕自拿出針包，往趙母頭上、胸口處連下無數針。

九月大喜，文太醫出手相助，這人就不會死在她家了。

瓷瓶上貼著標貼，很好辨認，九月把金瘡藥遞給齊孟冬，自己拿著另一瓶打開，往趙母的鼻下湊了湊，也不管有沒有發揮效用，就放到一邊，繼續清理傷口。

齊孟冬也不耽擱，開始縫針。

三人合作，動作倒也迅速。

小半個時辰後，趙母前前後後的傷已經處理妥當。

「這被瘋狗咬了，會不會有後遺症？」九月擔心這個時代沒有狂犬疫苗，會有麻煩。

「我方才開了藥方，連續服上個一年半載的，不會有事。」齊孟冬淨了手、摘下口罩，帶著深意地看了看趙母。「牢裡那人是她兒子吧？」

「嗯。」九月點頭。

「那妳還救她。」齊孟冬調侃道。

「你是我找回來的，我當然要盡全力配合你，成就你的醫者仁心啦。」九月看著文太醫收起針，頭也不抬地應了一句。

「謝了。」齊孟冬不由失笑，明明是自己心軟，偏還推到他身上。「妳的安神香還多不多？給他們開一些，最好熏個一年半載的，咳咳，也好提醒他們記得妳的好意，免得又出一個趙老山。」

「明白。」九月側頭看了他一眼，會意地點頭，有錢不賺是傻蛋。

兩人當著文太醫的面商量怎麼宰趙家，文太醫卻連眼皮子也不抬一下，收拾完出去了。

「妳為什麼不請他？」齊孟冬衝文太醫的背影努努嘴。

「他可是太醫呀。」九月瞪著他無聲說道。

「誰信吶。妳是不想欠妳外公太多吧？我說，那可是妳外公的人，妳使喚一下，理所當然。」

「算了吧。」九月撇嘴。「你是子端的好兄弟，我還是支使你比較順手。」

「好吧……」齊孟冬最終落敗，出門招呼趙家人進來抬人。

「方才那兩種藥，熱湯就當水給她喝，另一種一日一帖，早晚飲服，另外，九月姑娘那兒有種安神福袋，有助於恢復，你們自個兒去尋她討要吧。」

這傢伙……九月會心一笑。

趙家某個女人猶豫著問道：「大夫，那福袋真的有效嗎？」

「她被瘋狗咬傷，也不知道有沒有中了瘋狗的毒，這一年裡，不可斷了我開的湯藥。另外，想抑制她發狂的可能，九月姑娘的福袋亦是重中之重。」齊孟冬有板有眼地說道，說罷便坐回桌前，招呼等了許久的下一位，不再理會趙家人。

此時九月正招呼小虎和阿德收拾屋裡的雜亂，出了屋門。

趙家人看到她，互相看了看，顯得很糾結。

「祈家九囡，妳就好人做到底，幫幫他們吧。」趙槐見狀，厚著老臉出來替他們開口。只不過說這話的時候，他都覺得尷尬，趙老山恩將仇報，所作所為太讓人寒心了，人家憑什麼再幫？

「趙爺爺，您興許還不知道，我這符如今都被人喊到十兩一張的價了，更何況是福袋，只怕他們家用不起。」九月倒是沒為難趙槐。

眾人頓時驚呼出聲，十兩一張符啊，那……那他們一會兒領的福袋要花多少銀子？他們可沒有那麼多銀子……悄無聲息的，等著領福袋的人中有不少移到了齊孟冬這邊。

趙槐看了看趙家人，嘆了口氣，趙家的情況只怕連一個符角也買不起了。「那還有別的辦法嗎？總不能眼看著她發狂……萬一再傷了鄉親們就不好了。」

「有。」九月點頭。「一兩一枝香，也無須整日點著，只須在入睡前點上一刻鐘便可。」

到底九月還是心軟了，接了趙家送來的錢，給了他們一枝最粗的香。

趙家人將信將疑地領了香，抬著趙母回家去了。

這些，九月都不關心，她關心的是齊孟冬的義診進度。

文太醫也不知道是得了郭老的吩咐還是心有所感，竟主動加入義診的行列，這讓九月大大地高興了一番。

三天下來，原本想向九月討要福袋的人也漸漸減少。

要知道，他們的病痛都好了，還花那麼多錢求福袋幹什麼？沒聽人家說一張符就是十兩銀嗎？福袋只怕更是天價了。

九月樂得輕鬆，這邊有齊孟冬和文太醫兩個人，她便抽出工夫，專注做她自己的事，製香、製新研發的香熏燭、監造房子。

草屋那邊已經裝修完畢，前面的院子正在修整中，楊大洪也開始著手做九月提出的為老人們設計的工具。

五天的義診後，齊孟冬乾脆把草藥都留給文太醫，自己回到鎮上。

這幾天他和郭老、文太醫、黃錦元等人處得相當好，九月不止一次看到齊孟冬與文太醫一起討論醫術。

一晃眼又是大半個月，跨入盛夏的清晨已頗熱，九月早早起來，換上薄薄的夏衫，卻仍有些熱意。

她不由懷念起前世，若在現代，她可以清涼裝扮宅在家裡，哪像現在，在家也得把自己包得嚴嚴實實。

祈喜氣喘吁吁地從祈老頭的屋裡跑出來，看到九月站在院子裡，忙高聲招呼道：「九月，快來。」

「怎麼了？」九月一驚，難道祈老頭出事了？

「爺爺醒了！」祈喜高興得眼中有了淚花。「我去通知二叔、三叔。」

通知他們做什麼？九月皺眉，還來不及說什麼，祈喜已經跑出去了。

「怎麼了？」郭老進了堂屋，他聽到祈喜那一喊了。

「爺爺醒了。」九月快步進屋去看祈老頭，郭老則招呼人去請文太醫後，才緩緩跟在後面。

房間裡，祈老頭果然睜開了眼睛。

「爺爺。」九月笑著上前。「您知道我是誰嗎？」

中風的老人一般都會有後遺症，不知道祈老頭會不會也這樣。

祈老頭嘴巴動了動，說不出話，卻點點頭。

「爹！」

「爹！」

九月正要繼續問，只聽門口響起兩聲驚天動地的喊聲，她還沒回頭，祈康年、祈瑞年已經撲到床前，撲通跪下就大嚎起來。「爹啊！」

「閉嘴！」郭老臉一沈，高聲喝道，威嚴的氣勢制住兩兄弟的嚎叫。

兩人愣愣地看著郭老，被他的氣勢嚇到。

「你們的爹剛剛醒，你們要是不怕氣壞他，就繼續嚎。」郭老板著臉。「沒見過你們這樣的兒子，自家爹醒了不是好事嗎？嚎什麼？」

「醒了？」祈康年和祈瑞年愣了一下，尤其是祈康年，臉上竟閃現一絲尷尬。

第一百二十七章

九月看到祈老頭抬抬手，目光閃著淚光，忙上前問道：「爺爺，您想說什麼？」

「……出……出……去！」祈老頭緊緊抓著九月的手，脹紅了臉，竟吐出幾個字了。

「爺爺，您是說……出去？」九月驚訝地問，隨即搖搖頭。

「您剛醒，可不能隨便搬動呢，等您好了，我讓五姊夫給您做一張會動的椅子，我再推您出去玩好不好？」

「出……出……」祈老頭的勁兒竟極大，緊緊抓著九月的手，接著鬆開她，往祈康年那兒略抬了抬。

九月順著他的手指回頭看了看，有些驚訝，是說祈康年？還是祈瑞年？

「爺爺，您是說二叔還是三叔？」

祈老頭點點頭，卻沒有再指哪個。

「兩個都出去吧。」郭老淡淡地瞟了兩人一眼。「在他身體完全康復以前，你們倆最好別再出現在他面前。」

「為什麼？」祈瑞年下意識反對，卻見郭老眼一瞇，他嚇了一跳，縮了回去。「出去就出去。」說罷，竟落荒而逃。

祈康年在祈瑞年走後，猶豫一下也跟了出去，與趕來的祈喜、文太醫迎面遇上。

「二叔……」祈喜正要打招呼，祈康年冷哼一聲走了，她不由納悶。「奇怪，這是怎麼了？」

九月見文太醫過去給祈老頭看診，便退了出來，拉著祈喜問道：「八姊，妳怎麼跟他們說的？」

「我說讓他們來看看爺爺啊。」祈喜一臉奇怪。「怎麼了？」

「妳也不說清楚些。」九月無奈地搖頭，祈喜一定是高興壞了，一時沒說明白，才引起這烏龍事件。「把他們嚇得，進來就哭。」

「好好的，哭什麼。」祈喜不滿地嘀咕道。

文太醫替祈老頭看診過後，給了個樂觀的答案，老人正在逐漸恢復中。

祈老頭轉醒，這是好事，沒多久，除了祈康年、祈瑞年，祈家其他人都陸陸續續來了。

不過郭老很強勢，把所有人都擋了回去。

「他剛醒，情緒不宜波動，你們還是回去吧，等他好了再來。」

那氣勢，完全把這兒當成了他作主的地盤。

眾人礙於他的身分，也不好說什麼，便紛紛離開，反正離得近，時常來看看就是了。

等到眾人散去，余四娘、余阿花抱了祈稷的那雙兒女，過來探望祈老頭。

九月正巧給祈老頭餵完藥，便看到兩人進來，她忙站起來，上前看了看這對龍鳳胎——

自洗三後，她還沒去探望過呢。

只見這對龍鳳胎姊弟褪去了黃疸和赤紅，粉嘟嘟的可愛極了。

「來，抱抱。」余四娘看到九月，便把懷裡的孫女往她懷裡塞。「沾沾小姑姑的福氣。」

「果兒。」九月有些手忙腳亂，她還是不會抱這樣軟軟的孩子，好不容易才在余四娘的笑聲中調整好姿態，把孩子抱端正。小小的人兒也不怕，滴溜溜的眼珠子直勾勾地盯著九月，似在探究什麼。

「瞧瞧，果兒和妳有緣呢，她呀，不輕易讓人沾手呢。」余四娘更高興了，湊在九月身邊逗著果兒說道：「果兒，妳說是不是？」

「這麼小的孩子，知道什麼呢？」九月卻是不信，只以為余四娘又誇張了。

「是真的呢。」余阿花附和。「小石頭就沒事，任家裡誰抱都行；就這果兒，除了她娘也就我婆婆能抱，連阿稷一沾手就哭呢。」

「這麼聰明啊。」九月拿手刮了刮果兒粉嫩嫩的小臉蛋，還是有些不信，這時果兒竟扯了扯嘴，看著就像笑了似的。

「妳看妳看，她都朝妳笑了。」余四娘喊起來，拍了拍九月的肩。「九月啊，妳平日可得多來家裡坐坐。」

九月笑而不語，這麼小的嬰兒哪裡會笑？至於為什麼與她親近，也許只是因為她的氣息好聞？反正，與余四娘說的總是有差距的。

余四娘見九月不說話，才沒有繼續說下去。她現在可是相當有眼力的，知道九月不高興聽什麼，她便什麼也不說，湊到床邊瞧了瞧，見祈老頭閉著眼睛，她就退回來，放低聲音問道：「妳爺爺怎麼樣了？」

「剛醒，情況不是很穩定，文太醫說還需要靜養。」九月也不想那兩個不靠譜的叔叔再來打擾爺爺的清靜，便拿文太醫的名號去堵余四娘。

「唉，還是沒醒的時候好。」余四娘突然嘆口氣。

九月驚訝地看著她。

余四娘見狀，忙解釋道：「我這話可不是在咒爺爺，我是說真的。」

「我沒那麼想。」九月淡淡一笑。

「沒醒的時候，什麼事都沒有，如今醒了，老人這心裡只怕又要煩了。」余四娘打量九月的臉色，繞著彎說道。

「那就別把事情擺到爺爺面前讓他煩啊。」九月隱約覺得她話中有話，立即堵了回去。

「我們是這樣想的呀。」余四娘連連點頭，嘆著氣。「可妳二叔、二嬸不一定這樣想。」

九月看看她，沒接話，只顧逗著果兒。

「起因……」余四娘聲音又輕了幾分，就跟自言自語似的。「還是妳爹那幾畝地，妳二叔一直惦記著呢，沒見這段日子妳二嬸都不出來嗎？她呀，這心裡在意著呢，就怕那些地真落到我們頭上。他也不想想，他就祈稻一個兒子，要那麼多地幹什麼呀？我們家還三兄弟呢，也只守著自家那點薄田，照樣能過日子啊。」

「三嬸。」九月的笑容漸漸隱下去，橫了余四娘一眼。「聽我爹說，家裡所有房子、田地都是他一手置辦的，可有此事？」
余四娘頓時噎住了，九月說的是事實，她說是不對，說不是也不對，只好低頭裝沈默。
「奶奶過世的時候，田地是按哥哥們人頭分的，妳說，我爹拚死拚活，一個人頭一個人頭的砍下去，到最後除了留下滿身的罪孽之外，他還剩下什麼？」九月輕笑，就似自嘲般。「像我，如今倒是想開了，有一間鋪子撐著，能混日子便知足了，錢多了，也不是個事，妳說是不是？」
「娘，您不是說要讓爺爺看看果兒和小石頭嗎？」余阿花一聽不對，馬上打圓場。「爺爺醒了呢，快抱過去吧。」
余四娘和余阿花走後，九月坐在祈老頭的床邊久久不語。
她這兩個嬸嬸，一個熱心得過了頭，另一個卻清冷如斯。
九月對余四娘和陳翠娘在想什麼，一點也不感興趣，只要她們不觸及她的底線，不去打擾祈老頭、祈喜他們的清靜，她便由著她們去謀劃算計，反正，到最後也不是她們說了算的。
夏天越來越熱，九月時不時奔波鋪子和大祈村兩地，又時常去工地查看進度，原本白皙的肌膚也漸漸黑了些。
草屋的院子也漸漸有了規模，她大方、祈稷義氣，那些工匠們都願意為她出力氣，原本計劃半年的工程硬是加快許多。

這一日，九月剛從工地回來，便看到有個中年人拿著一把傘上了坡，停在他們家門口，並把傘放在門口，傘頭朝上柄朝下，她不由吃了一驚——這是親戚家有人過世特來報喪的。

「請問你是？」九月快步出去，疑惑地看著來人。

「我是倪家莊的，敢問這是倪松的大舅家嗎？」來人客氣地問道。

「倪松？」九月愣了一下，誰是倪松？

這時，祈喜走出來，同樣看到那傘，吃了一驚。「你是我倪松表哥家那邊的？」

「是的，倪老爺子昨兒半夜沒了，我是來報喪的。」來人點頭，鬆了口氣。

原來是大姑姑祈冬雪的公公過世了。

「快進來坐。」祈喜忙把人招呼進來，一邊吩咐小虎去做點心。

「那邊日子定好了嗎？什麼時候？」祈喜好歹也是經歷過祈老太喪禮的，倒也懂一些。

「定好了，這天太熱，也停不了多久的靈，日子就選在三天後，六月初八。」來人細細說道。

沒一會兒，小虎送上點心，家裡也沒有別的，就剝了些桂圓乾煮了兩顆雞蛋。

來人有些驚訝，要知道在他們那兒，桂圓乾可是稀罕物，三口兩口的就吃了個碗底朝天，這才不好意思地向九月和祈喜告辭。

「倪松他大舅不在，我就先走了，還要去別處報喪呢，他二舅、三舅那兒也麻煩兩位轉告一聲。」

「好。」祈喜點頭。「你慢走。」

送走了中年人，小虎過來收拾碗筷正要回廚房，被九月喊住。「小虎，把碗扔外面去。」

九月這會兒看下來，已經知道這兒的風俗與她知道的相差不了多少，把報喪人用過的碗扔到門外，並不是嫌棄，而是寓意驅邪避禍。她就算不信這些，也不能免俗。

祈喜送那人出門後，便直接去了祈康年和祈瑞年家。

九月則去廚房打了盆水，端到房間裡，這天氣實在太熱，在屋裡用布巾微微擦了擦身，才感覺舒服些。

重新整理了衣衫，九月端著水出去倒，便看到祈喜氣呼呼地回來了。

「八姊，怎麼了？」九月奇怪地看著她，剛剛還好好的呢。

「三嬸居然說，那人沒到她家報喪，他們家就不用去了。」祈喜嘟著嘴很是不滿。「二嬸也是，跟她說了也只是點點頭，也不說去不去。」

「通知到了就行，管他們去不去幹麼，平白生一場氣。」九月好笑地看看她，把水倒在樹根上。「爹不在，我們倆去就是了，別管人家如何了。」

「那倒是。」祈喜想了想，點點頭。「也不知道爹怎麼樣了，九月，妳有消息嗎？」

祈豐年赴京的事，也就她們兩姊妹知道，至今那幾個姊姊都被蒙在鼓裡。

「沒有呢。」九月搖頭，她去找過齊孟冬幾次，齊孟冬總是說讓她放心，卻沒有提及京都的消息，也不知道他是不是也沒有收到消息？說起來這麼久了，早該到京都了吧？

「唉，也不知道怎麼樣了。」祈喜今天多愁善感得很。

「水大哥有消息沒？」九月突然問道，比起遊春他們，水宏離開的時候還比較久呢。

「沒。」祈喜的臉紅了一下，隨即有些擔憂地搖頭。「妳說他們離了家，是不是把我們都忘記了啊？怎麼都不知道捎個信回來呢？」

「說得是，待回來了，饒不了他。」九月說的是水宏，語帶調侃。

「妳捨得？」祈喜說的是遊春。

九月笑而不語，只是睨著祈喜。

祈喜終究面薄，不敵九月的目光，紅著臉轉身跑去祈老頭的房間。

「天太熱，我看看爺爺要不要翻身。」

九月失笑，回房放好木盆，把提水的木桶送回廚房，去了郭老的房間，這幾天熱的，郭老也不願意出來了，屋裡雖然也熱，卻比外面要好些。

九月敲門進去，只見郭老坐在桌邊看書，顧秀茹在一旁給他搖扇，一副理所應當的樣子。

「外公。」九月好奇地看了看兩人，坐到郭老面前。

「有事？」郭老放下書，笑著問，她還是頭一次來他房裡呢。

「我爹他們有消息嗎？」九月猶豫了一下還是問道。

他既來自京都，想來也有消息管道吧，況且他的來歷不凡，她不問不代表她不知道，就是不知道真正的底細罷了。

「沒有。」郭老搖頭，看了九月一眼，又笑道：「倒是姓遊的那小子曾給我捎了封信。」

「什麼時候？說什麼了？」九月假裝沒發現他的調侃，急急問道。「他們順利嗎？」

郭老卻嘆了口氣，緩緩站起來，背著手到了窗前，也不知道在看什麼。

第一百二十八章

「外公，是不是……出什麼事了？」九月被他這動作驚得，連話都說不索利了。

「他們確實不大順利，王平暉收下訟紙，卻沒有幫他們，反倒把他們打入大牢了。」郭老沈默好一會兒，才輕聲說道。

「什麼?!」九月頓時大急。「外公，那王平暉是什麼人？他怎麼能這樣做？難道……他也是那些人中的一員？」

「妳別急。」郭老朝她抬手。「我若猜得沒錯，他這樣做，是在保護他們。」

「都進大牢了還保護他們？」九月眉頭緊皺。

「妳不知道他們關的是哪座大牢。」郭老微微一笑。「王平暉身為刑部尚書，在刑部經營多年，無論是刑部還是轄下大牢，都是他的人，任誰也不能插手進去，只要他有心相護，他們的安危便不會有問題。」

「他再厲害也只是人啊，又不是神。」九月卻是不信。

「說得沒錯，我現在擔心的不是牢中安不安全，而是王平暉會受此事牽連，被人乘機拉下來。」郭老嘆了口氣。「到那時，事情就難收拾了。」

「那怎麼辦？」九月心頭沈重，遊春此舉，無疑蚍蜉撼樹，如今竟成真了。

「我準備回京。」郭老臉色凝重，負手而立。

「皇帝仁厚，對有功之臣往往都會網開一面，可他的仁厚，恰恰也是軟肋，這些年，朝中……已是金玉其外了。」

「外公，您此去會不會有危險？」九月一臉擔心，一把年紀了，萬一也被折騰到大牢裡，怎麼受得了？

「我能有什麼危險？」郭老看著她，心裡暖暖的。

「九小姐，您放心，在京都，沒有人敢動爺一根手指頭。」顧秀茹笑道。

「萬一皇帝聽信那些人的話呢？那您不是危險了？」九月皺眉。

「放心，我自有辦法。」郭老笑著搖搖頭，從懷裡取出一只玉扳指，正是九月之前還給他的。「這個妳留著，另外，我讓黃錦元留下保護妳們。」

「我們在家又沒事，您還是帶著他吧。」九月接了玉扳指，卻拒絕黃錦元。

「我身邊的人夠了，就讓他留下吧，有什麼事也方便聯繫。」郭老堅持。

「文太醫跟我出來久了，這次卻是要一起回去了，反正這兒有齊家小子，我也放心。」

好吧，九月見他主意已定，也不再多勸，況且遊春和祈豐年在京都也不知道情況如何，有郭老相助總會好些。

郭老走得很急，幾乎是在和九月說完上京之後，他便安排下去。第二日，等文太醫給祈老頭把過脈，扎完最後一次針，來迎接郭老的侍衛便都出現了。

清一色的玄衣男子挎著腰刀，騎著棕色大馬，護著一輛樸實無華的馬車，一出現在大祈村村口，又引起村民們的轟動。他們都知道祈屠子家的老泰山不一般，可沒想到，竟這樣不一般。

便是九月，也好奇地多看了幾眼。

得知消息的祈祝等人也紛紛趕來。

「外公，您這是要去哪兒？」祈祝納悶地問。

「家裡有些事要處理，我回京都一趟。」郭老朝幾人一一點頭，微笑著叮囑道：「都好好過日子，待我再回來時，給你們都備一份大禮。」

「外公，您怎麼說走就走呢？早些說，我們也好準備吃食給家裡捎去，雖都是些不起眼的，但勝在新鮮。」祈望也說道，她知道外公不凡，幾間鋪子說買就買、說送就送，可她們從來沒想過要從他身上得到什麼。「您也別帶什麼大禮了，只要平平安安的再回來看看我們，比什麼都好。」

「放心吧，我雖然老了，可這點身子骨還是有的，再說還有文太醫呢。」郭老被外孫女關心，心情甚好。「妳們也要好好的，相夫教子、孝順公婆長輩，遇到事，和家裡人、姊妹們多商量商量，家和萬事興。」

「您放心吧。」祈祝等人連連點頭。

「還有你們。」郭老指了指一臉老實的涂興寶，又指了指楊大洪，笑著說道：「我郭晟的外孫女，你們既然娶了，就要好好對她們，若是被我知曉你們欺負她們，這後果，自己負責。」

「外公，您放心，我們要是對她們不好，您老只管動手揍。」楊大洪笑著應道，只當郭老是心疼外孫女開的玩笑。

「男人，要說到做到。」郭老捋著長鬚，點點頭。「黃錦元、蘇力。」

「屬下在。」黃錦元和另一名侍衛站出來。

「從今兒起，你們就是九小姐的侍衛，她說的話，就等於我說的話，可懂？」郭老說到這兒，一股威嚴自然而然地散發出來。

「屬下遵命！」黃錦元和蘇力兩人竟齊齊跪下行禮，著實讓眾人開了一番眼界。

「九月。」郭老這才看向九月，眸中帶著笑。

這些外孫女中，唯她最肖釵娘，也只有她繼承了釵娘的本事，尤其是她專注做事時，那份自信的神采，讓他無數次想起年輕時的釵娘，所以對她，他的心還是偏了些。

「外公，我這兒也沒什麼事，您留下一人方便聯繫就好了。」

九月把剛才的一切看在眼裡，她知道，郭老方才敲打兩位姊夫的話都是真的，那不是玩笑。還有剛剛當眾讓黃錦元和蘇力兩人留下，也存有給她造勢的意思。畢竟祈豐年不在家，他們又走了，家裡只有她和祈喜兩人守著祈老頭，能不能應付某些有心人還不知道呢。

「我有這麼多侍衛足夠了。」郭老指指那些人，目光落在九月身上，好一會兒，才輕聲說道：「妳開鋪子，我不攔著，只是有許多事，並不是非要自己拋頭露面親自去做的。」

「是。」

「那個玉扳指，務必保存好。」面對九月，郭老總有些不放心。「待我處理好事情，很快回來。」

「好。」九月點頭，沒有多餘的話。

郭老這才轉身往馬車走去，隱隱有些傷感。

「好好的。」顧秀茹拍拍九月的肩，跟了上去。

郭老等人浩浩蕩蕩地離開，在大祈村留下不少話題，眾人紛紛猜測他的身分，感慨周師婆母女沒有福分，也有那嫉妒的暗道祈豐年走了狗屎運。

連祈祝家、祈望家一時也頗受關注，祈喜與水家的事也被翻了出來。

笑話水家的同時，也有人打起祈喜的主意。至於九月，眾人卻有默契的沒有打擾她。

余四娘則抱著果兒來找九月，把孫女塞在她懷裡笑說沾些福氣。

福氣，豈是這樣就能沾的？九月很無語，要不是她也喜歡這個小可愛，她才不會任由余四娘這樣塞呢。

「九月啊，妳外公是哪裡人呀？」見九月接下果兒，余四娘拿著把蒲扇在邊上給她們搧起來。「看他那氣派，是做官的吧？」

「京都。」至於做不做官，她也不知道。

「京都吶……」余四娘目露嚮往，隨即笑道：「妳那幾位姊姊成了親，有了孩子，想走也不容易了，可妳和祈喜還沒有婆家，為什麼不讓外公帶妳們到京都，找一門好親事呀？」

「三嬸，好親事不一定就在京都呀。」九月隨口應道，手刮著果兒的臉蛋，逗她笑，果兒很給面子，嘟著小嘴巴一直看著她。

「八喜那丫頭，不會還想著水宏那渾小子吧？」余四娘說到這兒，抬頭看了看四周，故作神秘地壓低聲音。

「三嬸。」九月微皺了皺眉，瞟了余四娘一眼。

余四娘見狀，忙訕笑道：「我就是關心關心，沒別的意思。」

九月繼續逗著果兒，她本來想去工地，結果黃錦元和蘇力從郭老走後就貫徹主子的話，把她要做的事給搶了。這會兒，蘇力已經代她去巡視工地，黃錦元則在廚房裡幫著小虎、阿德砍柴。

「九月啊，妳爹什麼時候回來？」余四娘過了一會兒又問道。

「不知道呢，他出遠門幫我進貨去了，想來也得一、兩個月吧。」九月按著之前商量好的話說道。

「這樣啊……」余四娘似乎有些失望。

「三嬸有什麼事可以和我說，現在這家我作主。」九月很自然地把家扛起來。

「妳能作得了主？」余四娘有些猶豫，別的事或許她能作主，可這件事……

「妳說，什麼事？」九月抬頭看她，一個不小心，她放在果兒臉蛋旁的手被果兒一口含住了。「呀，小果兒是不是餓了？姑姑的手可不能吃喔。」

她抽出手指，果兒卻張著嘴左右尋著，也不哭也不鬧。

「我娘家有個姪兒，也就是妳阿花嫂子的堂弟，今年也有十八了，長得挺好的，人也老實。我呢，有個想法，想做做這月老。」余四娘猶豫再三，最後還是決定說出來試試。「八喜也有十七歲了吧？在我們村，像她這麼大的都當娘了，再說了，她出嫁了，妳也好相看好人家不是？我覺得那個齊公子就挺不錯的，模樣俊，又懂醫。」

「多謝三嬸費心，我還小，暫時還不想尋。」九月無視余四娘前面的話，婉拒了有關於她的這一部分。

「那八喜呢？」余四娘對她的事本就不存什麼念想，這會兒見她拒絕也就不再提，追問起祈喜。

「等晚上我問問八姊。」九月自然不能說祈喜還想著水宏，那樣有損祈喜的名聲，也有可能助長水家人的氣焰。

「那好那好。」余四娘頓時歡喜地一迭連聲應道，有機會了。

「三嬸，後日大姑家的喪禮，你們去嗎？」九月托著果兒，漫不經心地問道。

「去，肯定得去。」余四娘這會兒應得倒是乾脆。「雖說他們沒來我們家報喪，不過到你們家也是一樣的。畢竟是妳大姑家的喪禮，妳爹又回不來，要是娘家兄弟都不去，會被人說話的。」

「那就好。」九月微笑著點頭，把果兒還回余四娘懷裡。「三嬸，果兒好像餓了，妳快回去餵她，小人兒可不禁餓呢。」

「欸欸，好。」余四娘接過果兒，喜孜孜地走了，她還得去給娘家送個信，讓她那姪兒多來家裡走動，說不定就更有機會了。

「九月，妳理她幹什麼？」等余四娘出去，祈喜才從祈老頭房間出來，臉上很不高興，她沒有聽到談話內容，純粹因為上次余四娘的推拒讓她不高興。「她愛去不去，我們去就行了。」

「畢竟是祈家人，要是被說，我們也逃不了的。」九月笑著安撫，看了看祈喜，似笑非笑地問道：「八姊，有人想給妳提親，妳怎麼說？」

「不要。」祈喜也不聽是誰，直接把頭搖得跟撥浪鼓似的。

祈喜的反應在意料之內，所以九月也沒說什麼，只把余四娘的話簡單說了一遍，果然得到祈喜果斷的拒絕。

「就她事多。」祈喜脹紅了臉，十分不悅。

「也是好意。」九月笑了笑。「最好讓水家人知道，我們家八姊也不是非他們家不可的。」

「那怎麼行？」祈喜脫口反對。

「怎麼就不行了？」九月白了她一眼，這八姊啊，果真被水宏吃定了。「讓他們知道妳有多好，以後，哼……」

祈喜疑惑地看著她。

「反正這事我來處理，妳就安心等著和他……咳，願望成真吧。」九月看到蘇力回來了，清咳一聲，結束了這段談話。

「九小姐。」蘇力進門，朝九月拱手，與黃錦元一看就穩重的感覺不同，他有一張娃娃臉，笑時還有一對淡淡的酒窩，性子也活潑些。「後面的屋子已經全部完成了，其餘的一切無恙。」

九月點點頭。

「讓他們注意防暑，大太陽的那幾個時辰就歇了吧。」中暑可就麻煩了，抬頭看看天，九月又說道。

「稷兄弟已經說過了。」蘇力和祈稷才混了兩天，就成了稱兄道弟的哥兒們。

「八姊。」九月騰地想起那天報喪人的話，轉頭對祈喜說道：「大姑家遠嗎？我們下午左右沒事，先去看看吧。」

「不遠，半個時辰就到。」祈喜點頭，猶豫了一下說道：「可是我們還沒準備紙錢經文呢？」

「那下午去鎮上採買，後天再去大姑家。」九月想想也是。

「爺爺在家呢，妳去吧。」祈喜不放心祈老頭一個人在家。

「成。」

於是，九月留下黃錦元在家，帶著蘇力去了鎮上。

第一百二十九章

他們到的時候，祈夢的攤子正被人圍著，生意極好，九月過去看了一下，見攤子上又多了幾種點心，前面還排放著一排用紙包裝好的，已有現代包裝零食的雛形。

葛根旺居然對這些吃食頗有天分，以後日子不好也難了。

九月見他們忙得沒注意到她，便退出來，帶著蘇力去了鋪子。

香燭鋪裡，又添了兩個看鋪子打雜的小夥計，張信正在寫清單，邊上有兩個夥計正在準備出貨。

九月和張信只說了幾句就進了後院。

「當心。」後院很熱鬧，五子馱著周落兒在院子裡轉圈，舒莫在一旁笑看著。

葛玉娥坐在自己的門簷下縫著小袋子，一旁已經放了滿滿一簍，如今的她，神情越發沈靜，時不時抬頭笑看兩眼，又低頭專注手上的活兒，這段日子的休養，吃得好睡得好，又沒有煩心事，整個人倒像蛻變了似的，頭髮沒那麼枯，臉色也沒那麼黃，瞧著年輕了些。

「五子哥今兒閒啦。」九月笑著上前，她來這兒幾次，也見過五子幾次，他和舒莫的事正在商談中，只待前婆家給了放妻書，他們就能在一起了，如今兩人倒是大大方方地沒了以前的窘態。

「掌櫃的進料去了，我們幾個輪流休息，今兒輪到我。」五子扶著周落兒的膝蓋停下來，笑著對九月點頭。
魯繼源對待他們倒是很體貼，一個月中還給他們每人輪休兩天，不像別人，不把學徒榨乾就不干休似的。
「姑娘來了，我給你們倒水。」舒莫躲進廚房給九月倒水去了。
「何時請喝喜酒？」九月對五子眨眨眼。
「快了快了。」五子臉一紅，結果被周落兒搶了話，她坐在五子肩上，抱著他的頭格格笑道：「昨天姨給娘送禮來了，娘又哭又笑了大半夜，我聽到娘說再過不久我就能喊叔為爹爹了。」
「落兒。」剛出廚房的舒莫頓時羞得滿臉通紅，低著頭給九月送上茶，然後催著周落兒下來，趕她回屋。
五子也臉紅，不過，一雙眼睛熱烈地看著舒莫，一臉喜孜孜，誰都看得出來。
「落兒，妳喜歡五子叔叔當妳爹嗎？」九月故意逗道。
「喜歡。」周落兒站到地上，抱住五子的腿大聲說道：「他對我最好！」
「那妳還不改口？」九月朝她眨眼，無視五子和舒莫兩人幾乎能滴血的臉。
周落兒看著九月疑惑地眨眼，隨即領會過來，衝著五子大聲喊道：「爹！」
舒莫眼裡隱隱有了淚花，這會兒反倒站到一旁，默默地看著周落兒。
五子整個人顫了一下，好一會兒，才彎腰抱起周落兒，啞著聲應道：「欸。」
「爹！」周落兒喊上癮了，她的記憶裡有「爹」這個字，卻沒有爹這個人，而現在她有了，抱著五子的脖子就湊上去親了一口，喊得那個驚天動地，把舒莫和五子兩人喊得又是羞又是感慨。

「五子哥，你該回大祈村一趟，好好地辦一場婚禮。」九月笑看著他們，提點了一句。

五子的眼睛有些紅潤，他看了看九月，心裡感慨萬分，當初離開大祈村是因為她，而現在也是因為她，他有了新家，她提醒他回大祈村辦婚禮，自然是為他著想。想想，當初那些人是怎麼笑他的？如今，也該光明正大帶著媳婦孩子回去祭拜一下爹娘了。

「我會的。」五子似是許下了承諾，神情凝重而堅定。

「到時候我給你們包個特大的紅包。」九月笑嘻嘻道，一回頭，卻看到葛玉娥停下活兒，直愣愣地看著手裡的針，心裡不由一緊──壞了，這不會也刺激到葛玉娥了吧？

「玉姨。」九月上前，輕聲喚道：「妳都做了這麼多袋子呀？我瞧瞧，有多少了？」

葛玉娥直勾勾的目光從手中的針上緩緩移向九月，停留在九月的臉上，她眼神茫然，似乎認不出眼前的人是誰，聲音也有些飄。「妳……」

九月不由大驚。

這時，葛玉娥騰地站起來，手上膝上的東西掉了一地，她卻不管，只盯著九月定定看著，突然她伸出手，掐住九月的脖子，狂叫道：「是妳！是妳搶了他，是妳讓我的石娃沒了爹，是妳！是妳！」

九月手中的杯子落地，她湊得太近，葛玉娥發作太快，她沒能避開，脖子猛然被掐，頓時讓她呼吸困難。

「住手！」蘇力原本見九月閒聊，也沒在意，都是自己家鋪子裡的人，誰會對她動手，便站得後面了些，等他發現不對，九月已經在葛玉娥控制中了，他忙躍了過去，伸手去扳葛玉娥的手。

「玉姨，快鬆手，她是九月，妳快鬆手！」五子反應也慢了一步，等他放下周落兒衝過來的時候，九月的臉都脹紅了。

葛玉娥發起瘋來，那手勁真不是蓋的，兩個大男人都沒能立即掰開她。

「娘！」雜物房裡的葛石娃衝出來，抱住葛玉娥，急急在她耳邊吼道：「娘，快鬆手！她不是那個女人，您認錯人了！」

葛玉娥對葛石娃的聲音有了反應，疑惑地轉頭看他，只是手卻還沒鬆開。

「她不是那個女人！」葛石娃眼中有著淚光，他以為娘的病有了起色，沒想到竟又發作了。

「讓開。」蘇力見掰不開，火了，一把扯開葛石娃，手索利地揮下，劈中葛玉娥的後頸。

葛玉娥緩緩倒下，九月才算被解救出來，新鮮的空氣一下子湧入，她貪婪地大口大口喘著，引發一陣劇烈的咳嗽。

「娘！」葛石娃爬起來，衝過來把葛玉娥抱在懷裡。他嚇到了，葛玉娥軟軟癱著，無一絲反應，他來不及細看，衝著九月怒吼道：「妳為什麼要殺她？她不是故意的！」

「咳咳……」九月停不下來，只好指了指對面的鋪子。「咳……咳咳咳……」

「她沒死。」蘇力見九月竟在他眼皮子底下被一個老婦人傷了，心裡的惱怒可想而知，要不是九月示意，他真懶得理會這小子。「還不送她去對面找齊公子？」

「石娃，你冷靜些，走，我們一起去。」五子擔心地看了看九月，示意舒莫照顧好她，自己上前幫著葛石娃把葛玉娥揹起來，兩人一起去了對面的藥鋪。

好一會兒，九月才算緩過來，凝白的脖子上已經留下紅紅的指印，看得舒莫心驚膽顫。

「姑娘，您沒事吧？」舒莫有些後怕，平時怎麼就看不出葛玉娥有這樣的跡象呢？以後還真得讓落兒離遠一些，免得傷到。

「沒事。」九月輕拍著胸膛，長長地吐了口氣，聲音都有些啞了。

「姑娘，她……怎麼……」舒莫一臉擔憂。

「她有心結……」九月苦笑，怕舒莫害怕，安撫道：「放心吧，齊公子會治好她的。」

「這也太……」舒莫還是處在驚惶中。

「不會有事的。」九月笑了笑，腳步匆匆。「我去看看她。」

「姑娘，您還是別去了，萬一……」舒莫嚇了一跳，忙上前攔著九月。

「莫姊，那邊有齊公子，還有蘇大哥呢，她傷不了我的。」九月拍拍舒莫的肩。「妳照顧落兒，我看她該是嚇到了。」

九月帶著蘇力到了齊孟冬的藥鋪，一進門，就看到林老爺，他正和藥鋪裡的掌櫃說話，察覺有人進來，他回頭看了一眼。

「祈姑娘，又見面了。」看到九月，林老爺立即微笑上前，一派慈祥長者的風範。

「林老爺好。」九月看到他，就想起七仙女，唇角流露一抹笑，不知道他得了福袋後會怎麼行動呢……

「祈姑娘是來尋齊公子的吧？」林老爺語帶調侃。「他這會兒正忙著呢。」目光往九月的頸側掃了掃。

「是。」九月點頭，她對這林老爺的警戒心自然不低，也不願與他多說，福身後便朝掌櫃的笑了笑。「齊公子可在後院？」

「公子正在給一位病人看診。」掌櫃剛剛拿這樣的話拖住林老爺，這會兒九月來問，他也只能這樣說。

「我進去看看。」九月點頭，在後院又怎樣，這鋪子可是她租出去的，可以說在祈福巷，她哪家去不得？管他什麼林老爺、樹老爺在不在呢。

林老爺倒是好涵養，笑看著九月進去，他只安心等在前面鋪子裡。

後院某個房間門口，五子和葛石娃等在外面。

「怎麼樣了？」九月快步過去，問道。

「齊公子在給她扎針。」五子的目光停在她頸側，那明顯的指印……

既然是扎針，連葛石娃都避出來了，她也不好貿然進去打擾，便停在院子裡。

葛石娃背著她，實際上，他已經知道她的到來，卻不願意轉身看她，他不知道，面對她，該說些什麼？

對九月，他有種很複雜的感覺。

「葛大哥。」九月突然站到他身邊，輕輕喊了一聲。

葛石娃整個人一震，心頭狂風暴雨般的翻騰。

「對不起。」

九月也不知道自己為什麼要這樣說，只是看到葛石娃垂著頭守在這兒，心裡便有種衝動——這個大男孩，比她還要可憐，她至少還有外婆關心，還有前世成熟的靈魂。可他呢？這些年是怎麼過來的？怎麼讓自己安然長大還照顧起瘋癲的娘？

「跟妳沒關係。」葛石娃的聲音依然生硬。

「我能接玉姨回家去住段日子嗎？」九月渾不在意。

「不行！」葛石娃猛然回頭，一口拒絕。

「你安心在鋪子裡做事，我會好好照顧她的。」九月微笑看著他，一點也不怕他的眼神有多凌厲。「心病還需心藥醫，你應該知道的，像她這樣的情況，拖，根本不管用，要不然你這麼多年早治好她了。」

葛石娃看著她明亮的眸，不自在地移開目光，雙手緊握成拳。「她要是還這樣，妳……制不住她的。」這語氣裡，卻是隱隱帶著關心和擔憂。

「我身邊有黃錦元和蘇力，還有小虎、阿德，她傷不到我。」九月輕笑，語重心長道：「葛大哥，你相信我，我會治好她的。」

「妳有什麼辦法？」葛石娃下意識便信了，連他自己也沒發現為什麼要信九月。

「我說過，心病，還需要心藥醫。」葛玉娥的病還沒有徹底失控，要不然怎麼會知道要為她娘抱不平？還記得來救她？

「不行！」誰知，葛石娃眼中閃過一絲掙扎後，反對得更激烈。「我不允許他接近我娘！」

「他？」九月眨了眨眼，盯著他問：「你是說我爹嗎？」

葛石娃被她盯得有些狼狽，背過身哼了一聲算是回答。

「他不在家。」九月用很低很低的聲音說道：「去京都了，據說下了大牢，也不知道能不能回來……他走之前還說，等了了一件心事，就回來彌補這些年的錯……如今，也不知道有沒有機會了。」

葛石娃聽到了，不過沒反應，只在心裡傻傻地重複九月的話——去京都？下了大牢？沒機會了？

「大哥，讓玉姨跟我回去吧，我會照顧好她的。」九月嘆口氣，下這樣的猛藥也沒用？

葛石娃徹底沈默了。

九月見狀，也覺得沒有意思，不再說話。

蘇力遠遠地站在通往前面鋪子的門邊守著，五子見他們說話也主動讓出位置，兩人的對話倒是沒讓他們聽到。

過了好一會兒，九月有些耐不住，想進屋看看的時候，葛石娃突然低低問道：「妳……

有把握治好我娘嗎？」

「沒有。」九月愣了一下，回頭看他。一個精神病患者，在這個沒有抑制藥物的時代，她哪有辦法保證？

「那妳還說能。」葛石娃皺眉。

「我沒把握不代表我沒辦法。」九月忍不住暗嘆，這小子怎麼就這樣難搞呢？

「妳準備怎麼做？像以前那樣綁著她嗎？」葛石娃的聲音又變得有些冷，他想起第一次見到九月時的情形。

「不會。」她會用迷香……

「你……為什麼要幫我們？」葛石娃的疑問一個接著一個。

「因為……」九月似笑非笑地看著他。「我們可能是一家人。」

葛石娃睜大眼睛，瞪著她。

「要不是她，我早死在我娘肚子裡了，還有這些年，她比祈家人有情義，還知道為我娘抱不平，就衝這兩點，我幫她，於情於理。」

九月眨眨眼，放棄逗他，這小子太老實，開不起玩笑。「也不算幫她，我只是不喜歡欠著別人。至於你，更談不上幫不幫的，讓你留在鋪子裡，也是還齊公子的人情。」

「好。」葛石娃聽罷，立刻應道。「只要我娘願意跟妳走，我同意。」

「成。」九月點頭，早這樣爽快多好，省得她費口舌。

「我會經常回去看她的，別讓我知道妳欺負她。」葛石娃想了想，生硬地補上一句。

「我欺負她？」九月翻了翻白眼，指著自己的脖子。「你自己瞧瞧，誰欺負誰啊？」

葛石娃看著她細嫩的頸，黑黑的臉突然出現兩團可疑的紅，不自在地別開頭。好吧，他承認，還是他娘比較危險。

第一百三十章

九月等人在院子裡等了小半個時辰，齊孟冬才滿頭大汗地出來。

「妳沒事吧？」九月脖子上的紅印太過明顯，齊孟冬一抬眸便看到了，瞥了葛石娃一眼，眉心微皺。

九月搖搖頭，看了看屋裡，葛石娃已經迫不及待地進去了。

「她沒事了。」齊孟冬走到九月身邊，低聲問道：「妳剛剛說的我也聽到了，妳真要帶她走？」

「嗯。」九月點頭。「怎麼了？」

「妳能確保文太醫會出手助妳嗎？」齊孟冬皺眉，想到她那兒還有個比他厲害的名醫，才稍稍放鬆了些。

「不能，他們已經走了。」九月眨眨眼，略湊近他身邊悄聲說道：「我外公回京去了，說是要助王平暉一臂之力。」

齊孟冬吃驚地看著她。「妳都知道了？」

「你這話的意思是，你早知道王平暉的事，卻瞞著我？」九月挑眉，斜眼睨著他，絲毫沒注意到兩人的距離有些逾越。

五子看了看他們，皺了皺眉，卻隱忍地別開頭。

而蘇力，更是目不斜視。

王爺可是說過的，讓他們保護好九小姐，唯她是從。哪怕是九小姐讓他抓一個男人回來給她，他都不會眨一下眼。

「我這不是來不及嘛。」齊孟冬嘿嘿一笑，沒有告訴她這是遊春的指示。

「妳放心，我們在京都那麼多年，他們想這麼輕易拿下少主，也是需要些工夫的。同樣的，我們想用證據正名，也不容易。如今郭老能出手相助，此事便有了轉機，他們定會安然無事。」

「你就這麼相信我外公？」九月翻了個白眼，她外公或許身世不凡，可是畢竟年邁，能鬥得過那些浸淫官場的老狐狸？

「妳不會不知道妳外公是誰吧？」齊孟冬訝然地打量九月，覺得有些不可思議。

「我從來沒問過，他也從來沒說過，反正不重要，確認他是我外公就行了。」九月撇嘴，她還真不知道。「難道你知道？」

齊孟冬頓時無語了，她也太……太沒好奇心了吧？他摸了摸鼻子，低聲說道：「這樣說吧，一人之下萬人之上。」

「嗯？宰相？」九月隨口說說，當然，她知道這不是答案，一個宰相能用龍紋珮飾嗎？

「區區宰相……」齊孟冬頓時笑了，點到為止，心裡也輕鬆不少，郭老出手，嗯，他得把這個消息儘快傳出去。

「她的病，能用香治療嗎？」九月也不糾纏這個話題，轉而問起葛玉娥的病情。

「應該可以。」齊孟冬認真地想了想，好一會兒才點頭。「只要妳能保證自己的安全，妳可以試試。相信她不會真的想傷妳，要不然當日就不會跑到鎮上說要救妳了。」

「你沒聽她說我的命是她的嗎？說不定她想收回去呢。」九月開玩笑似的說道。

齊孟冬睨了她一眼。「妳還是當心些吧，就不怕遊少回來滅了她全家？」

兩人處得自然，卻不知，看在別人眼裡卻不是這麼回事。

尋進後院的林老爺，一雙眼睛直直地在九月和齊孟冬之間打轉，此時他有些疑惑了，不過，當他走進院子時，臉上卻已恢復了和煦的笑容。「齊公子、祈姑娘。」

蘇力站在一邊，面無表情地打量他，卻也沒有攔下。

齊孟冬和九月齊齊轉頭，看到林老爺，齊孟冬的笑容就像突然綻放的花朵，奪目熱情。

「林老爺，您有什麼事讓下人來傳一聲就好了，怎能勞您親自來呢？」

沒想到溫文如玉的齊孟冬也有這樣狗腿的一面，九月很吃驚。

「我進來的時候，林老爺就在鋪子裡候著了。」看到林老爺在看她，九月只好出聲說道。

「哦？」齊孟冬驚訝得恰到好處，轉向九月的目光竟有些不悅。

「妳也真是，為什麼不早些提醒我？哪能勞林老爺久候呢？」語氣裡還有隱隱的親暱。

九月無辜地看著他，撇嘴。「你又沒告訴我。」演戲？誰不會。

「林老爺，抱歉，她就是這漫不經心的性子，怠慢您了。」齊孟冬斥責完九月，又笑著向林老爺道歉。

「無妨無妨，我也沒等多久。」林老爺睜眼說瞎話，心裡的疑惑也淡了不少，笑著對齊孟冬說道：「齊公子，內子今日有些不適，還有勞你跑一趟。」

「原來是夫人有恙，您也不早些說。」齊孟冬很熱情，顯得比林老爺還要著急，拉著他急急往外走，一邊回頭對九月說道：「妳在鋪子裡照應一下，我很快回來。」說得那個理所當然。

「喔。」九月很給面子地點點頭。

林老爺被齊孟冬拉走，九月也不在鋪子裡待著，她又不懂醫，留在這兒也沒用，再說了，兩對門的，在自己那邊照應也是一樣的。

「怎麼樣了？」九月進了屋，看到葛玉娥安然睡在床上，葛石娃正在一邊替她搧扇，神情專注。

「睡著了。」葛石娃頭抬也沒抬，不過還是回了一聲。

「那……」九月當然知道她睡著了，可葛石娃那模樣擺明了就是懶得多說，她也沒必要守在這兒。「你在這兒陪她，等她醒了再帶她回來。」

「嗯。」

屋裡很悶，九月站了一會兒便有些不舒服，難怪剛才齊孟冬滿頭大汗，而這會兒葛石娃卻一點感覺也沒有似的，只專注給葛玉娥搧風，邊上還放著一個木盆浸著布巾，顯然是給葛玉娥拭過面了。

「屋裡太悶，你當心著些，莫讓她中了暑氣。」九月看著他們母子，心裡突然生出一絲羨慕。兩輩子，她都沒有和父母這樣親近過，她的記憶大多都是外婆的影子，前世如此，今生，亦如此。

九月想起外婆，想起前世的家，心情有些低落，便不再等葛石娃說什麼，退了出來。

「沒事了，走吧。」順便帶走五子和蘇力。

回到對面鋪子，五子回後院安撫還在等消息的舒莫，九月在前面準備奔喪要用的東西，蘇力沒有離開她的視線範圍。

摺元寶用的黃紙、紙錢若干、紅燭……

張信按著她說的一一記錄，讓夥計去準備。

之後九月百無聊賴地翻著張信遞給她的帳本，沒一會兒就放下了。「我去壽衣店，對面要是有什麼事，派人喊我。」

「是。」張信點頭。

九月出了櫃檯，快步往巷尾走去。

到了鋪子裡，正巧看到楊進寶在和張義說話。

「四姊夫。」九月笑著進去。

「九月，來得正好。」九月來鎮上的日子不定，楊進寶也習以為常了，看到她便招呼道：「這兒正接了第一筆喪禮，人已經派過去了，我們這兒正商議著要不要送花圈呢，一來是優惠，二來也是為我們鋪子打響名頭。要不然這些放著都快發霉了。」尤其是她讓人紮的花圈，根本無人問津。

「哪家的？」九月一喜，問道。

「倪家莊的。」楊進寶翻看了一下手上的帳本。

「啊？」九月驚訝地問。「不會是大姑家吧？」

「大姑？」楊進寶一臉納悶。

九月湊過去，看了看那上面寫的「倪松」兩字，頓時笑了。「這是倪松表哥，我今天來採買奔喪要用的祭品，明兒和八姊去一趟。」

「那這價錢……」楊進寶手指劃過帳本上的數字。「這價是鋪子裡幾位精於此道的老人商定出來的，這八十兩裡面，能賺個三十兩……」

話到此打住，他的意思九月也明白了，自家親戚，要不要這麼貴？

「就按這個算。」九月搖頭笑道。「這是行情，不過既是第一筆生意，可以贈送一對金童玉女，另外我們自己再送幾對花圈過去，夠意思了。」

原本，祈冬雪的公公過世，身為晚輩的九月等人不需要去的，無奈祈老頭臥床不起，身為娘家大哥的祈豐年又不在家，便也只能由九月、祈喜兩個未嫁的姑娘家前去奔喪。

一大早，余四娘倒是勤快，早早地準備好祭品來喊九月兩人。

陳翠娘還是沒有出現，祈康年也不見蹤影。余四娘嘟囔了幾句，趕了祈瑞年去雇牛車，帶上東西，拉上九月她們往倪家莊趕去。

雖然趕得早，但日頭卻早早地散發威力，人坐在牛車上頓覺酷熱難當，余四娘倒是有所準備，拿出三個斗笠分別給九月、祈喜和自己戴上。

蘇力緩步跟在後面。

牛車慢騰騰地行車在山路間，祈瑞年坐在駕車人旁邊，倚著扶手，沒一會兒就發出響亮的呼嚕聲，倒是給這沈默的路程添了些動靜。

余四娘見九月轉頭看了一眼，尷尬地笑了笑，暗地裡伸手掐了祈瑞年的腰間軟肉一把。

「噢——」祈瑞年正睡得香，一遭襲擊，頓時大叫一聲跳起來。

這要是平常在家也就罷了，偏偏他們在牛車上。這一跳，他整個人頓時騰空，掉下車子，摔在地上還滾了幾圈，撲在草叢中。所幸，這外面也不是深溝，才免於一場意外事故。

「死鬼！」余四娘沒想到他反應這麼激烈，嚇得懵了，待車子一停下，她就尖叫著跳下去，往祈瑞年那兒跑去。

九月和祈喜也跳下來，趕車的是同村人，不用他們招呼，也跟了過來。

「死鬼！你沒事吧？」余四娘顫著手推了推祈瑞年。

祈瑞年動了動，好一會兒才撐著地直起身子，在余四娘的攙扶下坐起來，臉上滿是青草泥土，他一邊拍一邊呸出嘴巴裡的髒東西，瞪著余四娘罵道：「妳個狠毒的婆娘，想謀害親夫啊？」

「我……」余四娘也嚇著了，低頭任由祈瑞年大罵。

九月和祈喜見他中氣十足，便知道他沒有大礙，互相看了一眼，忍著笑問道：「三叔，你沒事吧？」

「沒事。」祈瑞年對九月有些顧忌，雖然氣憤，卻還是悶悶地應了一聲。

「快起來。」趕車人也鬆了口氣，上前拉了祈瑞年一把。

「哎喲喲——我的腰……妳輕點！」祈瑞年滿身狼狽，起身時彎腰對余四娘大吼小叫。

余四娘嘴巴動了動，可今天也實在是她出手才害他這樣，反駁的話頓時嚥了回去，要不然換作平時她早發火了，哪容得他作威作福？

「還不是你那呼嚕聲煩人，我才……」余四娘把祈瑞年的手架到肩上，嘀咕著辯了一句。

「三嬸，三叔這樣也去不了倪家莊了，要不我和八姊先過去，相信大姑會體諒的。」九月見狀，也有些無奈，這樣子去了還不是惹人笑話。

「好好。」余四娘點頭，看了看車上的東西。「那些東西妳們幫我帶到吧，都是妳三個堂哥湊的，記得跟妳大姑說。」

在這個時候，余四娘還是沒忘記表功，九月不由失笑，她也沒想昧下他們的東西，便點點頭。

「哎喲，我這腰喂，這樣走著回去，不是要我的老命啊！」祈瑞年卻皺著眉彎著腰，不斷呼痛。

「那這樣好了，東西我們挑著去，車子你們坐回去。」九月看不慣祈瑞年的惺惺作態，巴不得他早些回去。

「妳們兩個姑娘家，怎麼挑得動啊？」余四娘擔心的是她們半路挑不動，扔了她的東西，她完全無視蘇力，四下張望了一番，忽然，她眼睛大亮，衝著不遠處急急揮起手。「阿永、阿永。」

路的那頭，出現一個挑著擔子的年輕人，他聽到聲音停了一下，隨即加快腳步，沒一會兒就來到他們面前。他個子高高的，身子骨極壯實，濃眉大眼，皮膚黝黑，穿著灰色的布褂子，露著的雙臂顯得很有力量。

「姑姑，你們這是幹麼去？」年輕人朝余四娘咧嘴，露出滿口整齊的白牙。

「我們要去倪家莊奔喪呢，誰知道你姑丈摔下車來，這下也去不成了，這不，正愁這些東西她們兩個姑娘家帶不了，就看到你了。」余四娘很歡喜地看著年輕人，一邊朝他連連使眼色。「阿永，你幫姑姑個忙，把這些幫她們挑去。」

「欸。」年輕人沒有猶豫，他今天本來就是奉了爹娘的命來探望這位堂姑的，這會兒既然堂姑用到他，他當然不推辭。

「那好那好。」余四娘對九月笑道：「這是我娘家堂弟的兒子，就是我之前和妳說的姪兒，叫余永，力氣大著呢，讓他陪妳們走一趟。」

九月立即明白了她的意思，就是上次要介紹給祈喜的那個姪兒，她不由無奈，很想當面問一句——三嬸，妳可想過我們兩個姑娘家與男子同行奔喪合適嗎？

余四娘也不等九月回話，把祈瑞年扶到車上，拉著余永說起了悄悄話。

余永的臉色有些驚訝，側頭看了看九月這邊，隨即飛快地轉過頭，顯得有些靦覥。

「九小姐，那些東西我們自己也能挑。」蘇力來到九月身邊，看著余四娘他們皺了皺眉，這婦人明顯是打八小姐和九小姐的主意嘛。

「沒關係，讓他挑。」九月撇嘴，有人出力還不好？更何況，她後面還跟著一個年輕壯實又長得不錯的蘇力呢，多一個余永也沒什麼。「我們慢慢走。」

蘇力皺著眉看了看余四娘，退後了幾步。

沒一會兒，余永擔子裡送給余四娘的禮物被清空到牛車上，車上那些東西一一裝進他的擔子，裝得滿滿的，他卻輕輕鬆鬆地挑了起來。

「阿永，這是你姑丈大哥家的兩位閨女，你可得幫姑姑照顧好了。」余四娘笑咪咪地陪著余永過來。「要是她們被人欺負了，姑姑可得找你算帳。」

「姑姑，妳放心吧。」余永飛快地瞥了九月一眼，臉上微微染紅。

余四娘看得高興，從她的角度看去，余永分明是對祈喜有意思了。

「你可得把她們送回來，可不能到了地方就一個人回來啊。」余四娘生怕這姪兒太直，不懂這些事，連連叮囑。

「欸。」余永點頭。

「三嬸，你們快回去吧，三叔的腰可別真的傷到了。」九月見她說個沒完，只好開口打發。

「好好。」余四娘連連點頭，心裡有些得意，今天能讓姪兒得到這個機會親近她們，還不是她這一把掐得好？只不過苦了那死鬼，回家得好好安撫他。

「走吧。」九月對余永點頭，拉著祈喜走在前面。

蘇力默默跟上。

「欸，你就不用去了吧？我老頭子受了傷，你幫個忙和我一起送他回去。」余四娘看到蘇力，眼珠子一轉，攔住了路，今天難得有這樣的機會，怎能讓蘇力攪局呢？

只是，蘇力是什麼人？他壓根兒就不理會余四娘，繞過她就要上前。

余四娘急了，想也沒想又擋了上去。

蘇力只好停下，冷冷地看著她，自有一股氣勢。「抱歉，爺讓我們留下保護九小姐，妳的事我幫不了。」

說罷，鐵臂一掃，把余四娘推到一旁，快步跟了上去。

余四娘被他剛才那一瞪嚇傻了，這會兒也不敢再纏上去，只好在後面瞪著蘇力的背影「呸呸」兩聲當是發洩。

「姑姑，我們走了。」余永有些奇怪地看了看蘇力，朝余四娘說了一聲，挑著擔快步追上。

走在最前面的九月和祈喜沒有停下來，後面的動靜卻是聽到了。

「就知道她沒安好心。」祈喜不屑地撇嘴，卻沒有往自己身上想。「九月，妳說，她是不是還沒死心？我的事不成，又盯上妳了？」

「那個人，應該就是她之前說的那個。」九月輕笑。「我瞧著倒不比水宏差，妳覺得如何？」

「什麼……」祈喜頓時杏眼圓瞪，側頭看了看後面，皺著眉說道：「妳什麼眼睛呀，他哪裡比宏哥好了？」在她眼裡，水宏才是最好的。

「我這是火眼金睛。」九月自誇了一句。

「九月，妳之前說水家人難纏，那三嬸那樣的人家好纏嗎？」祈喜生怕九月又勸她放棄水宏，居然開始反擊。

「三嬸也就是話多了一點吧，妳看她現在還是挺好的。」九月嘿嘿一笑，狡辯道。

「好什麼呀，妳看著吧，她最近這樣好肯定是有目的，到時候妳就知道了。」祈喜卻是不信。「多少年的毛病了，我還真不相信她改得了。」

江山易改，本性難移。九月笑而不語。

第一百三十一章

在祈喜的指引下，四人來到倪家莊，到了祈冬雪的家。

祈冬雪家裡的院子比她家大些許，只是家裡人口不少，四個兒子都娶妻生子，每家都兩、三個孩子，再加上大姑父倪莊是長子，老人便一直跟著他們過日子，如今去了，倒是給他們騰出一間屋子。

院子裡，已經搭起道場，道士們正在作法事，靈堂設在堂屋，孝子孝孫們披麻戴孝跪在靈前，親朋好友們每來祭靈，他們便會規規矩矩地磕頭表示謝意。

九月等人剛進院子，便被一位老者發現了，他匆匆上前，向九月施禮道：「東家。」

東家？九月一愣，馬上會意過來，這人便是楊進寶派來主持這生意的人，便笑著點頭。

祈喜看到出來迎她們的祈冬雪。「大姑姑。」

「你忙你的。」九月朝那位老者點頭。

老者已經知道她和這家主人的關係，便沒說什麼，自去安排事情。

「大姑姑。」祈冬雪已經到了面前，九月含笑上前。

「我爹出去為鋪子裡辦事了，一時未能回來，三叔、三嬸本來跟我們一起來的，只是路上顛簸，三叔不小心掉下車傷到腰，這不，只能讓三嬸的姪兒代為送禮過來。」

「他傷得怎麼樣？」祈冬雪吃了一驚。

「應該不會有很大問題吧，頂多休息兩日就好了。」九月笑了笑。

「那就好。」祈冬雪鬆了口氣，她也沒空與她們多說，便引著她們往邊上走，登記禮金、禮品。

九月和祈福過去，余永挑著禮跟上，蘇力也隨後跟著。

祈冬雪注意到蘇力，見他跟著九月，忙拉著祈喜問道：「他是？」

「我外公的侍衛，是我外公派到九月身邊保護她的呢。」祈喜解釋道。

「出什麼事了？怎麼還要保護？」祈冬雪納悶地問。

「沒出什麼事呢，九月不是時常要去鋪子裡嘛，外公也是擔心她。」祈喜搖搖頭，看了看九月又說道：「昨天九月去鋪子裡，幸好有蘇大哥在，要不然還不知道被葛家姑姑怎麼樣了。」

「玉娥怎麼了？」祈冬雪又是一驚。

「她住在鋪子裡，也不知怎的，一下子發作，掐得九月的脖子上的印痕到現在還沒消下去呢。」祈喜有些不滿，不過九月已經解釋了要接葛玉娥來家住的原因，她也沒什麼可說的，反正，她相信九月一定有這個能力。

「又發作了？」祈冬雪正要細問，便聽到那邊有人喊她過去，她只好按捺下疑問，交代幾句匆匆過去了。

這邊，收祭品的人一個記一個唱，很快就把一擔子東西公布於眾，再把擔子騰出來。

「我們去給倪爺爺上炷香。」九月讓蘇力候在一邊，拉著祈喜去了靈堂，那兒自有人點了香分給她們，分香的也是她鋪子裡的夥計，看到她時還有些驚訝。

九月沒理會，接過香跪下，鄭重其事地磕了頭，上了香，才退了出來。

「九月，妳看，二叔、二嬸。」祈喜突然拉了拉九月的袖子。

九月回頭，只見祈康年和陳翠娘從一間屋子出來，和一位年輕婦人說著什麼，顯然他們已經來了有一會兒。

「他們怎麼這麼早來？也不等我們。」祈喜嘀咕道。

「隨他們吧。」九月朝祈喜搖頭，祈豐年不在、祈瑞年受傷，身為二哥的祈康年也理當該早些過來。

這會兒已經近午時，倪家倒是備下了素齋，等到道士們停歇下來，便有人來招呼他們入席。

這個時候，蘇力和余永便顯得有些尷尬。

祈冬雪還沒有過來，倪莊以及九月的幾個表哥也沒出來招呼，倒是有兩個婦人過來問道：「這兩位也是大嫂娘家人吧？」

「我是替我姑姑來的。」余永實誠地回道。

「那他呢？」

「我是九小姐的侍衛。」蘇力淡淡地回道。

「侍衛？」兩個婦人面面相覷，那不是下人嗎？突然之間，她們自覺比蘇力高了一等，也沒說什麼，直接走了。

沒有人招呼蘇力，蘇力也不在意，目不斜視地候在一邊。
九月原本跟著祈喜一起到了一邊，一回頭就看到這一幕，不由皺眉，想了想，九月拉著祈喜淡淡說道：「八姊，我們該回去了，妳要一起走嗎？」
「怎麼了？」祈喜順著她的目光，也看到了蘇力，馬上就明白了。「好，跟大姑說一聲就回吧。」
「嗯。」九月心裡有些不舒服，再怎麼樣今天他們也是客人呀，一時對這倪家的印象便差了許多，怪不得之前大姑回去都是一個人呢，看來這倪家對祈家並不怎麼親近。
祈喜很快就回來了，後面跟著一個男人。
「這是九月表妹吧？」男人含蓄地笑著，家裡老人才過世，也不能笑得太明顯，這個，九月倒是理解。
「這是表哥。」祈喜介紹了一下。
「表哥好。」九月淡淡點頭。
「怎麼才來就要回去呢？吃了飯再走吧。」倪松客氣地挽留。
「不了，爺爺臥病，家裡只有小廝，我不放心。」九月搖頭，尋了個最好的藉口。「明兒出殯，我們會早些過來。」
「外公的病可好些了？」倪松有些尷尬。「我一直忙，也沒能去看看他。」
「他如今需要靜養，等過些時日好些了，再去看無妨。」九月順著他的話說道。
「先吃飯吧，也不差這一時。」倪松只覺這位表妹冷漠得很，在她面前有些不自在。

「謝謝表哥，明天吧。」九月笑了笑，堅持道。

開玩笑，如此待客，讓她吃著，然後讓蘇力站著？

「那，我送送妳們。」倪松只好這樣說道。

九月倒是沒有拒絕，朝蘇力點頭，便往外走去，也不搭理余永。

「東家，這就走了？」那主持喪禮的老者是個人精，一眼就看出九月的不高興，這會兒便匆匆走出來，大聲問道，頓時引起眾人的注意。

「嗯。」九月頷首。

這時，那些小夥計還有道士們都站起來，朝九月行了行禮，這些人，自然也是鋪子裡派出來的。

九月並不認識，微微有些吃驚，她之前的主意也算異想天開，這段日子楊進寶也沒有通知她出來主持葬禮，沒想到他已經安排好一切，甚至還做得超乎她意料之外。

「東家，可有車？」老者壓根兒不知道自己引起轟動。

「沒有。」九月搖頭。「這兒不遠，我們走回去就是，你們好好做事，莫落了我們鋪子的名頭。」

「是。」老者應聲，拱手行禮。

「是，東家。」小夥計們都機靈，一看就知道要給九月造勢，齊聲應下。

這一下，頓時讓倪家人另眼相看。

原本，他們是不打算請人來主持喪禮的，偏偏幾個兄弟之間意見不統一，老爺子剛剛一躺倒，這邊就吵起來，連叔伯長輩們過來也勸不下，反被他們兄弟的胡攪蠻纏氣走了。這一來，也就沒有人肯出面幫忙。

無奈之下，倪松想起祈福巷好像有這樣一間鋪子，便尋了過來。只是，他們根本不知道這鋪子也是九月的罷了。

「李伯，楊掌櫃讓我送東西過來了。」正巧，九月等人剛要走，張義帶著幾個夥計到了，車上裝的正是九月要他們送給倪家的祭品。看到九月，張義一點也不意外地行禮。「東家也在呀。」

「張掌櫃來得正好，東家要回去，你的車正好送送。」李伯立即安排。

「好。」張義哪會不應，指揮夥計把東西搬下來，一邊對倪松說道：「倪哥，這對金童玉女是我們東家同意由鋪子裡給倪家的禮品，另外還有幾個花圈，也是我們東家送的，請收下。」

「這是？」倪松看了看車上搬下的花圈，有些驚訝。

「這是花圈，上面提了輓聯，是做小輩的對老人的一點哀思之意。」張義見九月這個時候要走，心裡已經有了懷疑，便故意賣弄道：「想來你也知道，我們東家的外婆是周師婆，東家從小跟著周師婆，對這些事自是極其精通的。我們所做的，便是東家的提點。這個花圈也是，喏，上面還有我們東家幾個姊妹的名字、這個是幾位姑爺的名字，以悼倪老爺子駕鶴西歸，永垂不朽。」

九月聽著張義這番不倫不類的悼詞，險些笑出聲來。

所幸，所有人的注意力都在花圈上，她才免於尷尬。

「多謝幾位表妹、表妹夫的美意。」倪松也是識字的，見輓聯寫得挺好，也就道謝收下了，心裡卻是不以為然。

在張義的護送下，九月等人回了家，余永想了想也跟著他們一起回來，到了祈家院子外，他有些靦覥地朝九月告辭，去了余四娘家。

「這人真是的。」祈喜自從得知余永就是余四娘介紹給她的那個，就百般不順眼。

「莫背後道人是非。」九月拍拍祈喜的肩。「去看看爺爺吧，我去讓小虎他們備飯。」

祈喜點點頭，去了祈老頭的房間。

九月招呼張義坐下，小虎、阿德看到他很高興，聽九月說要留張義吃飯，喜孜孜地跑回廚房去了，張義帶來的幾個夥計也沒閒著，紛紛去幫忙。

張義自然是向九月回報最近的各種事，這段日子的歷練，讓他變得越發穩重起來，談吐間也多了自信和謹慎。

「林老爺初一又來鋪子裡購了一個求子福袋，花了二百兩銀子，最近他常來呢。」張義說起林老爺，之前九月讓他注意，所以鋪子裡的瑣事說完，便提到了林老爺。

「他求子？」九月啞然，她的福袋有沒有效，她都不知道呢……

「他想要兒子在康鎮也不是多隱晦的事，據說還有不少人家把女兒送上門給他當妾。」張義笑道。「只是最近他經常去找齊公子，也不知道為了什麼事。」

九月點頭。「你們多注意著些，別讓他們注意到你們。」

「昨兒晚間，林府來了幾位貴客，林老爺親自去鎮外官道上接的，據說可能是京都來的。」張義點頭，他知道那姓林的勢力，自然不會做雞蛋碰石頭的事。

「京都……」九月皺了皺眉。

「東家，他似乎很注意您，您當心些。」張義關心地看著九月。「對了，阿安家的那位小丫頭，最近也和林府的人接觸過。」

「阿月？」九月驚訝地睜大眼睛，自從那時拒了阿月之後，就一直沒有聽過他們的消息了，他們怎麼會和林老爺牽扯上？「阿安知道嗎？」

「還沒告訴他。」張義搖頭。

「你私下告訴他，這件事讓他去解決。」九月微皺起眉，那阿月，不會傻到以為阿安為她做事就被人利用了吧？

「是。」張義點頭。

「你多幫幫他。」九月想了想，又叮囑道。

「是。」

張義應下，在這兒吃過午飯，便帶人回鎮上去了，他現在也是兩間鋪子的掌櫃，平時管著下人，要出門招攬生意，還要收集消息，不過他樂在其中，忙碌的日子，總比沿街乞討閒得捉跳蚤的日子好過。

他們一走，余四娘就樂呵呵地上門來了。

「三嬸，三叔怎麼樣了？」出於禮貌，九月關心了一句。

「沒事，床上躺著呢，阿永正給他推藥酒，我這姪兒呀，跟著他們村的跌打老師傅學過兩手，有些手藝呢。」余四娘一貫地把果兒塞到九月懷裡，一開口便讚了自家姪兒一番。

九月笑而不語，抱著果兒晃了晃。

「九月呀。」余四娘也不覺得尷尬，笑咪咪地看了她一會兒，才開口。「妳今年也有十六了吧？」

「嗯。」九月刮著果兒小臉蛋的手頓了頓，心裡有種不妙感。

「妳覺得……阿永怎麼樣？」余四娘又把話題轉到余永身上。

「嗯？」九月警惕地抬頭看她。

「就是我那姪兒，妳覺得他怎麼樣？」余四娘雙眼亮晶晶地看著九月，一副不等到答案不干休的樣子。

「他？」九月眨眨眼，裝作認真思考，好一會兒才說道：「力氣不錯，應該是個做事的好料子。」

「可不是嘛，他家呀，就他一個兒子，上頭還有三個姊姊，都嫁出去了，現在家裡呢，也新修了院子，六間磚瓦房，氣派著呢。這孩子吧，心氣也高，尋常姑娘都入不了他的眼，所以就耽擱到這個年紀了。」余四娘接得有點牛頭不對馬嘴。「家裡還有二十畝地，都是他一個人幹活呢，農忙的時候，日夜都在田地裡泡著，硬是一聲苦都不吭，妳說，是不是個有擔當的漢子？」

九月眼前似乎看到一個畫面——余永頂著星光在田裡忙著，就好像任勞任怨的老黃牛……咳咳，這樣會過勞死吧？

「九月呀。」余四娘以為九月聽得認真，說得更起勁。「不瞞妳說，阿永他……」

「九月。」就在這時，祈稷扛著鋤頭走進來，看到余四娘，他有些驚訝。「娘，您咋在這兒？」

「我為什麼不能在這兒？」余四娘的話剛要出口，就被自己兒子打斷，不由沒好氣地白了他一眼。「我還不是為了你女兒，抱她過來沾沾九月的福氣呢。」

祈稷聞言，不由歉意地看看九月。

「十堂哥，有事？」九月笑了笑，表示無礙，不過，她還是挺感激祈稷來得正是時候。

「草屋那邊的牆快好了，妳去瞧瞧，有沒有要改動的地方。」祈稷如今曬得越發黑了，頗有些趕上包公的趨勢，不過隨著院子的進度，他對蓋房子的事也越來越有興趣。

「好。」九月聽罷，順勢把果兒還給余四娘。

「三嬸，我先過去了，妳坐。」

「欸……」余四娘正要說，卻不知道想起什麼，眼珠子一轉便改了口。「好、好，你們去忙吧。」

九月隨祈稷出去，蘇力依舊跟隨。

余四娘等他們走遠，便抱著果兒匆匆回家，這大熱的天，也真難為了小果兒。

第一百三十二章

到了地方，遠遠地就看到有些規模的院子，祈稷要讓九月看的是後面的圍牆。高高的牆已被竹子密密夾了起來，就如竹牆般，而所有竹子都是種在地上的，沿著牆把小樓包在裡面，這角度正好擋去夏日西曬的酷熱，便是這會兒正午站在這兒，也很涼快。牆頭，都安上了密密麻麻的竹片以及破碎的、尖尖的瓦片，誰想攀上這麼高的牆進來，也是有些難度的。

至於前面河的兩邊，則搭起了竹廊，納涼垂釣都是好地方。

「很不錯。」九月滿意地點頭，在這個只能靠人工又偏僻的鄉下地方，能做到這樣很不錯了。

「九月，我們有個想法。」祈稷開心地咧嘴笑了，接著又有些不好意思地說道：「我說出來，妳莫笑話我。」

「不會的，你說。」九月搖頭，任何想法都是好的，怕的就是你想不出來。

「我和他們這段日子一直在談，大夥兒也有心，想吃這門飯。」祈稷撓了撓頭，指了指前面院子的工匠們。「只是我們都是粗人，不會畫圖紙，手上也沒有多餘的錢，所以……」

「十堂哥，你的意思是，你們想組建施工隊？」九月眼睛一亮。

「啊？」祈稷一愣，隨即連連點頭。「差不多就是這個意思，九月，妳看，能不能行？」

「當然行。」九月笑道。「你們準備由誰來當領頭人？有幾個人入夥？打算出多少本錢？」

「這個……」祈稷沈吟一會兒說道：「他們說讓我當領頭人，買材料聯繫啥的都讓我管、木工的活兒讓大洪出面、泥水匠有他們幾個，阿七則是工頭，本錢……大夥兒也沒多少，憑的也只是力氣，不過他們說了，想讓妳負責畫圖。」

九月笑了。「十堂哥，這建房子除了整體設計之外，還涉及屋內的裝修，你想讓我管著哪樣？」

「啊？還有這麼多事？」祈稷一愣。

「這樣吧，你和他們商量，萬事開頭難，我們剛剛開始，就不必做大，先穩妥些，就按我們這院子的估算來。」九月指指前面的院子。「看看這樣一套院子建下來，工、料全合在一塊兒需要多少銀子？主家若是出料，我們只做其他，又需要多少？總得有個章程才能談投本錢的事嘛。」

「我就知道找九月一定行。」祈稷興奮得一拍掌，站起來就走。「我這就找他們去。」

「十堂哥，不用這麼著急。」九月喊了一聲，卻沒能擋住祈稷歡快的腳步，只好無奈地笑著搖搖頭。「這性子，還是這樣急。」

祈稷的興致很高，黃昏時，他就帶著楊大洪和工匠柳七來家裡找九月了。

楊大洪現在已今非昔比，鋪子的事沒有告訴家裡，讓九月找了掌櫃、夥計管著，他只負責製造木器以及九月說的老人用品。現在兩個哥哥也跟著忙得腳不沾地、兩位嫂嫂對祈望也不再像以前那樣隨意訓斥了。另外他還招了幾個會些粗木工活的夥計，帶了兩個學徒，這會兒他底氣很足，腦子也越發靈活起來，祈稷和工匠們的主意幾乎也是他先起的頭。

待談妥分成、股份等事情後，其他的就好辦了，楊大洪負責木工、柳七負責招集人手，而祈稷負責接生意、進材料等等。

至於九月，暫時還派不上用場，所以，她的日子還是很悠閒。

第二天去倪家莊參加葬禮，這次，倪家人倒是很客氣，連蘇力也有了位子，祈冬雪眼中更是滿滿的歉意。

娘家姪女被冷落，她心裡也不舒服，只不過，她做不了什麼罷了。

九月也沒在意，吃過了席面，不待眾人圍上來招呼，便帶著祈喜匆匆回家。

天越來越熱，她才懶得頂著酷暑應付那些虛偽的人呢，就連祈康年和陳翠娘，她也沒怎麼說話，見面也只是客客氣氣地打招呼。

祈稷等人開始忙碌，草屋這邊交給柳七和楊大洪，他便四處去接生意。

余永被余四娘強纏著祈稷安排進柳七的隊伍裡，他做事倒真的是一把手，所以柳七等人倒也沒話說。

九月也開始忙碌，她無視所有人的議論，把葛玉娥接回家裡，接著，便開始照顧祈老頭和葛玉娥、偶爾去鋪子看情況聽聽張義給的消息、專心製香製蠟製福袋的日子。

進入七月，天氣更加悶熱，祈老頭的屋子裡雖然有九月、祈喜的照料，卻也少不了一股異味。

這日，九月見天氣稍有些陰涼，便讓小虎幫著把祈老頭抱到輪椅上，推到外面樹下乘涼，屋子裡也準備大洗特洗一番。

這一個月，齊孟冬時不時過來幫祈老頭看診，也順帶給大祈村的村民們診一診，倒是診出不少名氣，連附近幾個村子也有人聞風趕來。

先有文太醫施針疏通經脈，後有齊孟冬的手段，再加上九月、祈喜兩人細心照顧，祈老頭已經漸漸有了起色，如今坐在輪椅上，也是清清爽爽的。

葛玉娥也許久沒有再發作，每日盡心照顧祈老頭。就像這會兒，祈老頭坐在院子裡，她端著一碗九月讓小虎做的綠豆湯，坐在一邊慢慢餵著。

「請問，祈家大哥在家嗎？」有個中年婦女打扮得齊齊整整的出現在院門口，看到葛玉娥，直接走進來。

「妳找誰？」葛玉娥眼中有些警惕，找他的？但凡找他的，她都防備。

「祈家大哥，祈豐年吶，他在嗎？」中年婦女笑著上前，對葛玉娥說道：「我是隔壁村來的，今兒來，是有喜事呢。」

「他不在。」葛玉娥才不會給她面子，板著臉冷冷回道，也不去理會那女人，逕自給祈老頭餵綠豆湯。

「他去哪兒了？」中年婦女有些失望，在院子裡走動一下，往堂屋裡看了看。

「不知道。」說到這個，葛玉娥的臉又黑了一層，她來這麼多天了，連個影子都沒見到。

「妳哪位？」九月從屋裡出來，就看到這一幕，不由皺眉。這情況有些不對呀，難不成是來挑釁葛玉娥的？

「我是隔壁村來的。」中年婦女看到九月，眼睛一亮，上上下下打量她一番，笑著說道：「受人之託，上門求好事來的。」

「進來坐吧。」九月也在打量這女人，她沒有多想，最近來她家裡求福袋的人依然不少，估計這也是其中之一吧。

「好。」中年女人左右瞧瞧。

「坐。」九月倒上一杯涼開水，夏日炎炎，倒是省去了燒水泡茶的麻煩。

中年婦女也不客氣，接過便灌了半碗下去，看著九月微笑著問道：「妹子是祈家大哥的哪位閨女？」

「我叫九月。」

「原來妳就是福女呀，瞧瞧我，真是有福氣了，一來就見著福女本人了。」中年婦女很興奮，目光直直看著九月。「真真是天仙一樣的人物。」

「妳找我是求什麼符嗎？」九月無視她這番話，直接問道。

「我不求符。」中年婦女搖頭。「我來求姻緣的。」

「不好意思，我這符管不了姻緣的事。」九月婉言拒之。

「不是不是。」中年婦女連連擺手。「瞧我，見著妳連話都不會說了，我是替人來求姻緣的，我們村的楊老爺家三公子，從小就有神童的名頭，三歲能詩，五歲能作詞，八歲就作得錦繡文章，十三歲就成了小秀才，現在呀，也有二十歲了，一般姑娘他看不上眼，楊老爺託媒人尋了許多家姑娘，他就是不願去相看。」

「所以，想求個姻緣符？」九月失笑，勸道：「這位嬸子，這種事可不是符能解決，關鍵還得看緣分。」

「可不就是得靠緣分。」中年女人笑道。「楊老爺可著急了呢，這不，緣分就來了，楊三公子主動求楊老爺作主。我呢，平日說成的媒也無數對了，楊老爺就請我出來，讓我來你們家探探口風。」

「我們家探口風？為什麼？」九月顰了顰眉，隱約覺得不對。

「楊三公子看上姑娘妳了。」中年婦女笑得很歡快，就好像被那楊三公子看上是天大的榮耀般。「楊三公子可是我們村所有姑娘們的如意郎君呢，要是讓她們知道楊三公子鍾情姑娘，不知道得多傷心咧。」

「既如此，九月可不敢應這親事了，眾怒難犯，你們全村姑娘的公敵，九月可當不起。」九月撇撇嘴。

「當得起、當得起。」中年婦女忙一轉話鋒說道：「姑娘何時有空？要不要去見見楊三公子？」

「這位嬸子。」九月頓時沈下臉。「敢問，那楊三公子如今功名如何？」

「哦，原來妳在意這個啊。」中年女人被她的臉色嚇了一跳，不過聽到這話，頓時又鬆了口氣。「三公子日日苦讀夜夜用功，想考個功名還不簡單。」

「是嗎？」九月淡淡一笑。「十三歲中秀才，如今雙十仍是秀才？看來文才也不過如此。」

中年婦女愣住，細一想，可不是如此？

「讀書也是需要天賦技巧的，日日苦讀仍不得其果，顯然是死讀書了，至於夜夜用功……這鐵打的身子只怕也熬不住，妳說我尋個壞了身子的相公做什麼？」九月不待中年婦女開口，睨著她似笑非笑地問道：「莫不是……楊家是想求福氣，以為我嫁過去他就能考中舉人了？

「不好意思，我還有事要忙，就不送了，請告訴楊老爺，秀才家的門楣太高，九月小小村姑高攀不起。」九月看到中年婦女支支吾吾說不出話來，心裡便有數，也不想再浪費工夫。「請。」

中年婦女尷尬極了，有心再說上幾句，可一抬頭看到九月一臉淡漠，想起那些傳言，心裡突了一下，只好笑了笑離開了。

「她來幹什麼？」葛玉娥盯著那女人的背影，有些陰沈地問。

「沒事呢，就坐坐。」九月笑笑，留意著葛玉娥的表情。

「她說來找他的。」葛玉娥皺起眉，說得不明不白。

「她是來找我的。」九月卻聽懂了，立即更正。

「真的？」葛玉娥這才鬆了眉頭，歡喜地看著九月。

「真的。」九月回了一個暖暖的笑。「天熱，妳也去喝些綠豆湯，這兒我來。」

葛玉娥就像個聽話的孩子，把碗遞給九月，自己站起來進了廚房。

「爺爺，好喝嗎？」九月舀了一勺餵到祈老頭嘴邊，一邊笑著問道。

「好……吃……」祈老頭混濁的眼中有著笑意，他現在口齒已經清楚許多，說話也不那麼費勁了。

「那您多吃點。」九月笑了。

「她……」祈老頭嚥下一口，目光看向院門外。

「那是來說媒的，我拒絕了。」九月坦然說道。「爺爺，那人妄想著抬我去填他們家福氣呢，我不想去。」

祈老頭聽罷，又是搖頭又是點頭，口中說不出來，好一會兒，才朝九月豎了豎大拇指，表示肯定，他沒法表達意思，可心裡卻明白著呢。

九月拒親的事，余四娘很快就知道，她樂呵呵地抱著果兒過來坐了坐，讓果兒討祈老頭歡心的同時，也挖著九月這兒的八卦。無奈葛玉娥少了根筋，根本聽不懂她說什麼，九月又不屑說這些，對她的問話也是能搪塞就搪塞，態度客氣讓她挑不出刺，卻偏偏也沒有讓她得到有用的消息，最終，只能灰溜溜地敗走。

這件事，就像是炎炎夏日裡的小插曲，沒有激起半點漣漪，就被九月抹平了。
這日一早，九月見天色陰陰的，又沒有平日酷熱，事情也不多，便沒讓蘇力陪同，一個人早早地去了工地，查看成果。
工匠們已經忙起來，路邊也堆放著用來鋪地的紅磚。九月找到柳七，問了鋪地的進度，又按照自己的要求，哪兒需要花壇、哪兒需要排水溝，一一指明，這才回家。
新院子的圍牆已經打到外面，出了圍牆，沒多少步就是村口岔路。
昨天融的蠟模，今兒還要雕刻和鑲嵌，一日的工夫便有些緊了。
九月緩步而行，邊走邊想，很快就到了自家院子的坡下。
她突然覺得有人看她，便停下來，猛地回頭往後看去，只見村口站著一個瘦弱少年，身邊跟著兩個小廝。
那少年瘦得跟竹子似的，還是彎彎的那種竹，披紅掛綠，打扮得很喜慶，反倒是身邊兩個小廝看著順眼許多。
九月這會兒已經確認這人是在看她了，可是那人也不過來，她也不過去問，便看了幾眼，轉身繼續上坡。
那少年見她進院子，又往這邊移了移。
九月在門口時留意到了，不由皺眉，那少年很陌生，她確定並不認識，他為什麼要偷窺她呢？

第一百三十三章

「黃大哥。」九月一進門就看到黃錦元在院子裡練功夫，便喊了一聲。

最近九月出門都是蘇力跟著，黃錦元便留在家裡守護，同時也練練功夫，這會兒聽到九月喊他，立即收勢，走了過來。「九小姐。」

「外面好像有人在偷看我們家，你幫我看看吧。」九月吩咐道。

「是。」黃錦元點頭，立即出去了，很快便又回來。「九小姐，外面並沒有人呢。」

「沒人？」九月驚訝地看著他。「是個很瘦的少年，穿紅掛綠的，有些駝背，還帶著兩個小廝，沒有嗎？」

「外面確實沒有人。」黃錦元搖搖頭，隨即說道：「九小姐放心，我會留意的，要是有這樣的人，立即逮起來問個明白。」

「逮就不必了，問問就好，多注意些。」九月搖搖頭，進屋做事去了。

只是，事情遠遠沒有九月想得這樣簡單。

第二日，她依舊去了工地，巡了一圈再出來，再一次，她在村口的方向瞄見那紅紅的身影，只是那紅影遠遠地在村口待著，也不過來，她便沒去過問。

然而第三日，她又看到了。

第四日，他還在那兒……

「九小姐，人逮到了。」這時，黃錦元的聲音響了起來。
接著，有人憤憤地說道：「放開我們家三公子！」
九月錯愕地看向門外。
「黃大哥，他是誰呀？」祈喜從堂屋出來，好奇地看著他們。
九月站起來，開門出去，只見黃錦元一手一個逮著人家的衣領，身後還有一個被蘇力控在手裡，三人均是一臉驚恐地看著黃錦元和蘇力，掙扎著想脫身。
「九小姐，可是這小子？」黃錦元把紅衣服的楊三公子拎到九月前面。
楊三公子的驚恐神奇地消失了，他目光癡癡地看著九月，竟面帶微笑。
「楊三公子？」九月皺眉冷眼看著少年，心裡嘀咕不已，不是說二十歲了嗎？怎麼看著像十二、三歲的少年？還是營養不良的那種。
「小生楊甫，見過祈小姐。」楊三公子竟無視黃錦元的箝制，就這樣衝著九月抱拳作揖起來。
小生？小姐？當自己是張生啊？九月錯愕地看著楊甫，忍俊不禁。還神童呢，那楊家把一名神童養成這樣，也算是天才了。
楊甫行了禮，一抬頭就看到九月的笑，頓時魂兒都沒了，只直勾勾地看著九月。
「大膽。」黃錦元見狀，直接把手上的人都扔到院子裡，自己閃身一步擋在九月面前。
楊甫摔倒在地，又被後來的小廝壓住，跌了個狗趴式，正要掙扎著站起來，蘇力又是一揚手，另一個小廝又跌了過去，撞在兩人身上，兩人痛呼一聲，好一會兒緩不過神來。

九月忍不住拿手擋住眼睛。

這小身板，可別壓出個好歹啊。

所幸，人家楊甫瘦是瘦了些，但也不是紙紮的，等兩個小廝慌張起來，他再掙扎著爬起來，一身紅衣已滿是灰塵。

他站定後，扶了扶自己的髮髻、撣了撣衣襟、拂了拂身上灰塵，邁著方步到了九月面前，覷著黃錦元的側臉對九月又是一揖。「小生有兩句話想對小姐說，不知小姐能否屏退左右，容小生細細道來。」

「滾，我們家九小姐，豈是你等隨意能窺視的？」黃錦元眉頭挑了挑，忍住揍人的衝動對楊甫吼道。

真真是可忍，孰不可忍，居然敢無視他的存在，繼續對九小姐不敬。

「祈小姐，小生真的有話要說。」楊甫卻不理會，只直直看著九月。

九月被他的這番奇葩作派嚇到了，不由起了興趣。「想說什麼直接說，不要故弄玄虛。」

「小生想請教小姐為何拒婚？」

九月撇撇嘴。「因為我還不想提親事。」

「就是因為這個嗎？」楊甫眼中大亮。

「這個還不夠嗎？」九月沒好氣道。

「夠。」楊甫重重點頭，也不問後面的話了，直接朝九月又是一揖。「小姐請放心，小生這就回去用功，待明年秋闈，定奪取魁首，鳳冠霞帔前來迎娶小姐。」

說罷，帶著小廝揚長而去。

「啊？」九月傻愣愣地看著遠去的紅影，許久才回過神來，眨著眼問黃錦元等人。「他剛剛說什麼？」

「稟九小姐，方才那小子什麼也沒說。」黃錦元一本正經地應道。

「他這兒是不是有問題？」九月不由樂了，指著腦袋說道。「這人也太逗了，自說自話，居然就……哈哈。」

「區區秀才，也敢妄想九小姐，活膩了他。」蘇力也冷哼一聲，表情很是不屑。

「呃，你們倆可別做什麼，說不定人家真的能考中狀元呢。」九月好笑地搖頭。「寧欺白髮翁，莫欺少年窮。」

「九小姐，他若真高中了，您還真嫁他？」黃錦元忍不住問道。

「我又沒答應他。」九月翻了個白眼，轉身進屋。「該幹麼就幹麼，不用理他。」

時值盛夏，九月的桃花卻一朵接一朵的開了。

繼楊甫之後，短短七天，便陸陸續續來了四個媒人，不是給祈喜說媒，便是給九月介紹對象，惹得姊妹倆不勝其煩。

也終於，水家坐不住了。

這一日，一早起來便大雨如注，工地停了工，九月擔心那邊，戴著斗笠穿了蓑衣冒雨前去查看。這種天氣，黃錦元和蘇力自然不會讓她一個人出去，苦勸無果，只好跟上。

到了工地，柳七帶著人已經四下巡看過了，排水溝做得極好，略有些瑕疵，也趁此機會修正過來，河道兩邊也做了防護措施，不用擔心雨太大會引發水漫金山的事故。

九月又去看了院子，後面和兩邊都做了排水，前面也按她的要求鋪上紅磚道，加上之前建造房子時，起的地勢就稍高，這會兒倒是沒有一滴水漫進去。

「不錯。」九月滿意地點頭。「挑個好日子，就可以搬進來了。」

至於前面那院子，自然也是安然無恙，現在只缺把門窗全部安好，把家具打造好，布置起來就行了。

「大夥兒都當心些，要是水漫上來，就去屋子裡待著吧。」九月臨走前叮囑柳七一聲。

「我們曉得的，妳不用擔心這邊，快回去吧。」柳七揮手催促她回去。

九月笑了笑，帶著黃錦元和蘇力回祈家院子，心裡一邊想著該什麼時候搬進去比較好。

她剛剛到院門口，就聽到有人在和祈喜說話。「八喜啊，這事妳看就這樣定下來，可好？」

九月不由愣了一下，什麼事就這樣定下來了？

當下忙進院子，只見堂屋裡，兩個婦人一左一右圍著祈喜，而祈喜則臉紅紅地低了頭，沒有作聲。

「八姊。」九月摘了斗笠，卸下蓑衣，黃錦元立即接過，和蘇力兩人退到外面。

「九月。」祈喜看到她，猶如盼到救星似的站起來，跑到九月身邊挽著她的胳膊。

「怎麼了？」九月眨眨眼睛。

「她們是……」祈喜未語臉先紅。

「又是來說媒的？」九月直接問道，看向那兩個婦人，唔，她認得，一個是水家的，另一個好像是葛家的，心裡便有了數。「不知道兩位嬸子是為哪家來的？」

「喲，九月回來了。」葛家婦人笑著站起來，另一個卻有些尷尬，站在一邊朝九月笑了笑。

「我去看看爺爺。」祈喜低低地和九月說了一句，轉身逃進屋裡。

「坐。」九月客氣地點頭，在主位坐下，微笑著問道：「兩位嬸子何時也對說媒有興趣了？」

「哪是有興趣呀，這不是看著八喜和宏娃子兩個也不容易嘛。」葛家婦人見她臉色不算壞，心裡略略鬆了口氣。

「九月呀，我知道水家大嫂子之前做得有些過了，她呢，如今也知道錯了，可是長輩麼，總是拉不下臉來跟小輩說對不起，你們做小輩的就大量些，揭過那檔子事，可好？」

小輩就該大量？九月笑了。「嬸子說得是，水家本來就和我們沒關係，我沒必要揪著那點事不放，再說了，我本來也就沒放在心上。」

「我今兒來，就是受了水家大嫂子託付，來跟妳爹商量宏娃子和八喜的親事，他們從小一起長大，難得也是彼此有心有意的。」這葛家婦人倒是個能說會道的，一邊打量九月的臉色，一邊笑著勸道：「之前為了這親事，鬧得大家都知道了。宏娃子還因為這事跟家裡鬧翻了，出去這麼久，到現在沒回來，這不，水家大嫂子這心裡頭悔著呢。」

「同一個村住著，一起長大的人可不少呢。」九月淡淡說道。

「況且，之前我八姊好好一個姑娘家，被他水家嫌棄成那樣，如今再攀這門親，你們讓我八姊以後還怎麼抬頭做人？這樣的緣分，揭過也就揭過了，水宏大哥若是個人物，往後在外頭帶一個更好的回來，豈不是更讓水家風光？又何必沾惹有我這樣災星的人家。」

葛家婦人聽到這話，心裡頓時一驚，壞了，這是怨氣還沒出呢。

水家婦人也有些不安起來，之前水宏娘鬧事，她也被喊了去壯勢，雖然沒有出面說什麼，只怕也在九月面前落下了印象，今天再上門，唉……

「之前的事確實鬧得人盡皆知，可如今不也過去了嘛，水家嫌棄我們家門楣低，自還有那不嫌棄的人家在，我八姊不比任何人差，親事麼，也不急。」九月淺笑著。「兩位嬸子可吃飯了？中午在這兒用飯吧。」

「不，不用。」人家話都說到這兒了，她們哪好意思再坐下去，心裡不由遺憾，剛剛就應該在九月沒回來以前拿下祈喜的，只要祈喜答應了，九月作為妹妹，有什麼話好說？

「既如此，就不耽誤兩位嬸子了。」九月點頭，這會兒還早呢，她們好意思真的留下吃飯？

兩位婦人只好起身，拿了傘出門去了。

九月回頭，喊了一聲。「八姊，出來嘛，人都走了。」

祈喜眼中滿滿的失望，卻沒有說什麼，低著頭從門簾後走出來，坐到九月旁邊，只咬著唇不說話。

「八姊，妳不會怪我沒應這親事吧？」九月睨著她問道。

「不會。」祈喜忙搖搖頭。「我知道妳是為我好。」

「知道就好。」九月哼了哼，看著外面的雨幕嘆了口氣。「之前水家太過分了，我有災星名頭的時候，他們是如何說的如何做的？水大哥為此與他們翻臉，連入贅祈家的話都說了，到最後你們還是沒成。再後來呢，我們家情況也算好轉了吧，他們家又是什麼反應？今天這一趟來，只怕是聽說有人上門向妳提親，想到水大哥可能會因此不再回來，才有今天這一趟吧？」

祈喜低了頭，神情黯然。

「他們一來，我們就應，將來妳過去的日子能好過嗎？進了那個門，我想幫妳，也就力不從心了。」九月看到她這個樣子，不由嘆氣。

「那……怎麼辦？」祈喜不得不承認九月說得對。

「她們要是再來，妳不用管，我來處理。」九月微微一笑，拍了拍祈喜的肩。「一年之約未到，急什麼。」

「嗯。」祈喜終算有了點笑容。

「行了，爺爺交給妳，我回屋做事去了。」九月站起來，她還有好多事呢。

九月以為，今天那兩位婦人回去答覆了水家，至少這幾天不會有動靜。

然而，到了晚上，他們剛剛用過飯，九月正準備提水洗漱的時候，雨勢也只是稍稍小了些，竟又有人上門來了。

來的居然是祈家族長和大祈村的村長。

這兩位冒雨上門，自然不能敷衍了事，九月客氣地把他們請到堂屋，祈喜奉上了茶。

「族長、老村長，下這麼大的雨，有什麼事派人喊我們過去就是了，怎麼還親自來呢？」

「唉，這樣的事，哪能讓妳過去說呢？」老村長擺擺手，端著茶抿了一口。

「九月呀，妳爹呢？」族長慈祥地問道。

「他出門了，前些日子鋪子裡要進貨，也沒個可靠的人，我爹就去了。」九月一律用這個藉口擋了。

「那倒是，畢竟是妳爹，幫妳頂著也是應該的。」族長點點頭，又關心起祈老頭。「祈大哥如何了？身子骨可好轉一些？」

「勞兩位關心了，我爺爺好多了呢，現在能坐著乘涼，簡單的話也能說上一、兩個字。」九月應道。

「我們聽說玉娥在妳這兒？」老村長又問。

「嗯，玉姨的病不能沒人照顧，之前的事想來兩位也知道了，當年要不是玉姨，我早死在我娘肚子裡了，也幸虧她，去了我的災星名頭，讓我日子好過些，於情於理，我都不能棄她不顧。」九月心裡納悶了，有些吃不準兩人的來意，只好耐著性子專心招待。

然而老村長接下來的一句話，頓時提起她剛剛放下的心。「如此，八喜的事也只能找妳說了。」

「啊？」

「村長，您說的我八姊的事，是什麼事？」九月疑惑地問。

「今兒水宏他爹來過我家了，託我做個和事佬，來說合兩個孩子的事。」

老村長笑道：「因為之前的事，他們也和水宏那孩子鬧僵了，那孩子一生氣，到現在也不知道在哪兒，他爹也掛心啊，畢竟是自己最有出息的娃。」

九月心裡對他最後一句話鄙視不已。

「水宏他爹病了，估計也病得不輕，來我們家說話的時候，一直咳，我還看到他咳血了。唉，老實了一輩子的人吶，向來不求人，今天求到我老頭子身上，我才厚著這老臉走這一趟。」老村長也有些不好意思。「我也不好意思開口，這不，拉了他來幫幫腔。」

「村長，您也知道我們兩家的事，您覺得我們能隨便答應嗎？」九月想了想，緩了語氣。「水大伯如何，我不清楚，可水家嬸子……我實在不放心讓我八姊過去，她那性子必定受欺。」

「九月呀，到底是妳姊姊的親事，妳做妹妹的，哪能摻和呢？這會兒妳爹也不在，要不，讓妳八姊自己出來說說？」族長問得倒是溫和，但這話讓九月很不舒服。

第一百三十四章

「族長、村長，我爹出門的時候，把這個家交給我了，也包括我八姊的事。」九月淡淡說道。「我總不能明知水家人不好相處，還把我八姊推過去吧？」

「可八喜和水宏那是有情有意的呀。」村長嘆氣。

「任何的情意，都擋不住天長日久的瑣事糾葛，水宏大哥是男人，必定要扛起外面一切風雨，可家裡的呢？一天，他能護著我八姊；兩天，他可以對家裡人曉以大義；三天，他或許還能一碗水端平，然而過日子是一天、兩天的事嗎？」

九月搖頭。「族長和村長都是長輩，吃過的鹽比我吃過的飯還要多，這其中的艱難，想來也不用我一一細說了吧？我說這些，也沒有對兩位長輩不敬的意思，只是心疼我八姊，不想讓她受那份罪。」

「妳說得是有道理。」族長頗有同感地點頭。「我們今兒來，也就是想問問意思，如果水家人妥協，保證以後會改，你們家是不是也能鬆口了？畢竟兩個人也鬧到那種地步，能在一起是最好的，換了別家，總有些疙瘩。」

「改？江山易改，本性難移。」九月笑道。「兩位長輩可信那水家嬸子能改多少？那些水家的親戚們又能改多少？」

「這個……」族長頓時被問住了，狗改不了吃屎啊。

「那，難道就沒有半點退路了嗎？」老村長皺眉想了想，到底沒有忘記水宏他爹咳的那一口血。「之前水宏曾說過入贅祈家的話，那畢竟不大合適，不如都各退一步吧，他們保證不欺負八喜，你們也鬆個口，成全了他們。」

「他們家能讓到何種地步？」九月相信，老村長既然邀了族長同來，必定是從水家人口中得了底線的，只是，水宏他爹真的病到無藥可救的地步了？為什麼這麼著急來提親？

「他說，只要祈喜能嫁過去、水宏能回家去，三媒六聘，一樣少不了。」老村長人精般的人物，一下子從九月的話裡嗅出了希望，忙說道：「他還希望，以後水宏也別過那種動刀子的生活，夫妻倆就開間小鋪子能過日子就好了。」

鋪子才是重點啊。九月頓時恍然。

「九月呀，寧拆十座橋，不毀一門親，水宏那娃兒對妳八姊也是一片癡心，要不然也說不出入贅祈家的話，他不會虧待八喜的。」族長也幫腔。「水家那些人是過分了些，不過以後有妳村長伯盯著，我們看著，他們也不敢做出過分的事。妳有什麼條件，大可以提一提，以後妳八姊和水宏過得好，對妳也是件功德無量的事嘛。」

「是啊，妳有什麼條件，說來聽聽。」老村長連連點頭。

「也罷，既然兩位長輩都這樣說了，我也不好不提提。」九月想了想，順著臺階下來。「第一條，水宏大哥可以不用入贅我們家，但我家八姊也不能摻和到他們水家去，他們得另外建一處院子出來讓他們當新房。」

「這……」族長和老村長面面相覷。

「他們家出房子、我們家出嫁妝。」九月扳著手指數著。「水宏大哥也不是長子，就沒必要和老人一起住了吧？按著他們家的規矩，其他人該出多少，相信他們也不會不出的，以後兩家日子各過各的，逢年過節的串個門，大家客客氣氣的。日日相處一起，保不準就是誰欺誰的煩心事。」

「如此，倒也可以說說。」族長細想了想，還是站在九月這邊，看著老村長點點頭。

「第二，」九月微微一笑，素手一伸，擺出兩根手指。「水宏大哥可以不入贅我們家，但他們的第一個孩子，無論是男是女，必須姓祈，以續我祈家香火。」

「這也不是不可。」族長點頭。

「嗯。」老村長細想了想，倒也沒反對。

「第三，」九月又伸出一指，笑得淡然。「水宏大哥既娶了我八姊，便不能再有二心，不得與任何女人有染，水家人更不能以任何藉口插手他們倆的事，否則我不介意讓親家變成仇家。」

「這個妳放心，我們莊戶人家不興納妾。」這次，兩位老人都點頭。

「族長、村長，你們也知道的，我娘連生九個女兒……」九月不好意思地笑了笑。「以水家人的心性，我防患未然也不是沒道理的。」

「理解、理解。」兩位老人連連點頭，對九月更加不敢小覷。

「第四，」九月又伸一指。

「還有第四？」老村長哭笑不得，他可以想像，等他去回了水家，會是什麼樣的場面。

「村長，您嫌多？」九月調侃地說道。

「妳說，別理他。」族長眼一瞪，支持道。

「第四，水家人不得妄想我八姊的嫁妝以及她以後的生意。」九月想了想，補充道：「除非我八姊自己願意。」

「生意？」族長一臉驚訝。「難道外面說的都是真的？妳們幾個姊妹都有鋪子？」

「外面說什麼了？」九月看著他們問道。

「都說妳幾個姊姊都有鋪子。」老村長也好奇，這小妮子真這麼厲害？才短短半年就把幾個姊姊家都提攜起來了？

「那是我外公買給我們姊妹的見面禮。」九月淡淡一笑。「契上落的都是姊姊們的名字。」

「我說呢，水家為什麼這麼急……」族長嘆了口氣。

「還有第五沒有？」老村長笑了笑，有這樣一個妹妹，也是祈喜她們的福氣了。

「暫時沒有了。」九月咧咧嘴。「老村長，他們家出錢蓋的院子可不能是那種土牆茅草屋喔，我也不說幾進的院子了，就按尋常人家的院子來就是了，但磚瓦房是必須的。」

族長和老村長兩人已經不覺得奇怪了，相反，他們對水家的反應很感興趣，帶著九月的條件，兩位老人相攜離開。

九月見天還下著雨，天色黑黑的，怕兩位老人出事，便讓黃錦元和蘇力送他們回去。

看著人出了門，九月才笑著轉身，掀了布簾朝祈喜挑眉問道：「八姊，可滿意？」

祈喜雙頰紅撲撲的，唇邊勾著一抹笑，眼中卻隱隱有淚花，看了九月好一會兒，突然撲進她懷裡哭起來。「九月……」

九月無奈地拍拍祈喜的背，笑道：「哭吧哭吧，願望成真，理當喜極而泣。」

被她一說，祈喜頓時又「噗」地笑出來，白了她一眼，又不好意思地低了頭。「九月，謝謝妳。」

水家的回覆很快，翌日午後，老村長和祈族長再次登門，樂呵呵地轉達水家的意思。「所有要求全部應下。」

九月頓時愣住了，疑惑地問道：「村長，他們就什麼意見也沒有？」

「哪會沒有意見呢。」老村長笑道。「這結果，都是水宏他爹一力支持的，他說了，他現在還是一家之主，他說了算，所以你們的條件，他全應下了，今兒讓我們來正式作這個媒，看看何時交換庚帖、商議婚期。」

「水宏什麼時候回來？」九月還是不放心，她總覺得事情沒這麼簡單，這件事，還是等水宏到家以後比較保險。

「他家已經去鏢局託信了，鏢局的人說他們這一趟很順利，不出十天半個月的就能回來了。」老村長說道。「他們家的意思是，趁這段日子先把親事定下來，議了婚期，家裡就早些著手蓋房子，等到水宏回來就可以成親了，水宏他爹這是擔心自己熬不過今年吶。」

「這麼嚴重？」九月驚訝地問。「他去看過大夫沒？」

「怕是捨不得那個錢吧。」老村長嘆口氣。「妳爹何時回來？」

「不知呢。」九月搖搖頭。

「這事可怎麼辦？」老村長和祈族長互相看了看，有些為難，長輩不在家啊。

「也不急吧，好歹等我爹回來。」九月有心拖一拖，便說道：「或是等水宏回來，他要是真心想求娶我家八姊，到時這個主我也是能作的。」

「妳這個做妹妹的作主？」祈族長搖搖頭。「不妥，這樣好了，到時候妳爹要是還沒回來，這個話我來說。」

「也好，那就有勞族長了。」九月行禮。

送走了族長和老村長，九月去廚房找到小虎。「小虎，你速去一趟鋪子裡，找張義，讓他查查水宏這趟鏢到了哪裡。」

小虎沒有問別的，直接點頭走了。

九月心神不寧，回到屋裡也沒法靜下心來製蠟，便乾脆放下刻刀，轉而打開裝香料的盒子，調了些安神香出來點燃，再取了筆墨紙硯，慢慢地研磨，鋪開紙，一字一字的默寫心經。

自從遊春刻好木板，她就不曾像這樣靜下心來好好寫字了，今日心緒不寧，才想起這靜心平氣的法子來。

沒一會兒，九月的注意力便集中到筆尖，拋開所有雜念。

也不知道過了多久，香燃得剩下一半，屋裡充滿淡淡的香味，光線也暗下許多，九月看不真切，才停下筆。

這時，門響了。「九月。」是祈喜。

「進來。」九月應了一聲，擱下筆，整理一下不知何時鋪滿了桌子的手稿。

祈喜推開門，卻沒有進來。「九月，有客人來了。」

「誰呀？」九月驚訝地抬頭，瞧外面的天色已近黃昏。

「是水伯。」祈喜回頭瞧了瞧，有些拘束。「妳快出來吧，來了有一會兒了。」

水伯？水宏他爹？九月忙收好東西，滅了那未燃盡的香，走了出去。

水宏倒是長得像他爹。九月的第一個印象便是如此。

「水伯。」九月走過去，水宏爹站在院子裡，也沒進堂屋，佝僂著腰，手裡還拿著一個土煙袋。

「欸、欸。」聽到喊聲，水宏爹忙扣了扣煙斗，轉過身來，他的臉色有些發黃，雙眼浮腫，看起來確實不大好。

「您有什麼事嗎？」九月暗暗有些吃驚，她還是第一次見到水宏他爹，怎麼會是這副樣子？

「我……有事要說。」水宏爹看看祈喜，有些猶豫。

「您請屋裡坐吧。」九月忙請他進堂屋，祈喜很機靈地跑去泡茶。

「我……」水宏爹想了想，跟著九月進門，坐下後，煙桿橫在膝上，有些侷促地撫了撫膝蓋，好一會兒才說道：「我是為了水宏的事來的。」

「那您的意思是？」九月也不意外，只是好奇他為什麼這麼急？

「我已經聽村長說了，妳爹不在，家裡現在妳作主，我思來想去，還是來了。」水宏爹抬起頭看了看九月。「之前水宏他娘做得太過分，我在這兒跟妳道歉，希望妳看在水宏的分上，別跟她計較。」

「水伯言重了，過去的已經過去，不必再提。」九月無奈地搖頭。

「我沒多少日子了。」水宏爹低聲說道。「我希望在我還活著的時候，看到水宏成家立業。我這些孩子中，他是最小的，也是最有出息的，可是這個家拖累了他。妳提的幾個條件，我覺得很好，可我家裡……唉，我想儘快在我還有力氣管的時候定下，他們就不能說什麼了。」

九月沈默了。

「妳放心，等事一成，我就去找族長，我們水家雖然沒入這兒的宗祠，可村裡還有老村長、還有五姓族長，我請他們作證，絕不會虧待八喜的。」水宏爹生怕九月不同意，急急說道：「八喜要是還有條件，只管提，只要我辦得到，我都同意。」

「水伯。」九月嘆了口氣。「那些條件都是我提的，我不希望我八姊受苦受屈，她並不知道我說的這些，至於您說的，我信。」

「那妳的意思是？」水宏爹急切地想要個答案。

「不能等水大哥回來再說嗎？等他回來，看看他的態度。」

「他的態度還不明白嗎？」水宏爹苦笑道。「他之前是和家裡斷了關係才出去的，他都說要入贅祈家了，那孩子說到做到，既然說了最後一年攢銀子還給家裡，他就不會早些回來，我……已經等不及他回來了。」

「水伯，您要是想看大夫，我可以幫您聯繫。」九月關心道。父愛如山，這個老實了一輩子的莊稼漢子，在時日無多的時候終於爆發，他想為兒子盡最後的一份心，她還能說什麼？

「不了，那些錢……還是留給他們成親用吧。」水宏爹笑著搖搖頭。「這些年家裡的銀子都是水宏攢回來的辛苦錢，可是家裡又這麼多人，實在是……唉，我對不起宏娃子啊。」

「這樣……」九月為難地垂眸，事情若只是純粹出於一個父親對兒子的關愛，那也就罷了，可偏偏她心裡很不安啊，這也是她遲遲不敢鬆口的原因，她擔心事情有變，會讓祈喜難過。

「要不，我給妳跪下了。」水宏爹見她猶豫，抬頭看她好幾眼，突然站起來就要朝九月拜下。

「水伯，這可使不得！」九月幾乎跳起來，遠遠躲開。「您是長輩，您這樣不是折我的壽嗎？」

「我……」水宏爹尷尬地站著，跪也不是，不跪也不是。

「水伯，要不您看這樣好不好？」九月嘆氣。「您先回去，我和我八姊說說，看看她是什麼意思，到時候我再告訴您，如何？」

了。

「那……妳什麼時候告訴我？」水宏爹不放心。

「三天吧。」九月想了想，不得已，只好給了個期限。

「好。」水宏爹雖有些不滿意，不過也不敢為難九月，點點頭，拿著他的煙桿佝僂著走了。

祈喜去泡茶，卻一直沒有回來，九月送走了水宏爹，直接拐進廚房，卻見祈喜一個人坐在灶後發呆，鍋中水早就燒沸，她卻沒有發現。

「八姊，妳幹麼呢？」九月忙上前攔下祈喜仍不斷添進灶的柴禾，驚疑地看著她。

祈喜回過神，慌亂地站起來。「我這就泡茶。」

「妳在想什麼呢？」九月一把拉住她。「人家都走了，還泡什麼茶呀，妳看看，一鍋水都要被妳燒乾了。」

「我……」祈喜紅了臉，低頭擰著衣角。

「怎麼了？」九月彎腰看了看她的臉。「到底出什麼事了呀？」

「九月，水伯過來……是不是不同意……那件事？」祈喜猶猶豫豫的，好半晌才問道。

「什麼跟什麼呀。」九月沒好氣地翻了個白眼，手指戳了戳祈喜的額頭。

「八姊，不是我說妳，妳怎麼就這點出息？心裡有疑問，不會出來偷聽他要說什麼嗎？自己躲在這兒胡思亂想個什麼呀？要不是我過來看看，妳是不是打算把我們家房子燒了？」

祈喜喃喃說道：「我心裡害怕。」

「害怕什麼？」九月嘆口氣。「行了，別瞎猜了，水家人就算都不同意，只怕水伯也是站在水大哥這邊的，他方才還險些給我下跪，讓我同意你們早些定下呢。」

「啊？那怎麼行？他好歹是長輩……」祈喜一聽，急了。

「行了，我又不糊塗。」九月好笑地拍拍她的肩。「阿德哪兒去了？還不做飯？」

「九月，那這件事……？」祈喜拉著九月的手不放，哀求地看著她。

「妳別操心，反正不會讓妳失望的。」九月笑笑，一語揭過。

第一百三十五章

很快，就到了九月和水宏爹約定的三日之期，張義還沒有消息傳來，九月反覆考量，又加上祈喜天天可憐兮兮地看著她，最後只好鬆了口。祈喜和水宏之間有一年之約，如今有水宏爹出面，自然比他們自己堅持要好上許多。

所以第三日，水宏爹親自來等回答時，九月點了頭。

接著，便是媒人上門提親，交換庚帖，水宏爹高高興興地請了老村長在村子裡選址買地準備蓋房子。

祈喜這邊，也羞答答地開始繡嫁衣。

九月瞧著她一臉歡喜，也就不好再說什麼，興許那只是她的錯覺，事實上什麼事都沒有呢？

又順風順水地過了三日，媒人滿面笑容地上門道喜。這三日，兩家平平順順的，就連水家也難得的和氣，說明這即將過門的媳婦兒福緣極好。

九月耐著性子聽了媒人一番恭維的話，接著便開始商議婚期。

水宏爹很急，已經找人排好八字、挑好四個日子，這不，媒人把寫好日子的四張紅紙也帶來了。九月瞧了瞧，那四張紙上寫著八月十八、十月初十、十月二十二、十二月二十二。

按著九月的想法，自然是越晚越好，選得早了，水宏都沒回來呢。

「十二月二十二。」九月沒有猶豫地抽了這一張，擺到媒人面前。

「這……會不會太晚？」媒人目光微微閃了一下，她是得了水家好處的，自然想促成下月十八的好日子。

「這最晚的也不過半年，要做全了六禮，只怕半年還不夠呢。」九月淡淡地說道。「我們已經很讓步了，他們家只要出房子，其餘家具用品全歸我們出，可是這也不能代表他們就可以不給我們面子，這聘禮總也得擺出來撐撐場面吧？」

「那是自然、那是自然。」媒人自然知道九月的厲害，也不敢得罪她，便連連點頭。

「嗯，那就有勞妳辛苦，讓水家挑個好日子來下聘，不過記得先提前告訴我一下，我也好準備回禮。」九月還要去鎮上，也沒有和媒人多客套，從腰間摸出半兩碎銀子放在媒人面前。「妳拿著買雙鞋。」

「哎喲，這怎麼好意思？」媒人眼睛一亮，笑著起身，朝九月道謝，喜孜孜地掃下半兩碎銀子，拿著紅紙告辭走了。

九月好笑地搖搖頭，不好意思別拿呀。

目送媒人遠去，九月去了祈老頭的屋裡，祈喜和葛玉娥都在裡面，一人幫著祈老頭搖扇，另一人幫著按揉雙腿。

葛玉娥如今的狀態越來越好了，也不知道是不是因為她曾妄想過當祈家兒媳婦的緣故，反正她照顧祈老頭的細心以及言行舉止都「稱職」極了。

「八姊，我得去趟鎮上，明兒才回來，妳們在家當心些。」九月多少還是有些不放心，便交代了下。

「妳只管去吧，家裡有我和八喜呢，不會有事的。」葛玉娥卻接過她的話笑道。「水家的人要是來了，我們就回了他們，讓他們改天找妳談就是了。」

九月看看她，笑著點頭。「那就辛苦玉姨了，妳自己也是，多注意些，別累著了。」

「知道了。」葛玉娥點點頭，雙手在祈老頭的腳踝處揉著，九月和祈喜幫祈老頭按摩的手法，她竟學了個十成。

「八姊要我帶些什麼嗎？」九月回頭看看祈喜。

「帶些繡線吧，家裡的……色有些不全了。」祈喜最近老是臉紅，這不，又紅了。

「好的。」九月也不多耽擱，轉身回自己屋裡，收拾了最近做好的各種香和香熏燭樣品。這一批，她做的全是方塊狀，倒是簡單，不用一筆一筆雕刻，不過方塊的四面全嵌入了花卉，梅蘭竹菊的點綴，讓方塊蠟燭變得精美許多。除此，便是她每半個月要交出去的符，符裡添加了香，添得不多，存放久了便會揮發殆盡，所以必須要新鮮製好的才行。

收好東西，九月叫上了蘇力。

黃錦元心細，功夫也好，便讓他留在家裡照應，他也知道家裡有個葛玉娥，便也沒有說什麼就應下了。

蘇力接了九月的背簍，兩人一前一後往鎮上走，路上常遇到熟人，一路也不至於無聊。

到了鎮上鋪子裡，九月把東西交給葛石娃。

葛石娃對雕刻居然還頗有天分，如今已經掌握雕蠟的技巧，雕出來的居然也是有模有樣。當然，練成這成果的代價，就是他手上一刀刀的劃痕。

九月沒有對他的劃痕多加關心，臺上一分鐘，臺下十年功，任何成果都不是平白得到的，她讚賞他的努力，無須過多贅言，給予信任就足夠了。

把新樣品都給了他，又花了小半個時辰說了做法以及要注意的細節，九月看著他說道：「我明兒才回去，有什麼不懂的儘管問我，有什麼要帶回去的，也趁早。」要帶的自然是帶給葛玉娥的。

葛石娃點點頭，猶豫著問了一下。「我娘……有沒有添麻煩？」

「沒有。」九月搖頭。「她現在很好，幫了我不少大忙，我爺爺那兒如今倒不需要我怎麼看顧了。」

「那就好。」葛石娃鬆了口氣，雖然他也時常從她這兒聽到他娘的情況，可有些日子沒消息，他心裡就沒底。這麼些年下來，他是最清楚他娘發病時是什麼樣子的。

「你忙吧，我去找張義。」九月揮揮手，逕自出去。

葛石娃默默地看著她，直到她的身影被那布簾徹底遮去，他才斂了眸，回到位子上研究那些新樣品。

張義管著壽衣鋪和花圈鋪子，九月沒問任何人，直接去了那兒，蘇力落後一步不緊不慢地跟著。

壽衣鋪子裡，有四、五個人正在挑東西，三個夥計正客氣招呼著。一旁，兩個紮紙的老師傅正在編製冥塔。連那花圈鋪子裡，也正忙忙碌碌，鋪子裡原來擺的花圈已經都沒了，如今只有大小不一的竹架子，兩個小夥計繫上紮好的紙花。

九月笑了笑，看來這兩個鋪子的生意不錯。

連蘇力，也對這情形感到驚訝，原本他是不看好這兩間鋪子的。

「東家。」張義從對面的棺材鋪子匆匆出來，他現在負責與人談生意，衣著打扮也講究許多，加上這段日子的歷練，他儼然脫胎換骨，成了穩重的生意人。看到九月，他眼中微有些歡喜，快步上前。「我正要去大祈村找您。」

九月欣賞地打量張義一番，笑道：「那件事怎麼樣了？我看你一直沒消息，就來看看。」

「我要說的就是那件事。」張義朝蘇力笑著點頭打過招呼。

「嗯，屋裡說話吧。」九月帶頭往後院走去。

後院裡，製壽衣的裁縫和另外兩個紮紙人的師傅正忙碌著，身邊都有小夥計照應幫忙。

「自那日倪家莊的喪禮之後，我們又接了六樁生意呢，我又尋了幾位熟悉各項事宜的老人，如今也有主動上門投靠的，已經有八位禮儀師傅了。」張義按著九月當日說的職位招了人，這會兒見到九月，主動說起近況。「每位師傅都有三位夥計，今兒有五位師傅出工去了；一位輪休；兩位出去接生意了。」

「嗯，禮儀師傅這八位就行了，無須再添，畢竟康鎮也就這麼點大，又不是天天有人過世，也不是每戶有喪的人家都會請人幫忙的。」九月提醒道。

「是。」張義點點頭，他已經想到這點，所以納進來的這幾位也是千挑萬選的。「東家，我覺得喪禮可做，那成親的司儀是不是也可以做？還有大戶人家慶壽什麼的……」

「自然。」九月笑了，朝張義豎了豎大拇指。「不過你得記住，有些人還是很忌諱的，這辦喪的禮儀師傅和喜事的師傅還是要區分開來，免得人家心裡有疙瘩。」

「那，我們是不是可以再開一間與下聘置嫁妝有關的鋪子？」張義很高興，他的想法得了九月的肯定，越發自信起來。

「為什麼不可以？」九月好笑地看著他。「你有什麼想法，儘管和楊掌櫃、二掌櫃提，他們有經驗，成不成的，肯定知道。」

「好。」張義雀躍地笑了，這時，三人進了一間空屋，也是平日用來招待客人的。

「事情如何了？」九月有些迫不及待，剛剛坐下，就開口問道。

一聽九月問起事情，張義的笑容頓時斂了下來。

「東家，水宏出事了。」他凝重地看著九月。

「什麼?!」九月頓時愣住，急急問道：「出什麼事了？」

「原本這趟鏢走得很順利，只是他們回程的時候，經過黑風崖，遇到了攔路匪，水宏……去向不明。」張義嘆了口氣。

「只有他去向不明？」九月瞇起眼睛。

「是呢，另外還死傷了兩個，我找人尋了他們鏢局的人，他們半個月前就得了消息，只是怕消息不準確，二來也是怕那些家屬來鬧，消息就壓了下來。」張義點點頭。

「可惡。」九月終於知道自己莫名其妙的不安是怎麼回事了，果然出事了啊，她猛地站起來，快走了三步，到了門口，突然又停下來，轉頭看著張義。「你能在一天之內打聽到水宏他爹是不是真的患了不治之症嗎？」

「能。」張義點頭，之前查水宏的下落花了那麼多天，也是因為黑風崖離這兒太遠，他不得不借助遊春的情報網。至於水宏他爹就在大祈村，難不倒他。

「那好，速去速回。」

九月的臉陰沈沈的，張義和蘇力兩人看了面面相覷，從認識她到現在，還是頭一次看她這樣。張義忙領命出去，留下蘇力陪著九月。

九月皺眉想著水家的種種反應，越想心裡越火，水家很可能已經知道水宏的消息，所以才會這麼急，甚至妥協答應她的每一個條件，原來，打的是這種主意。

水宏要是能回來，這事自然皆大歡喜，要是回不來，親事已經定下，到時候只要水家不放人，祈喜還跳得出這坑嗎？

該死，居然把主意打到她八姊頭上來了！九月憤憤地拍了一下桌子。

蘇力原本站在門邊，聽到動靜忍不住驚訝地回頭，看到九月氣呼呼的樣子，想了想，倒也理解她的心情。

他和黃錦元自然也知道水家提親的始末，如今又聽到這樣的消息，心裡也明白了個大概，想了想，蘇力到九月面前。「九小姐，此事交給屬下去辦吧。」

「你？你能做什麼？」九月愣愣地看著他。

「屬下去黑風崖打聽水宏的下落。」蘇力平靜道。
九月立即站起來，看著他飛快問道：「你知道黑風崖？那你知道那兒是不是真有攔路匪？你覺得水宏他……會不會真出事了？」
「屬下知道黑風崖，離這兒來回大概需要一個月，之前曾聽說那兒確實藏匿了一幫土匪，至於其他的，屬下不清楚。」蘇力如實回答。
「真有匪？」九月吃驚地看著他，皺了皺眉。「那你一個人去又有什麼用？」
「九小姐放心，屬下心裡有數，不會有事的。」蘇力頗有自信地說道。
「真不會有事？」九月還是不放心。
「真不會。」蘇力笑了笑。「屬下保證，無論有沒有消息，一個月後必回。」
「那……」九月猶豫了，在屋子裡踱了小半個時辰的步，終於有了決定。「那一切拜託你了，你記住，務必保重自身安全，要是有什麼發現，千萬不要輕舉枉動，我們到時候再想辦法。」
「是。」蘇力心裡一暖，鄭重地行禮。
「走。」九月看看他，嘆了口氣，領著他回香燭鋪，向張信支了一百兩銀子。「這些也不知道夠不夠路上盤纏。」
「九小姐，不必這麼多。」蘇力只取了一半。「這一半也花不完。」
「都帶著吧，窮家富路。」九月全塞給他。「還需要什麼？」
「不用，就這些吧。」蘇力失笑，也不推辭，把銀子交還給張信，換了幾張小面額的銀票。「屬下得先送九小姐回去。」

「我就這麼點路，又不會有事。」九月搖搖頭，這會兒又盼著蘇力能儘早啟程。「你需要什麼快去準備，早去早回。」

「如此，屬下告辭。」蘇力想了想，也沒有堅持。鎮上離大祈村這麼近，再加上她福女的名頭，想來也沒人會對她做什麼。

「千萬珍重。」九月親自送蘇力出了巷口，心裡沈重不已。

她真希望，明兒就是一個月之後，這樣蘇力就能回來，她就能知道結果，可是這是不可能的，日子還得一天天的過。

悶悶不樂地回到香燭鋪的房間裡，和衣躺在床上想心事，九月躺了一會兒，又坐起來，屁股一轉，踩著鞋子站起來。反正睡不著了，不如去街上逛逛，順便給八姊買些繡線回來。

「姑娘起來了，一會兒就吃飯了。」舒莫抱著一小把柴禾正要進廚房，聽到動靜，回頭看了一下。

「嗯，我出去逛逛，馬上回來。」九月點頭，快步走了。

到了巷口，祈夢一家正在招呼客人，九月隨意打了個招呼，也沒打擾他們，直接往街上走去。集市雖然近，賣的卻都是雜物、食材，沒什麼可逛的，還是去各間鋪子看看。

「喲，這不是祈姑娘嗎？」九月剛剛來到一家陶瓷鋪前，就被一婦人喊住了。

九月回頭瞧了瞧，竟是之前遊春請去她家提親的媒人。

媒人見九月沒反應，以為她沒認出來，笑著說道：「我是錢媒婆呀，之前遊公子請我去妳家提親的呀，妳不認得了？」

「原來是妳。」九月微微一笑，點點頭。

「祈姑娘這是要做什麼去呀？」錢媒婆很熱情，大街上就拉著九月聊起來。

「隨便逛逛，買些東西。」九月神情淡淡。

「喲，祈姑娘還需要上別人鋪子裡買呀，妳自家鋪子不是什麼都有嗎？」錢媒婆大驚小怪地喊道。

「我們家也不是樣樣都有的。」九月抽了抽嘴角，不想繼續說下去。「妳忙，我不打擾了，一會兒買了東西還得趕回去呢。」

「好好。」錢媒婆連連點頭，她不敢強拉九月，只揚著嗓子喊道：「等過幾天，我去妳家談婚期的事啊！」

九月腳下險些踉蹌了一下，這不靠譜的媒人，大街上拉著她說這些？她逃也似的進了陶瓷鋪子，沒有注意到，身後的錢媒婆還沒走開，就被兩個人摀了嘴擄走了，而陶瓷鋪子不遠處的小茶樓樓上，林老爺、郝老爺剛剛從窗口縮回頭去。

第一百三十六章

九月在陶瓷鋪子裡磨蹭好一會兒，選了幾樣合用的小罐子，付了錢提著出門，沒看到那個媒婆，她才鬆了口氣，一時也沒了逛街的興致，匆匆去買齊了祈喜要的繡線回了鋪子。

餘下的半天，九月都在雜物房裡和葛石娃一起雕蠟度過。面對手藝，葛石娃倒是不矯情，遇到不懂的就問，反倒是那幾個夥計，見九月在這兒都有些侷促，出了幾次差錯，最後被葛石娃斥了一頓，才專心又小心翼翼地做事去了。

入夜，九月早早地便熄燈歇下，只是她輾轉了大半夜才疲乏入眠，翌日又早早醒來。

吃過早飯，張義便帶來了水宏爹的消息，他倒是沒有騙她，是真的病了，整日整夜地咳嗽，還吐了幾口血，家裡人已經偷偷給他準備後事。

「沒騙人？」九月有些驚訝，心裡總算也舒服了些。

「沒有。」張義笑了笑。「我看他們家一定是知道了水宏的事，還商量著等這親事成了以後，怎麼分配鋪子呢。」

「想得倒是美。」九月哼了一聲。「你多打聽打聽，我先回家去了，要是他們趁我不在家去找我八姊，我那傻八姊肯定不是他們對手。」

張義只是笑，沒說什麼，事實上那些人昨天下午就已經找上門了，只不過被黃錦元擋在外面，沒驚動祈喜等人罷了。

「咦？我昨兒來，怎麼到現在也沒瞧見阿安？」九月猛地想起來。
「他家裡有事，讓楊掌櫃准了他幾天假。」張義的神情有些奇怪。
「出什麼事了？」九月關心道，隨即皺眉。「是因為阿月嗎？」
「嗯，差不多。」張義難得沒有告訴九月具體的事。「阿安說他會解決。」
九月點頭。「好吧，你照應著些，別讓他硬來。」
「知道的。」張義應下，其實他知道阿安和阿月所有的事，無奈阿安鄭重囑咐不讓他說，他既應了就不能食言，而且他也看得出來阿安對九月的心思不一樣，在這點上，他也有一點點私心，想到這兒，張義看向九月的目光閃了閃，避了開來。他知道自己是誰，這輩子只有在這位置上才能和她離得這麼近；才能為她做許多事，他相信阿安也是這樣想的。
來的時候，是蘇力揹著背簍，回去的時候，張義也不知道蘇力已經啟程離開，也沒在意，和九月聊了一會兒，就自去忙了。倒是葛石娃發現些許不妥，九月揹著背簍離開的時候，他向張信請了假，遠遠地跟在後面。
九月擔心祈喜，一路也走得極快，很快就到了林子裡面，來到以前阿安被張義他們攔截的地方，突然，左邊草叢中傳來窸窸窣窣的聲音，她急退了幾步，便看到一個黑影竄出來，停在她面前。
九月嚇了一跳，又退了幾步，很快看清眼前的黑影是什麼。
那是一個男人，蓬頭垢面，衣衫襤褸，那褲腳已經撕成了一縷一縷，腳上還沒有鞋子，從頭到腳都是黑乎乎的。

男人佝僂著腰，蓬髮下的眼睛惡狠狠地盯著九月。「妳這個妖女！」

他一開口，九月就聽出來了，竟是趙老山！

「趙老山？」九月皺了皺眉，知道是趙老山，她反而不怕了，不過還是警惕地退後一步。「你怎麼在這兒？」

「妖女，妳害得我好苦！」趙老山沒理會她，咬牙切齒地說道。

「趙老山，你這是越獄？」九月抿著唇。「你可知，被抓回去就是罪加一等了。」

「妖女，是妳害了我，今天我非吃妳的肉、喝妳的血，把妳剝光了掛到鎮門口去不可，讓他們都看看，妳到底是個什麼玩意兒！」趙老山低吼一聲，張著手就要撲上來。

他這是瘋了？九月可不敢站著由他去撲，忙轉身就跑。

「別跑！」趙老山見她要跑，更受到刺激，大喝一聲就追了上去。

九月揹著背簍，跑得有些吃力，沒一會兒那趙老山居然就拉近了距離，手已經勾到她的髮。

九月忙往邊上拐去，心裡急得要死，以前來往鎮上多次，都有蘇力相隨，硬是連隻小蟲子都沒碰到，沒想到今天蘇力剛走，這趙老山就冒出來了，她這是倒的哪門子的楣呀！別人還稱她福女，有見過福女這樣倒楣的嗎？

「妖女，去死吧！」趙老山衝出去幾步就停下來，轉身繼續往九月這邊撲來。

這時，後面有個人竄出抱住趙老山，一邊大聲吼道：「快走！」

居然是葛石娃！

九月跑出去的腳步又縮回來，驚訝地看著他。今天這是怎麼了，怎地不該出現在這兒的都出現了？「你怎麼在這兒？」

「快走！」葛石娃悶聲喊道，一雙手臂緊緊箍著趙老山，卻也被趙老山的手肘連連撞擊了好幾下。

趙老山一邊撞著葛石娃，一邊死死地盯著九月，那眼神，猶如凶惡的野獸看到食物般。

「你……」九月看著葛石娃，被眼前的情景觸動，想了想，到旁邊尋了一截粗樹枝對著趙老山沒頭沒腦一頓好打。

趙老山發了狠，竟不顧九月的痛打，幾次伸出手來想抓九月，葛石娃隱隱有抓不住他的跡象。

就在這時，後面又冒出一個人，來人動作很快，瞬間就躍到九月身邊，對著趙老山的後頸猛地一劈，趙老山翻了個白眼昏死過去。

這突來的變故，讓九月和葛石娃都傻愣著，好一會兒才看向那人。

「老魏！」九月徹底傻眼，不該出現在這兒的趙老山出現了；該在鋪子裡的葛石娃冒出來救她；連這跟著遊春去了京都的老魏居然也出現在這兒！

「祈姑娘。」老魏樂呵呵地對九月抱了抱拳。「真沒想到啊，我老魏才離開一天，妳就出狀況了。」

「嗯？你的意思是……你一直沒離開？」九月驚訝地看著他。

「是呀，之前是被派去保護妳爹，後來妳爹跟著少主走了以後，我就被少主留下來暗中保護妳，沒想到這段時日一直風平浪靜的，我昨兒就想著去一趟縣裡打聽消息，沒想到就出事了。」老魏無限感慨道。「我在縣裡知道這老小子跑了，就知道不對勁，還真讓我猜到了，還好有這小子在，不然我就來晚了，唉，要是妳出了事，我拿命向少主獻罪都不夠啊。」

「那你這段日子都在哪兒啊？為什麼我們都沒發現你？」九月很震驚。

「我一大老粗，在哪兒不能待？」老魏咧咧嘴，笑道：「反正妳是發現不了我的。」意思就是，黃錦元他們發現過他了？九月疑惑地眨眨眼。

「祈姑娘，這廝我先送回去給鎮上的捕頭，你們也先回鋪子裡吧，等這事了了，再回去。」老魏轉移話題，上前一把扛起趙老山。

葛石娃這才抱著肚子爬起來。

「你沒事吧？」九月見狀，忙擔心地問。

「沒事。」葛石娃面無表情地搖頭。

老魏扛著趙老山走在前面，九月看著彎腰幫她撿東西的葛石娃，輕聲問道：「你怎麼在這兒啊？」

「我打算回去看我娘。」葛石娃把東西都放回她背簍裡，順勢把背簍拿起來揹在自己後背上。

九月聞言，只是笑了笑。「走吧，讓齊公子給你開些藥。」

葛石娃也不接話，往前面看了看後，突然說了一句。「趙老山瘋了。」

「嗯？你怎麼知道？」九月問道。

「他的眼神。」葛石娃語氣越發淡漠。

九月卻懂了，趙老山的眼神，讓葛石娃想起以前的葛玉娥，瘋癲的人，眼神必有相同之處，葛石娃看了這麼多年，自然一看就分辨出來了。

看著葛石娃沈默的背影，九月長長地嘆了口氣，跟了上去，可憐的孩子……這些年都是怎麼過來的……

進了鎮，老魏扛著比叫花子還要狼狽的趙老山直接去了小衙門，葛石娃和九月直接回了鋪子，在鋪子門口，看到齊孟冬送林老爺出來。

齊孟冬看到她，微微笑了笑，語帶親暱。「昨兒來的？怎不過來坐坐？」

「有事呢，林老爺好。」九月對林老闆福身，示意葛石娃自己去忙。

葛石娃什麼也沒說，提著她的背簍進去了。

「祈姑娘，幾日不見越發明豔了。」林老爺依然那副態度，只不過目光中卻明顯多了探究。

「謝林老爺誇讚。」九月笑了笑，這林老爺似乎盯上齊孟冬了，隔三差五的就過來尋他，一坐就是大半天。

「呵呵，哪天有空，祈姑娘可以和齊大夫一起來我家坐坐，拙荊好客，偏偏家裡也沒幾個客人，她呀，閒得發慌呢。」林老爺笑著邀請。

九月自然不可能真的去，只是沒有直接拒絕。

齊孟冬替她應下，送走了林老爺，回到門口時看了看九月，有些驚訝地問道：「出什麼事了？」

「趙老山逃獄了。」九月用很輕的聲音說道，目光還看著巷口。

「何時？」齊孟冬皺眉。

「剛才我在林子裡遇到他了，多虧了老魏。」九月簡單地說了。「老魏這會兒送他去投案了。」

「進來說。」齊孟冬點頭，若有所思地摸摸鼻子，示意九月跟他進去。

九月出入藥鋪也不是一天、兩天的事，掌櫃和夥計們已經見怪不怪，她直接跟著他到了後院，院子簷下的桌椅未撤，顯然是剛剛招待林老爺坐過的。

「我過幾天也要進京了，正要和妳說這些事，我還以為妳這次也要住上幾天呢。」齊孟冬走到井臺邊，搖起繩軲轆，從水桶裡端了一個罐子上來，回到這邊坐下，他舀了一碗放到她面前，居然是銀耳羹，摸著便涼涼得沁人心脾。

「家裡有事，我放心不下。」九月嘆口氣，不客氣地端起來就吃，外人面前，也就是齊孟冬這兒還能讓她這樣隨意。「好吃，你做的？」

「肯定不是我。」齊孟冬笑了笑，自己也盛了一碗。「不過是為妳準備的，誰知道那姓林的老黏著我。」

「他黏你幹麼？」九月壞心地睨著他。「你們……不會是有什麼吧？」

「有什麼問題？」齊孟冬看出她的不懷好意，瞪了一眼，沒好氣地說道：「妳是個姑娘家，想法別那麼彎彎繞繞，要不然我告訴遊少去，讓他收拾妳。」
九月也不裝什麼不好意思，大大方方地說道：「好啊，你讓他明兒就來。」
齊孟冬頓時無奈了，人在大牢裡，他哪有這通天的本事。
九月斂起笑，盯著齊孟冬問道：「你進京做什麼？事情有變故？」
「京都的事妳就別操心了，管好自己就是。」齊孟冬卻不想告訴她。「妳最近也不少事啊，那些說媒的都搞定了沒有？可別到時候遊少回來了，妳家門口還一堆媒婆。」
「你別給我提媒婆。」九月沒好氣地攪了攪碗中的銀耳羹。「你說，他從哪兒找的媒婆？昨天在大街上遇到我，就拉著說提親的事，那嗓門，生怕別人聽不見似的。」
「怎麼了？又不是什麼見不得人的事，難不成妳不想讓人知道遊少向妳提親了？」齊孟冬頓時樂了。
「你們要是想讓人知道我和遊春的關係，為什麼那個林老爺來的時候，老是你出來掩護？」九月白了他一眼，很不服氣地說道。「我和你什麼事都沒有吧？平白毀我清譽，哼。」
「咳咳，這個……」齊孟冬頓時尷尬了，清咳兩聲，轉移話題。「我不在的時候，妳當心些，老魏這人直性子，功夫卻不弱，再加上妳外公兩個侍衛便足夠了。」
「趙老山今天出現只是偶然。」九月撇嘴。「難道還有人想對付我？」
「我幫妳掩護也是一時的，有心人一查就能知道遊少和妳的事，我想這會兒姓林的已經對妳起疑心了。」齊孟冬苦笑，事情有些出乎他們意料，郭老回了京，卻仍沒有明顯的動作，倒是姓林的動作頻頻。

「他到底是什麼身分？」九月放下碗，認真問道。「他在這件事裡，又是什麼樣的角色？我對這些一無所知，要怎麼防備他們？」

「他的妻舅與京都的人有關係，可以說他們都是一條船上的人，懂嗎？」齊孟冬想了想，含糊地說道。

「不懂。」九月不高興地哼了哼。「之前子端說這兒是他對頭的地盤，指的就是他們？」

「嗯，林家，還有郝家，他們是親家，同流合污，這些年沒少為那些人斂財，糧、鹽……被他們貪了不少。」齊孟冬嘆口氣，認真地看著九月。「他們若是知道妳是遊少的人，必會有所行動，更何況妳爹也是此案最關鍵的一個。」

「他們會對我或是我的家人下手？」九月吃了一驚。

「妳的家人倒還不會。」齊孟冬咧咧嘴。「主要是妳呀，妳爹的女兒、遊少的心上人，分量夠重吧？」

「去……」九月鬆了口氣，端起銀耳羹繼續品嚐，無所謂地說道：「只要他們不動我的家人就好，我麼，大不了就是一條爛命。」

齊孟冬眼皮子跳了跳，無可奈何地勸道：「妳別這樣想，遊少不會允許妳出事的，我們也不會。如今也只是猜測，妳自己當心些，那時災星之名妳還用得那般順手，如今是福女了，總不至於傻到浪費了這麼好的名聲吧？」

「我知道。」九月扯扯嘴角。「什麼時候走？」

「也就這兩天吧。」齊孟冬一臉歉意。「義診的事我會安排大夫去。」

「喔。」九月點頭，提不起興致。「那我到時候不去送你了，我明兒得回大祈村去。」

「有沒有什麼要我帶上京的呢？」齊孟冬調侃地問道。

「沒有。」九月淡淡應道。「讓他記住自己說過的話就是了。」

「放心，他不輕易承諾，但說出來的，必會做到。」到底是兄弟，齊孟冬為遊春說了一句好話。

「那最好。」九月吃完站起來，拖長聲音說道：「祝你一路順風，我回去做事了。」說罷，也不等齊孟冬回話，就出了鋪子，逕自回到自家院子。

第一百三十七章

九月到了雜物房裡，沒有說什麼，坐下後直接開始做事，葛石娃都有些奇怪地看了看她。

「嘶——」一個出神，刀劃上指尖，瞬間綻放了紅蕾，九月回神，看著指尖的嫣紅皺了皺眉，她這兩天心神不寧的感覺越來越明顯了，偏偏卻無能為力，這種感覺讓她很不舒服。

葛石娃起身抽去她手中的刻刀，收拾她面前的蠟塊和蠟屑，接著，一個小夥計已經跑去外面拿了乾淨的布巾過來，舒莫緊跟著進來，看到九月手指上的血，上前就要幫忙。

「不礙事的。」九月拋開心頭紛亂的思緒，朝他們笑了笑，接過小夥計手中的布巾，自己收拾起來。

舒莫來來回回跑了三趟，非讓九月包紮好手指，才皺著眉說道：「姑娘，您是不是累了？累了就去歇歇吧，這些事有葛兄弟他們呢。」

九月在舒莫的「強制要求」下，乖乖回了屋，在屋裡做做這個寫寫那個，也就消磨了一天，吃過了飯，又洗了個澡，清清爽爽地坐在院子裡納涼。

七月底的夜，酷熱，蚊蠅肆虐。

九月讓舒莫取了蚊香，在桌椅四周燃了起來，人坐在其中倒是頗為清靜，周落兒乖巧地坐在九月身邊，端著小碗喝著井水鎮好的涼粉，面前蹲著那幾隻已經長大許多的狗兒。

這個時候，鋪子還沒有打烊，在後院製香製燭的夥計雖然回去休息了，葛石娃卻還在雜物房裡挑燈奮鬥。這些日子他總是如此，以往院子裡只有舒莫母女，他就帶了蠟塊回隔壁自己的房間，加夜班，琢磨雕工。

「落兒，去把葛叔叔叫出來涼快涼快。」九月搧著扇子、喝著清茶，瞥了雜物房一眼，這麼熱的天，他還悶在那兒，可別中暑了。

「好的。」周落兒點點頭，小心地把碗放到桌上，跑到雜物房門口軟軟地喊。「葛叔叔。」

葛石娃有些驚訝，抬頭看看周落兒，他來這兒後，也沒和周落兒多說話，這會兒聽到周落兒喊他，不由奇怪。「怎麼了？」

「姨姨讓你出去涼快涼快呢。」周落兒站到一邊，指了指外面的九月。

葛石娃略有些猶豫，想了想，最終放下刻刀站起來。

「姨姨，他來了。」周落兒見他站起來，飛快地跑回九月身邊，繼續對付那餘下的半碗涼粉。

葛石娃走了出來，腳步仍有些猶豫。

「葛兄弟，來，喝碗涼的。」舒莫注意到，從廚房裡端了一碗涼粉出來，放到桌上，還給他搬了張小板凳。

葛石娃目光微閃，坐了過來，不過他把小板凳往邊上移了移，這才端起碗。

「葛大哥。」九月聞到一股汗味，對他不經意的舉動，不由微微一笑。「天氣炎熱，別在屋裡悶太久，會中暑的。」

葛石娃低頭慢慢吃著，好一會兒才點頭。「嗯。」

「鋪子裡的事也算穩定，你也不用天天守著，找時間回去看看玉姨唄。」九月有心和葛石娃化解這疙瘩，便有話沒話的找著話題。

「好。」葛石娃卻惜字如金，硬是不多吐一個字。

「明……」九月正要繼續說，張信帶著老魏走進來，她只好停下，站了起來。「魏叔，可吃過飯了？」

老魏被她這一聲「魏叔」喊得眉開眼笑。「吃了呢，我來看看妳，今兒沒被嚇到吧？」

「這點小事，我膽子沒那麼小。」九月笑了笑。「那件事怎麼樣了？」

「縣衙的捕快已經追過來了，刑捕頭正好也在鎮上，明兒他們會把人帶回去。」老魏笑著把遇到刑捕頭的事說了一遍，又安慰九月一番，揚言這次定要把趙老山徹底制伏。「妳放心，他以後不會再有機會找妳麻煩了。」

「都是一個村的。」九月嘆了口氣，不過心裡卻沒有太多遺憾，趙老山也是罪有應得了。

「那種人是不會顧念同村不同村的，要不然也不會對妳動手了。」老魏不屑地搖頭。「對了，刑捕頭的意思，明兒妳最好去一趟，把事情經過說一說，他們好呈上去，依我看，他們也對這趙老山很不滿了。」

「好。」九月點頭，去就去唄，順便謝謝刑捕頭。

老魏沒有待多久，就告辭離開了，葛石娃也帶著蠟塊回到自己屋中。

九月等到前面鋪子打烊，前後門都閂好落鎖，才回樓上去了。

之前院子裡還有張義和阿安，後來又有葛玉娥，可現在她要是回去後，就剩下舒莫母女，不知道她們會不會害怕？

一夜無夢，九月第二天起來就找舒莫問這件事，換來舒莫臉紅紅的沈默。

「莫姊，怎麼了？」九月若有所思。

「姑娘，我……」舒莫揉著臉，雙頰越發地紅，不過她沈默了一會兒還是告訴九月真相。

「阿五他……常來的。」

「如此，那就這樣吧。」九月放心了。「你們可定好日子了？」

「他說了呢，下月二十六是好日子。」舒莫雖然臉紅，語氣卻柔柔的，帶著甜甜的味道。

九月又細問了些辦婚禮的事。

五子和舒莫都不想大辦，只準備在大祈村老屋子那邊辦幾桌，然後依然回來這兒做事，以後就把家安在鎮上了。

「有什麼需要幫忙的儘管說。」九月也只能這樣交代，至於賀禮，自然也少不了的。

辰時過後，老魏過來了，在他的陪同下，九月帶上葛石娃一起去了衙門，花了一個時辰才算結束。

接著，那幾位捕快就準備啟程，趙老山被鎖了重枷，腳上鎖了鐵鍊，艱難地跟在後面走出來。

一看到九月，趙老山無神的眼睛頓時鎖住她，看了好一會兒，凶狠地便要往這邊走，被幾個捕快及時拉回去。

「老實點！」捕快喝道，其中一個往趙老山身上狠狠地踹了一腳。

趙老山頓時摔倒在地，頸上的重枷也不知道是不是年久腐朽，這一撞竟然四分五裂了。

趙老山立即爬起來，衝著九月就一頭撞來。「妖女！」

老魏見狀，一腳踢了出去，他是練家子，這腳力可不是尋常捕快能比的，趙老山頓時飛了出去，撞在門框上倒跌下來，撲在地上。

「孩子他爹！」就在這時，不遠處竟傳來婦人淒厲的喊聲，沒一會兒，一陣紛亂的腳步聲傳來，一群人趕來。

九月驚訝地看著他們，趙家人來了，連纏了紗布的趙母也出現在人群裡，被趙老根和趙老石一左一右架著。

幾個捕快一見，紛紛抽出腰刀站到趙老山面前，對著趙家人喝道：「退下！」

「官爺，讓我們和他說句話吧，說完我們就走。」趙母示意兩個兒子把她架到前面，悲傷地看著地上一動不動的趙老山，混濁的老淚瞬間滾落下來。

「不行！」幾位捕快喊道，這次趙老山逃獄，他們已經受了處罰，當然就對趙家人沒好氣了。

「官爺，求你們了，我就說一句。」趙母哀求地看他們，說話間，就要讓趙老根和趙老石放開她，想給幾位捕快磕頭。

「沒得商量。」為首的捕快瞪了他們一眼，伸腿踢了地上的趙老山一下。「起來，上路了。」

趙老山一動不動。

「咦，不會是……」九月瞧著心驚，問了老魏一句，不會是掛了吧？

老魏不好意思地摸摸頭，搖了搖，他是用了暗勁，可也不至於這麼容易就要了人命吧？

葛石娃一直盯著趙老山，這時，突然低低地說了一句。「他是裝的。」

這話倒讓九月想起趙老山曾裝昏迷的事，這人，倒是有演戲的天分。

「起來！別給老子裝死！」捕快見趙老山沒有動靜，踢得更凶了，有幾腳直往趙老山腰窩處落去。

「孩子他爹！」趙老山的媳婦哭得淒慘，無奈前面還有兩個舉著刀的捕快，她沒辦法上前，只好站在原地掩面痛哭，也不知道是心疼趙老山還是哭自己命不好。

「我的兒啊！」趙母是實實在在的心疼，可是有什麼辦法呢？

趙老根和趙老石低著頭，暗暗落淚，他們都看到九月，可卻沒有上前搭話，更沒有讓九月幫忙，她也算不錯了，幾次以德報怨，他們家人對她做了那樣的事，那天她還是救了他們的娘……

不會真死了吧？九月好奇，上前兩步想看個究竟。

就在這時，趙老山突然爬起來，衝著前面的捕快就是一撲，捕快沒防備，被撲倒在地，接著趙老山搶了地上的腰刀，朝九月撲過來。「妖女，我殺了妳！」

「當心！」葛石娃大驚，想也沒想就拉住九月的胳膊往後一拉，自己已護在她前面。

趙老山這一撲，用盡了全力，捕快來不及反應，刑捕頭抽刀去擋也慢了一步，老魏倒是行動了，再次飛踢出去一腳，無奈趙老山手中的刀脫手而出，雖然偏了準頭，卻也劃破葛石娃的肩頭，跌落在地上，而趙老山再一次被踢倒在地，吐了兩口血。

這一瞬間的變化，頓時讓眾人傻眼，趙家幾人的哭聲也戛然而止，都呆愣愣地看著趙老山。

「哈哈！妖女，妳死定了，讓妳害人，讓妳害我娘！哈哈——」趙老山也不看人，躺在那兒仰天大笑。

「起來！」捕快們大怒，居然搶他們的腰刀去殺人！活膩了他！幾人上前，便要揪起趙老山。

趙老山瘋狂大笑著，由著他們揪他起來，不過下一刻，他直接抓住一執刀捕快的手，直直把自己的脖子送了上去。

血花四濺！瘋狂的笑也戛然而止！

趙老山這瘋狂的落幕，讓眾人目瞪口呆。

趙母和趙老山的媳婦當場昏厥，刑捕頭反應最快，立即招呼捕快們把趙老山抬進去，沒一會兒捕快們拎水的拎水、拿掃帚的拿掃帚，把門前的血跡沖洗了個乾淨。

九月卻顧不得這些，她看到葛石娃瞬間蒼白的臉，還有他肩上綻開的血花，忙扶住他。「哥，還好吧？」

情急之下，她已經脫口承認葛石娃的身分，葛石娃心裡震盪不已，他正眼看著她，扯了扯嘴角。「沒事。」

「快去醫館。」老魏站在後面，可看清葛石娃背上的刀口有多長，沒有耽擱，他上前彎腰，二話不說揹起葛石娃往齊孟冬的藥鋪子飛奔而去。

九月緊緊跟在後面，她也看到了，這一刀雖然沒有遊春那時受的傷重，卻足足讓她心潮起伏不已。

很快，他們就到了齊孟冬的藥鋪裡，齊孟冬不在，坐堂的大夫緊急給葛石娃處理傷口。

葛石娃昏睡過去，大夫包紮好後便回去前面繼續坐診，九月坐在一邊陪著葛石娃，老魏也沒出去。

「是我疏忽了。」老魏也不好受，眼睜睜地就讓事情發生了，他的責任不可推卸。

「不關你的事。」九月嘆口氣。「魏叔，麻煩你幫我跑一趟，去看看那邊的事怎麼處理？趙老山已經死了，這些事……就到此為止吧。」

「好。」老魏想了想，認真地點點頭就走了，無論如何，他得把這事擺平了。

屋裡，只剩下九月和昏迷的葛石娃，她什麼也沒做，只安安靜靜地坐在一邊，等著他清醒。

也不知過了多久，葛石娃囈語了一句。「走開……我不是……野種……我不是……我有爹……」

九月愣了一下，回頭瞧了瞧，只見葛石娃鎖著眉，額上滿是細汗，黝黑的臉龐也出現可疑的紅色。

九月忙站起來，伸手探探他的額，滾燙滾燙的，竟是發起高燒。

「東家。」張義匆匆而來。

「他發高燒了，你去讓大夫來看看，開些退燒的藥。」九月收回手，皺眉對張義吩咐道，也沒有去問他這會兒有沒有空，是不是找她有事。

「好。」張義也不耽擱，轉身去找大夫。

大夫重新進來看過情況，把了把脈，開了藥方讓鋪子裡的小夥計去煎，一邊叮囑張義多給葛石娃擦身散熱云云。

這些事，九月在場自然不合適，便退了出來，在院子陰涼的簷下坐下，等著張義處理完。

一坐，便是小半個時辰，張義幫葛石娃擦好身體，也幫著餵了藥，看著葛石娃安靜下來，才退出屋子，到了九月身邊。

「東家，您回去吧，這兒我來。」張義擔心地看著九月。

「嗯，一會兒去找個合適的夥計來這兒照看他吧，畢竟是藥鋪，有大夫在，方便些。」九月點頭，倒是沒有堅持，不過也沒讓張義留下，他如今事情多，也走不開。

「好。」張義應著。

「阿安還沒回來？」九月想著今天的事，她覺得趙老山只怕是被人利用了，誤以為她對他娘下手，所以才逃獄出來，要與她同歸於盡？

「沒。」張義心裡微有些發澀，明明他不比阿安差，她卻總是問阿安，想了想，便透露了些許。「那小丫頭做了些不該做的事，阿安正幫著收拾爛攤子。」

「阿月做了什麼？」九月驚訝地問。

「不知。」張義搖搖頭，倒不是他想瞞著她，是真的不知。「那小丫頭把自己賣進了林府。」

「什麼?!」九月頓時愣住了。「林老爺家？」

「嗯。」張義點頭。「阿安不讓我告訴您。」

「她怎麼會認識林家？」九月好奇地問。

「他們編製的竹簍常送去林家鋪子，她還認識了那鋪子掌櫃的女兒。」張義既然開口說，便沒想再瞞下去，雖然有些對不起阿安，不過好歹能讓她轉移一下注意力吧。

第一百三十八章

原來，阿月自從離開她鋪子後，就一直想與她一較高下，回去後就拚命編竹簍、想花樣，竟讓她做出好幾種款式，賣出了好價錢。從此，她信心大漲，自覺能勝過九月，到時候就能讓阿安回去幫忙，而不是在九月這兒當個小夥計。

隨著時日推移，阿月還真的做出了一些成績。

一次機會，阿月認識了林家鋪子掌櫃女兒，兩人年紀相當，那小姑娘又極喜歡阿月的東西，兩人漸漸成了好朋友，後來那小姑娘更介紹阿月跟她爹認識，一來二去，生意便越來越頻繁起來。

只是，上個月阿月接到了一筆大生意，那掌櫃的告訴她，有客人想要訂下整套竹製家具，竹牆、竹屋頂、竹地板……總之，一切用的全部得用竹製的，而且還得要上好的紫竹製作。

阿月自然沒有紫竹，於是林家鋪子的掌櫃告訴她，那客人會提供紫竹，但是她必須上門製作，不能帶出一片竹來。要是製成，客人又滿意，會給阿月二百兩銀子作為酬勞。

阿月心動了，二百兩銀子，想必能買下九月一間鋪子了吧？要是她也能開鋪子，阿安一定會回去，不會再留在九月身邊。至於必須上門製作這一點，她能理解，畢竟那是名貴的紫竹，而不是山間到處都有的普通竹子。

於是，阿月便開始了上門製作的日子，也就有了常去林老爺家的事。

「那位客人就是林老爺？」九月問得很平靜。

「是。」張義打量她幾眼，有些猜不透她在想什麼，不過還是繼續說道：「一開始林家對她極好，時常送些小玩意兒、小點心給她，她在林家的待遇比林家小姐都要好，想來她也是有些得意忘形了吧。」

「後來呢？」九月若有所思。

「大前天是他們約好的交貨日，那小丫頭倒是手巧，把所有家具都做全了，便通知管家，讓人來驗貨。」張義繼續說道。「林老爺也去了，還召集家裡所有人，據說還請了亭長當眾驗貨，就在他們進去的時候，竹牆塌陷，屋裡的東西被砸了大半，還險些傷了亭長大人。林老爺震怒，說是那小丫頭的手藝不精，不僅要她賠紫竹的原材，還要賠亭長大人的藥費，更得賠這些時日的工夫費，那價一算出來，居然有三百兩之多。」

「於是她籌不到錢，就想著把自己賣進去了？」九月撇嘴，虧她還認為阿月是個聰明的孩子，沒想到居然這麼蠢。「她倒是挺值錢的。」

「哪是啊。」張義搖頭。「林老爺心善，有心憐憫那小丫頭不易，允許她在林家做工償還，只是她除了這些手藝，也不會別的，就讓她留在府裡做了粗使丫鬟，林府的粗使丫鬟月銀也不過六百錢，這一算……」

「那阿安去做什麼？」九月皺眉，不會又搭進去一個吧？

「他是想籌錢。」張義摸摸鼻子。「我勸過他，他堅持阿月是他的家人，他不能不管，這段日子曠的工，東家可以從他的工錢裡扣。」

「這說的哪門子混帳話！」九月冷哼一聲。「你去找阿安，讓他問問林家的意思，要多少錢才能放人，他不夠的到香燭鋪裡支，當初我答應我的生意會分他一份，如今這生意真正屬於我的也就是香燭鋪，拿出一成給他，再不夠，就算他欠我們的，讓他以後做工來還，我這兒總比林家要好吧？」

張義頓時默然，這兒當然比林家好千倍萬倍。「是。」

葛石娃受了傷，暫時安置在齊孟冬那邊養傷，雕蠟的人手便空缺出來，那幾個夥計也只是一人分一個工序，這部分葛石娃一直攥在自己手裡，平時是為了保密，可這會兒卻顯出弊端來了。

九月暫時接上了這空缺，只不過她在這兒，幾個夥計似乎很拘束。

這樣做了一日，九月也覺出不自在來。

一間屋子，四、五個人工作，七月底的酷熱，香料味混合汗味，讓屋裡散發出難聞的味兒，讓她一陣一陣的憋悶。

入夜，九月也睡不著，便開了窗點了燈坐著想事情，她決定把製香和製蠟的人分開工作。

若要分開，光這個後院是不夠的，必須要擴建，好在這一排院子都能利用，打通了牆，把房子重新改建……

寫寫畫畫間，月已西移，九月這才擱下筆，拿起紙張細細看了一遍，確定沒有遺漏，才伸了伸腰去休息了。

翌日，九月就讓張義找人去大祈村通知祈稷，那邊的院子已經在收尾，讓他接下去帶了人來這兒開工。

祈稷很快就來了，同行的還有楊大洪和柳七。

在三人的參與討論下，大概的雛形定了下來，柳七幾人便有數了，帶著圖紙回去，商量著用料和人工，這些自然不用九月操心。

自己的鋪子這麼多，安頓幾個管事和夥計自然沒問題，很快，隔壁兩間就騰了空，至於香燭鋪這邊的後院則暫時不動。

畢竟雜物房裡的事情不能中斷，以後蓋房子的工匠們也要有個吃飯的地方。

銀子倒是不用擔心，如今祈福巷已經上了軌道，這點修房子的錢還是拿得出來的。

祈喜已經知道九月要忙鋪子裡的事，讓祈稷捎來口信，讓她莫要擔心家裡，同時，也說了水家幾次上門被她推拒的事。

九月才算稍稍放心，她怕的就是這傻八姊心切與水宏的親事，會被水家人騙了，現在看來也是她關心則亂了。

忙碌了三天，老魏帶回趙家的消息，那天之後，趙母和趙老山的媳婦當即昏厥，後被刑捕頭的人安排進小衙門一間空屋，還請大夫去施救，來追捕的幾個捕快也是怕家屬鬧事，便對他們說了趙老山在縣衙時的表現。

卻原來，趙老山初時一副死心的樣子，接受了判決，可後來有個人去探監，據說是他的表哥，給獄卒塞了銀子，就見到了趙老山。從那天後，趙老山便越來越煩躁，兩天後他突然口吐白沫，渾身抽搐，獄卒見了大驚，忙抬了他去看大夫，結果趙老山在大夫看診之時打死大夫，敲暈獄卒，逃了出來，隨行的捕快立即追擊，還是被他逃了。

「趙老山的表哥？」九月挑了挑眉。

「趙家人說了，家裡親戚沒有表哥。」老魏搖搖頭。「刑捕頭已經和幾位捕快回縣衙了，趙家人那邊，他們也知道了一些事情，對妳倒是沒什麼說法，只說趙老山怕是被人利用了，求刑捕頭為趙家主持公道，而且還要求把趙老山的遺體帶回去安葬，這個沒有被允許，幾位捕快說是要稟過知府老爺才能有所決定，如今趙老山被安置在義莊。」

九月嘆了口氣，與趙家人的這點事能這樣落幕是最好的了，她沒有更多精力去與他們糾纏不清。

老魏說完這些事，倒也沒有離開，他知道九月身邊沒有得力的侍衛，加上兩次遇襲已經表明有人盯上了她，就乾脆光明正大地留在鋪子裡當了護院。

至於齊孟冬，則一直沒有露面。

同一天晚飯後，阿安終於出現在九月面前，看到九月，他微微動了動嘴巴，卻沒有說出什麼來。

「事情處理完了？」九月看看他。「你這幾天不在，張義快忙不過來了，偏偏葛大哥又受了傷，你回來得正好，先幫我頂一下這邊的事，我好回家一趟。」

「嗯。」阿安默默地看著她，心裡百感交集，這一次若不是她及時出手，只怕他和幾位兄弟姊妹都難逃林家的毒手了。他們家竟那麼黑，居然想讓他們全部人為林家賣命，他們不從就對他動用鞭刑……想到這兒，阿安的眸微微一熱，他忙低頭，應下後就要轉身。

「阿安。」九月卻突然喊住他，狐疑地打量他，她怎麼覺得，他走路不大方便？「你受傷了？」

「沒。」阿安沒有抬頭，也不敢多說，語氣有些微顫，他來之前已經處理過身上的傷了，沒想到還是被她看出來。

「沒？」九月挑眉，目光掃射著他的背以及腿。

「真沒。」阿安心裡一慌，竟落荒而逃，這一逃便顯出他腿上的傷。

九月瞪著阿安離開的身影，好一會兒才搖搖頭，又去找張義。

張義聽到九月的話，又免不了神情有些古怪，不過他什麼也沒說，就去了藥鋪，給阿安買了些療鞭傷的藥膏送過去。

等到阿安敷了藥，跟著張義出來，就看到九月站在院子裡。

他們如今都是管事，就住在他們要管的鋪子後面，阿安原本管的是老人用品店，所以就挨著花圈鋪子，這會兒看到九月，他下意識就要退回去，張義好笑地按住他的肩。

「幹麼？我會吃人嗎？」阿安這舉動惹火了九月，她不由瞪了一眼。

「怎麼會呢。」張義呵呵一笑。「那個……我先回去了，阿安，你這段日子的事，也該好好和東家說說。」

「你也別走，我有話跟你們說。」九月瞥了張義一眼，這小子分明是心虛嘛。

張義只好站住。

「阿安，你把林家怎麼結識阿月的，細細告訴我一遍。」九月站在阿安面前，一襲淺綠色的衣裙，亭亭玉立，晃了少年們的眼，卻也讓他們覺得，今晚的九月，臉色太過隱晦不明。

阿安看看她，沒有猶豫，把這段日子的事說了一遍，甚至還輕描淡寫地說了自己挨鞭子的事。

九月瞬間冷了眸，看來真如齊孟冬所說，林家早就開始行動了，只不過目標是她身邊的人。

「這些錢，我會還……」阿安說到最後，低低地補了一句。

「阿安。」九月沒等他說完，淡淡地看了看他和張義。

「我們之前合作的時候，說得很清楚，我的生意必不會少了你的一份，如今祈福巷的份我雖占得不多，可我占的這份裡面，卻是能自己作主的，你也別嫌少，那些是你應得的，就算有超過的，也是算你預支的，以後拿工錢慢慢補上就是了。你們兩個助我於微時，以後我若發達，必不會忘了你們，那些見外的話，到此為止吧。」

張義斂起笑意，眼中多了一分光芒。

阿安沈默不語，緊攥的拳頭卻說明他把她的話都聽進去了。

「行了，好好養傷，趕緊好起來。」九月掃了他們一眼，嘀咕道：「最近也不知道怎麼了，接二連三地出事，葛大哥受傷，你又受傷，而有些事我姊夫和吳伯是插不了手的，張義一個人頂著，還能頂多久？」

「東家，我能行的。」張義忙表態。

「我知道你行，但一個人的力量畢竟有限。」九月笑道。「林家和郝家多盯著些，還有阿月他們要是願意，可以到我們這兒來租鋪子呀，正好我們這兒也沒有竹製品的店不是？」

「好。」阿安總算抬頭看她了，目光深黝。

「累了，我回去歇了。」九月打了個哈欠，朝他們揮揮手，回去了。

這一夜，她睡得倒是安然。

反倒是阿安和張義，一夜無眠，閒聊到天亮。

兩人都被九月的話觸動了，她待他們如斯，他們自然會還她十倍百倍，甚至更多。

很快的，阿月等人應阿安的話來到鎮上。

經此一事，阿月的傲氣幾乎被打磨得一絲不剩，她變得圓滑，面對九月和張義，也沒了當初的抵觸，反倒流露些許慚愧。

「九月姊姊。」倒是阿茹，一如既往的熱情，看到九月就撲上來。「阿茹好想妳喔。」

「阿茹。」九月笑著把她抱起來。「阿茹長個子了，還沈了呢，看來有好好吃飯。」

「那當然，我現在一餐就能吃一大碗飯呢。」阿茹誇張地張著雙手晃了個大圈，接著就掙扎著要下地。「九月姊姊快放我下來，妳現在抱不動我的啦。」

「是呀是呀，可沈了。」九月笑著放下，揉了揉阿茹粉粉的臉蛋。「我們這兒還有一位小妹妹呢，妳要不要和她玩？」

「阿茹不玩，阿茹要幫忙做事的。」阿茹卻睜著黑溜溜的大眼睛看著她，一本正經地回答。「不過，我可以休息的時候找她玩。」

「好。」九月摸摸阿茹的頭頂，微有些心酸。

「謝謝妳。」阿月站在那兒，咬了好一會兒的紅唇，才上前對九月道謝，臉有些紅。「我以前……」

「過去的就過去了，以後別犯同樣的錯就是。」九月淡淡一笑，對阿月，她沒有太多的話要說。「妳不必謝我，要謝就謝阿安。」

「我知道。」阿月低頭。「是我太不懂事，以後不會了。」

「嗯。」九月點頭，轉頭看向阿安。「大爺呢？怎麼沒一起來？」

「爺爺說等安頓好了再來。」阿茹搶著回答。

九月笑著摸摸阿茹的頭，看著阿安說道：「一會兒去鋪子裡給大爺選一張輪椅，算我送他的。」

阿安目光微閃，張了張嘴，最後還是點點頭，他本想說他可以自己買，可細一想，又接受了她的禮物。

九月將他的表現看在眼裡，很滿意，也沒有拉著他們多說，只讓阿安帶著他們去尋吳財生安頓。

又過了兩天，葛石娃回來了，阿安的傷也在慢慢恢復中，後院的改建工程正式啟動，祈福巷更加熱鬧起來。

林家似乎也隨著齊孟冬的離開沈寂下來，九月天天在鋪子裡，也沒看到林老爺或是郝老爺出現。

第一百三十九章

很快的，便進入八月初，九月離開家居然也有好些日子了，她見鋪子這邊已經恢復穩定，便交代張義和阿安等人一聲，帶著祈喜讓她準備的東西回大祈村。

這次，老魏去雇了輛馬車，自己扮作隨從護送九月回去。

既然有馬車，九月自然也不浪費，又到鎮上置辦了些東西一起帶回家。

「九月，這些幫我捎回去。」巷口，祈夢提著一個袋子迎向九月的馬車。

「三姊，什麼東西呀？」九月驚訝地看著她，這是給誰的？

「都是些吃的，還有些碎銀子。」祈夢笑了笑，日子過得舒心了，她的氣色也好了許多。「我們雖然分家了，可好歹那也是妳姊夫的父母，不能不管的。」

「姊夫的主意？」九月挑眉。

「不是，他不知道呢。」祈夢搖搖頭，回頭看了看正在忙的葛根旺，笑道：「是我的主意，他雖然嘴上不說，可我看得出來，他還是記掛著他們的，這些就當是每個月的孝敬吧。」

「還每個月的孝敬……」九月嘆著氣接過，看了看祈夢。「這段日子他們有來尋過你們嗎？」

「沒呢。」祈夢搖搖頭。「前幾天他們來趕集照過面的，不過也沒怎麼說話，妳姊夫都不搭理他們。」

「就妳心軟。」九月睨了她一眼。「瞧著吧，要是讓他們知曉這是每個月的孝敬，你們的麻煩就來了。」

祈夢只是笑了笑。

「我可不會跟他們說這個，就說是給他們嚐鮮的，別沒事自己找麻煩。」九月看著祈夢連連搖頭。

「好。」祈夢笑著拍拍她的肩，她懂九月的意思。「路上小心。」

「知道了。」九月拎著袋子鑽進馬車。

馬車緩緩穿過人群往鎮門口駛去。

九月沒有看到，他們經過茶樓時，有段日子沒有露面的林老爺、郝老爺正站在樓上打量她的馬車。

「如何？」郝老爺仍是那副笑彌勒的模樣，摸著剃得光光的下巴，兩眼彎彎。

「不如何。」林老爺也笑得春風得意。「相信再過半個月，就有消息傳下了。」

「皇帝真對福女有興趣？」郝老爺還有些不相信。

「是人有哪個不喜歡福氣？」林老爺抿著茶，笑咪咪地看著那馬車遠去。

「到時候林大人又是大功一件了。」郝老爺奉承地給他續上茶水。

「你我兩家如一家，到時候還能跑了你的好處？」林老爺哈哈大笑，還了一句。

馬車穩穩地駛著，很快就到了大祈村，東西自有小虎他們搬卸，九月付了車費，就拎著祈夢那袋東西進了院子。老魏慢悠悠地跟在後面，這兒他也很熟，當他們暗中保護祈豐年的時候，已經把祈家院子以及整座大祈村摸了個透。

「九月，妳回來了。」祈喜聽到動靜，從祈老頭的屋子裡跑出來，後面跟著葛玉娥。這些日子不見，葛玉娥瞧著越發精神了。

「家裡還好吧？」九月笑著打了招呼。

「都好呢。」祈喜點頭，眉眼間盡是歡喜，頓了頓，又輕聲補充道：「水伯來了好幾次呢，今兒早上又來了。」

「他來做什麼？」九月的心沈了下去，心裡藏著有關水宏的事情又浮了上來，一瞬間，她突然很想告訴祈喜真相。

「他是來說聘禮的事。」祈喜嬌羞地說著，眸間風情流轉，點亮了她的容顏。也就是這一抹風情，九月硬生生地把到了嘴邊的話壓回去。

「九月，怎麼了？」祈喜說了一頓，也沒見九月回話，倒是一個勁兒地盯著她看，不由愣了一下。

「沒事。」九月微微一笑，壓下心頭的不舒服。「水伯既然來了這麼多次，想必我回來他也會知道的，這事不急，我先去一趟葛家，三姊託我捎東西回來呢。」

「喔，好的。」祈喜如今正處在甜甜蜜蜜盼嫁期的日子，也沒注意到九月的不對勁。

「我跟妳一塊兒去吧。」一直安靜聽著她們說話的葛玉娥聽到九月要去葛家，突然主動開口。

九月帶著葛玉娥來到葛家的時候，還沒進院子，就見識了一場慘烈大戰。

葛根旺家的胖大嫂頭髮披散氣喘吁吁地頂著一個五短三粗的男人腰間，葛母坐在一邊又哭又嚎，幾個孩子縮在角落怯怯地看著他們，院子裡、房間到處都是破罐殘碗。

「老天爺，祢睜睜眼，收了這個好吃懶做的婆娘吧，這日子沒法活了啊——」葛母一把鼻涕一把眼淚地嚎著，每一字每一句還合著拍子捶打大腿。「這個缺德的懶婆娘喂——要不是她，我家旺兒怎麼會丟下我們不管喂——家裡就剩那一隻下蛋的老母雞了啊，這個懶婆娘居然還想吃個精光啊——老天爺——快收了她吧——」

九月在院門口停下，聽得嘴角一抽一抽的，葛母這一嚎一拍的太有專業水準了。

葛家院子裡打得唏哩又嘩啦，可隔壁鄰居們卻沒有一個來勸，甚至連圍觀的人也是遠遠地避開，直到此時看到九月和葛玉娥出現，他們才慢慢探出頭來。

「姓葛的，你有種就打死我，往死裡打啊，我不活了！」胖大嫂把男人頂到牆壁上，還死命地又捶又掐，嘴裡嚎得絲毫不比葛母遜色。「我真是倒了八輩子楣了才嫁給你這沒用的窩囊廢啊！一天都沒享過福，還給你生了三個娃，今天吃隻雞，還被你們娘兒倆糟蹋成這樣，我這是作了什麼孽啊！為什麼就跟了你這沒種的男人啊……」說罷，連嘴都用上了，往男人的手臂就咬下去。

男人被她頂得動彈不得，這會兒更是「嗷」的一聲痛呼起來，卻沒有半點反抗之意。

「妳個死婆娘，快放開他！」葛母一見，迅速爬起來，衝上去就扯著胖大嫂的頭皮。

一個扯得用力、一個咬得不鬆口，男人的臉頓時變得煞白，只順著那力道讓自己少受些痛苦。

九月看得無語，這大概就是葛根旺的大哥吧？果然是個沒用的男人，如此場合，居然還這般由著女人欺辱，一點男子漢的血性都沒了，至於胖大嫂和葛母的手段，九月上次就見識過了。

九月正在想要不要先回去，她身邊的葛玉娥卻有些不對勁了。

葛玉娥直直地看著院子裡的幾人，呼吸漸漸粗了起來，九月正要勸她離開時，她發狂地抬起一顆石頭，衝上去就朝胖大嫂砸了下去。

這一砸，先砸在胖大嫂背上，連帶著傷到葛母的手臂，葛母吃疼，先跳到一邊，抬眼看到葛玉娥，神情很是錯愕。

而胖大嫂被這一記砸得悶哼一聲，鬆開男人，還不待她轉身，葛玉娥的第二下已經落下，這一次砸在胖大嫂的頭上，頓時血流如注。

「啊——」幾個孩子和葛母頓時尖叫出聲，那男人也愣住了，只傻傻地看著葛玉娥一下又一下地砸。

胖大嫂已經癱倒在地，抱著頭蜷著身，鬼哭狼嚎地喊救命。「救命啊——殺人了——瘋子殺人了！」

九月也看得毛骨悚然，葛玉娥之前發作掐了她的脖子，可那時也沒有像現在這樣凶殘啊！這一愣，便讓她的動作慢了一分，等到她反應過來上去抱住葛玉娥拖下來時，胖大嫂已經挨了六、七下。

圍觀的人見情況不妙，又見九月也衝進去，這才紛紛趕過來。

「殺了妳……殺了妳……」葛玉娥直直地盯著胖大嫂，手中的石頭也砸了過去，此時被九月抱著，她還一個勁兒地掙扎，雙手往胖大嫂的方向撓著，語氣中滿是怨恨。

「玉姨，妳醒醒！」九月暗暗叫苦，早知道來一趟葛家會引發瘋症，她就不帶葛玉娥一起來了，這下可好，老魏也沒跟著來，黃錦元也沒來，她一個人怎麼制得住發了瘋的葛玉娥？

「殺！殺！」葛玉娥還衝著胖大嫂撓著喊著。

「玉姨，醒醒、醒醒啊！」九月險些抱不住她。

這時圍觀的人已經到了，有幾個婦人互相看了看，倒是上前幫忙，把葛玉娥拉出院子。

「玉姨，看著我。」九月沒辦法，只好試著遊春教的催眠術，她學得不精，至少以前在遊春面前從沒成功過，可這會兒也顧不了許多，從腰間摘下香囊垂到葛玉娥面前，這香囊裡裝著安神香，倒是有一定的效用。「玉姨，乖，看著我、看著我……」

葛玉娥聽到了九月的聲音，眼神閃了閃，視線停在香囊上。

「玉姨，聽我說。」九月儘量讓自己放鬆下來，柔柔地說道：「妳累了，歇會兒好不好？等歇好了，我給妳做好吃的，妳最喜歡綠豆糕對不對？一會兒等妳睡醒了，我們一起做，好嗎？」

葛玉娥眼睛一眨也不眨地看著香囊。

「睡吧，好好睡一覺，只要妳聽話，乖乖地睡了，就給妳吃。」九月手心裡隱隱有了汗，她這是頭一次在這麼多人面前施展催眠術，而且對象還是瘋狂狀態的葛玉娥。

「睡吧——睡吧——」九月不甘心地試著，好一會兒，葛玉娥的眼皮漸漸垂下來，九月也不知道是催眠有效還是香囊裡的安神香起了作用。

終於，葛玉娥垂下頭，她忙上前抱住，對著邊上幫忙的幾位婦人說道：「幾位嬸子，麻煩幫我照看一下她好嗎？」

「好的，我們看著她。」幾位婦人倒是對她很客氣，連連點頭，紛紛圍住葛玉娥，讓她仰躺在地。

九月這才安心地站起來，轉身進了葛家的院子。

此時葛母傻愣愣地站在那兒，男人抱著血染滿面的胖大嫂，正幫她包紮傷口，那胖大嫂口中罵著「瘋子、殺人」等，不過聽那聲音，倒是中氣十足。

九月進了門，拾起門邊掉落的袋子，直接到了葛母面前，扔在她面前。「這是我三姊讓我捎來的，拿著。」

葛母看了看地上的袋子，又看了看九月，有些不相信。「她……這是什麼？」

「妳好歹是小英他們的祖母，這點東西是我三姊的憐憫。」九月冷冷地看她一眼。「希望妳能明白我這話的意思，她憐憫，不代表你們能予取予求，明白嗎？」

葛母張了張嘴，彎腰拾起袋子，打開看了看，眼睛有些紅，她抬頭看看九月，輕輕點頭。「我曉得……她一向是個好孩子。」

「她好，就活該被人欺負？」九月心疼祈夢，對這幾位實在沒有好感，說話語氣也是極差，說完，轉身就要走。

胖大嫂在那邊一直關注著這裡，看到葛母手中的袋子，眼睛都亮了，這時見九月離開，她也顧不得身上的傷了，推開男人就向葛母撲過來。「給我！」

葛母嚇了一跳，抱著袋子就跳開，別看她年紀大，腿腳卻十分索利。

胖大嫂的臉染了血，喘著粗氣時抖動了那三層肥肉，看起來十分猙獰。「給不給？」

「這是三夢給我的，妳憑什麼要？」葛母心裡懊悔不已，都是她的錯啊，居然聽信這惡婆娘的話，趕走那麼好的兒子、兒媳婦，如今這惡婆娘的底都露出來了。

「老乞婆，給我！」胖大嫂再次撲過來。

「妳休想！」葛母直接抱著袋子躲到九月身後。

九月一轉身就對上緊跟而來的胖大嫂，看著胖大嫂這副尊容，不由皺了眉，心裡一陣一陣的厭惡，無奈葛母存了心拿她當擋箭牌，硬是躲在她身後不出來。

「給我！」胖大嫂對九月還是有些忌憚的，也不敢多看她，直接從一旁繞過來，肥肥的手伸向葛母。

這時葛母一轉身，九月被帶得一個踉蹌，那胖大嫂的手竟然就襲向她的胸，頓時九月大怒，伸手就是一揮，「啪」的一聲，她的手掌被震得發麻。

胖大嫂挨了這一巴掌，整個人側撲到地上。

葛母嚇了一跳，看清是她惹的麻煩，忙縮回手，遠遠地避在院子門邊上。

「上一次妳還欠我三十兩銀子，我沒找妳麻煩也就算了，今日妳還想欺我嗎？」九月上前一步，居高臨下看著胖大嫂。

「什麼……什麼三十兩銀子？」邊上男人傻眼了，頻頻看向胖大嫂，忍不住問道。

「上一次我說過，一張符換她身上三斤肉，結果你家要了三張，卻沒有送上她的九斤肉。」九月冷笑。「你知道那符值多少錢嗎？尤家賣了十兩一張，你說這筆帳我是不是該找她算算？你們是打算還我三十兩銀子，還是從她身上割下九斤肉來還？」

「三十兩?!」胖大嫂頓時傻眼了，沒想到那三張符竟然賣了三十兩，想想自己竟然一文錢也沒有撈到，胖大嫂頓覺天旋地轉，眼冒金星。

九月冷冷地掃了她一眼，懶得多說，轉身就要走。

「等等！」胖大嫂也是個憨的，都成這個樣子了，居然還攔著九月不讓走。

九月側頭瞥了她一眼。

胖大嫂的頑強，讓九月也忍不住另眼相看，這會兒她眼珠子一轉，竟又打起葛玉娥的主意。「她是我們葛家的人，你們祈家連聘禮都沒出，就把人睡了，還白給你們家養了這麼多年的兒子，這筆帳怎麼算？」

「閉嘴！」男人聞言，上前就搗住她的嘴，目光隱隱含怨。

這死婆娘，居然當眾扯出這一段，還嫌別人看笑話不夠嗎？緊接著，他的手被胖大嫂咬住了，他不由「噉」的一聲，伸手就是一抽，把胖大嫂搧了出去。

人。

「你個混蛋居然敢打我！」這一下，就跟點著了火似的，胖大嫂發了瘋地爬起來衝向男

九月翻了個白眼，直接出了院子。

「祈……小英她姨。」葛母緊緊抱著那袋子，眼淚汪汪地看著九月，這會兒見她出門，忙跟了上來。

「怎麼？妳也想說玉姨的事？」九月猛地回頭掃了過去。

「不不不，我不是說這個。」葛母連連搖頭，有些怯意地看著九月。「玉娥當年就出了葛家，早不是我們家的人了，她的事，我們家誰也不能說什麼的。」

「嗯，那就好。」

「旺兒他……怎麼樣了？」葛母小心翼翼地問道。

「他們很好。」九月警惕地看著她。

「那就好、那就好。」葛母抹了抹眼淚。「妳要是看到他們，別跟他們說家裡的事，之前我聽人說了，他們在集市的買賣做得挺好的，小山也上學了，我很高興，麻煩妳跟他們說，家裡……都好，我也好，讓他不用掛心，東西什麼的也別捎了……不清靜。」

九月聞言不由打量了葛母一番。

真是意外啊，居然能說出這樣一番話來，這是真心後悔了嗎？

第一百四十章

「謝謝妳了。」葛母抹了抹眼淚，帶著一絲笑向九月彎腰。

「啊！」這時，突然聽到胖大嫂一陣尖叫，接著便是男人連聲咒罵和棍棒加身的聲音。

「瞧瞧，再老實的人也被逼火了。」圍觀的人群見狀，頓時議論紛紛起來。

九月回頭瞧了瞧，只見葛根福拿著大棒子對著胖大嫂沒頭沒腦地揍下，打得那胖大嫂不敢反抗，只抱著頭縮成一團地哭著。她沒有興趣再看下去，走到葛玉娥身邊，拜託那幾位婦人幫忙。「幾位嫂子，能不能幫我個忙，把她送回我家去？」

「好，沒問題。」幾人連連點頭，這可是和九月套近乎的好機會呀，其中一個最壯實的婦人彎下腰。「來，我揹，妳們扶一把。」

最後在三位婦人的相護下，九月和她們一起帶著葛玉娥回到家。

把葛玉娥安頓好，九月從今兒買的東西裡挑了些吃食布疋出來送給她們，以示答謝。

三人推辭了一番，最終歡天喜地的謝了九月，帶著東西回去了。

「怎麼回事？」祈喜好奇不已，好好的一個人跟著去了，怎麼會昏著揹回來？

「沒事，受了些刺激。」九月搖頭，說了一下葛家的情況。

祈喜聽得忿忿不已。「那人一直就不是個省心的，這會兒被葛大伯一打，應該會老實了，葛大伯這回可真解氣。」

「反正三姊和三姊夫已經出來了，以後葛家如何，與我們也沒有多大關係。」九月笑了笑。「我去看看玉姨。」

祈喜一想到葛玉娥發瘋，擔心九月一個人應付不來，就喊了黃錦元一起，跟在後面進去。

九月坐到床邊，看著葛玉娥熟睡的臉，心裡感嘆不已，看了一會兒，按著遊春教她的方法，對葛玉娥打了一個響指，柔聲說道：「玉姨，沒事了，該醒醒了。」

可是，葛玉娥依然睡得香甜，絲毫沒有醒來的跡象。

九月一愣，難不成她失敗了？

於是，又試一次。

還是沒醒，葛玉娥甚至睡得更沈了，還打起輕輕的鼾聲，臉上浮現笑容。

九月看了看自己的手，顰著眉想著方才的步驟。

祈喜看得莫名其妙，好一會兒才問道：「九月，怎麼了？」

「沒事。」九月放棄，站了起來，決定去找老魏問問，他和遊春他們是一夥的，應該知道些吧？

「玉姨怎麼了？」祈喜探頭看了看葛玉娥。

「她累了吧，讓她睡吧。」九月挽著祈喜的手往外走，看到黃錦元，微笑著點頭。

祈喜見葛玉娥確實睡得香甜，也沒說什麼，出去之後就忙自己的事去了。

「九小姐，蘇力怎麼沒回來？」黃錦元算是逮到機會問出疑惑了，他們既然被派到九月身邊，自然是以她的安全為重，他相信要不是出了事，蘇力不會擅離職守的。

「我想去看看新院子，你陪我一起吧。」九月回頭瞧了瞧祈喜的方向，示意黃錦元跟她出去。

黃錦元皺了皺眉，立即跟上。

到了院子這邊，也只有楊大洪的人在這兒做木工活，大門已經裝好，院子裡的路也鋪上紅磚，花壇也砌了起來，全然沒了九月當初剛來時的荒涼，一切都透著生機。

黃錦元等到四下無人，才開口問道：「九小姐，可是出什麼事了？」

「是水宏出事了，蘇力幫我查事情去了。」九月嘆口氣。「他去了黑水崖，說是一個月後能回來，現在也不知道怎麼樣了。」

「黑水崖？」黃錦元的眼中閃過一絲驚愕。

「嗯。」九月點頭，看著他問道：「那兒是不是很危險？」

「倒也還好，以蘇力的身手，全身而退沒問題。」黃錦元說的也不算假話，他們都是大內侍衛，個個都是千挑萬選出來的，被派到王爺身邊這麼多年，遇到的事也不少，黑水崖雖然危險，但蘇力獨自一人想全身而退，也是輕輕鬆鬆的事，只是，要是他找到水宏，想帶人回來的話……

「那就好。」九月點頭，放心了些。

「九小姐，跟妳回來的那個人是誰？」

黃錦元知道蘇力的去向，心裡暗暗給自己加了擔子，如今九小姐身邊只有他一個侍衛了，他可不能再像以前那樣大意了。

「遊春留下的人。」九月沒有隱瞞，都是留下保護她的人，可別起了誤會才好。

黃錦元沒有再多問，既然是遊春留下的，必是為了保護九小姐，倒是與他職責相同，一會兒不妨好好溝通，大家合作。

九月見天色不算晚，乾脆就在院子裡逛了起來。

前面這三進院子，她是給郭老準備的，她自己打算住後面的小樓，以她的性子，凡事喜歡自己動手，也不會添很多丫鬟，那兒便也足夠了，倒是郭老，身邊一堆侍衛，總是需要容身的地方。

黃錦元跟在後面，時不時地對布局的防護指點一番。

九月聽得高興，乾脆請教起來，黃錦元也大方，一一說明，說到最後，兩人興起，乾脆取了紙筆坐在河邊小亭裡畫了起來。

黃錦元一出手，無論是字還是畫，都讓九月刮目相看，她沒想到，一個小小的侍衛居然也有這樣的才學。

水家的迫切，遠遠超乎九月的想像，她和黃錦元在這邊待了兩個時辰，再回到家時，就看到坐在院子裡等待的水宏爹。看到九月，水宏爹滿是褶皺的臉頓時綻放笑容，他站了起來，朝九月打招呼。

九月心裡瞬間厭煩了起來，不論這水宏爹有多少苦衷，他們家隱瞞水宏的事卻是不爭的事實，心裡不舒坦，言語間就淡了下來。「有事嗎？」

「我是想來問問這過聘禮的事。」水宏爹總覺得事情沒確定下來，心裡不踏實，所以才一趟一趟地跑。

「水伯，日子選在十二月，如今還早呢，按著這日子走著章程就是了，何須這樣著急？」九月面無表情地說道。「何況水宏大哥回來了沒？你可別到時候隨隨便便找個人代水宏大哥來下聘迎親。」

「不會的、不會的。」水宏爹心裡一突，忙搖搖頭。「肯定不會隨便找別人代的，這種事哪能代呢。」

「那就好。」九月點頭。「你放心，既然開始議親了，我也不會無端反悔，這幾日我都在家，讓媒婆來一趟吧，商談聘禮的事。」

「成。」水宏爹得了準話，才算安心些，高高興興地走了。

「九小姐，這親……」黃錦元已經知道了事情，看著水宏爹的背影不由皺眉。

「想個辦法拖過去。」九月低低地接了一句。

「好。」黃錦元會意地點頭。

吃過了飯，九月又找了老魏問了一下催眠的事，卻沒能得到答案，反被大剌剌的老魏取笑一番，安慰她不用擔心葛玉娥，興許等人家睡夠了，自然就醒了。

九月無奈，只好耐著性子等。

這一等，就是一天一夜，葛玉娥醒來的時候已是第二日下午黃昏時，九月等人正準備吃飯，就看到葛玉娥神情淡然地出現在院子裡。

九月盯著她看了好一會兒，確定她不在瘋癲狀態，才暗暗鬆口氣，閉口不提那天的事，請葛玉娥過來吃飯。

葛玉娥也沒異常，吃好飯，便打了熱水去照顧祈老頭，餵粥餵藥，很是殷勤。

像葛玉娥這樣的病人，除了細心照拂之外，還真沒有別的法子，九月只好讓黃錦元和老魏多注意她，其他的，只能走一步算一步。

回來的第三日，媒婆上門來了，熱情地問了聘禮的事，言語間倒像是向著九月這邊。九月也沒有敷衍，這些可是關係到八姊以後的福利，自然要認真對待。

商量了大半天，媒婆滿意地帶著九月送的糕點離開，接著，黃錦元也悄悄消失了大半個時辰，再出現時，朝九月略略頷首。

九月會意。

緊接著，第四天便傳來那媒婆的消息，她居然在回家的路上踩了個空，摔到水溝裡去了，弄得小腿受傷，如今正在家躺著養傷呢。傷筋動骨一百天，在這百天裡，水家就算著急也沒辦法了，除非他們不顧忌另請個媒婆。

又過了兩天，九月開始等待水家的反應，同時也在等待蘇力的消息，然而水家卻奇怪地安靜了下去，蘇力也沒有消息。九月私下裡有些焦慮起來，不斷追問黃錦元有關黑水崖的事。

黃錦元也在擔心蘇力，但他不會莽撞地離開九月去尋找蘇力，一月之期只有幾日，現在也只能勸九月按捺性子等候了。

這一日，五子回到大祈村，他和舒莫的好日子近了，婚禮要在這邊辦，所以便請了假過來收拾屋子，安排婚禮的事，順便還帶來了刑捕頭的邀請。

刑捕頭已經從縣衙回來了，趙老山的事也已落幕，知府老爺發了善心，把趙老山的屍體發還趙家帶回，只不過因為天氣酷熱，屍骨早已腐爛，便只能在義莊連人帶棺火化後才能帶回來，如今趙家的人已經在等了。刑捕頭處理完這件事就要舉家遷居，跟隨知府老爺上任去了，這不，特意在一品樓設了宴，宴請親朋好友與舊識聚聚，九月也在受邀之列。

設宴日就在三日後，八月中秋前夕，九月想了想，便準備馬上過去鎮上。

今年是她歸家過的頭一個中秋節，她想好好置辦一下，讓幾位姊姊、姊夫都聚聚，說不定還能讓爺爺開心。

和黃錦元、老魏一商量，老魏一聽要去赴宴，主動便留在家裡，赴宴什麼的，他最不耐煩了。

於是九月把家裡的事交給老魏，又叮囑祈喜一番，便帶著這些日子做的香熏燭新樣品去了鎮上。

他們來得也是巧，楊進寶和吳財生等人正在商量利用中秋佳節給祈福巷造勢，楊進寶和吳財生原就經驗豐富，加上在這兒後，思維拓展，集思廣益，各種精妙的主意更是一個接一個。

九月和黃錦元來到香燭鋪的時候，他們正分派人手去安排布置。

「四姊夫，這個中秋節能回去陪爺爺一起過嗎？」九月一進去就問，相較於楊進寶和吳財生，她對生意的熱度不過是維持在能溫飽豐衣的要求上，而楊進寶等人已經在考慮下一步要怎麼發展了。

「中秋節？」楊進寶有些驚訝，剛剛這兒才定下，那天肯定走不開呀。

「今年也算是我們姊妹團圓的頭一個中秋節，我想大家一起聚聚，讓爺爺也高興高興。」九月沒想那麼多，在她看來，錢麼，平時賺就好了，這種佳節還是家人比較重要。「吳伯一起去吧。」

「我就算了，楊掌櫃就去吧，這兒的事交給我們就行了。」吳財生捋著鬍笑道。「一家人難得過個團圓節，理當要去的。」

「成。」楊進寶笑了笑，點頭。「最好是辦在晚上吧，等這邊打了烊，要不然到時候吳伯他們也忙不過來呢。」

「嗯？這是……有什麼活動嗎？」九月後知後覺。

「我們正商量好藉這中秋佳節給祈福巷造造勢呢。」楊進寶笑著說道，把他們的主意一一說給九月聽。

九月聽罷不由汗顏，她還真的成了甩手掌櫃，人家在盡心盡力想主意的時候，她卻只想著家裡的小日子，不由不好意思地笑了笑。「看我，都沒想到這些，那姊夫別的就不用管了，就等晚上回去吃好吃的就行，我把四姊和妮兒先帶回去。」

「好。」楊進寶點頭。

「也別忘了幾位掌櫃還有夥計們，中秋麼，大夥兒同樂，做一頓好吃的，給他們也發些禮品。」九月總算應了一下景，盡了下她東家的職責，關心起手下人的福利。

「我已在三姊夫那兒訂了糕點，每個人都發一盒，另外還有嘉味源的月餅，也訂了每人一盒。」楊進寶早想周全了。

「還是姊夫和吳伯想得周到。」九月赧然一笑，摸了摸耳朵，她似乎是甩手得太徹底了？

不過，九月很快就找到理由，她對這些生意經其實很不熟，冒然插手只怕反而扯後腿，再說了，疑人不用，用人不疑嘛。

拋開那點愧疚之心，九月又去尋祈夢一家去了。

黃錦元見她就在巷口，也沒跟上，拎著東西先送進後院，然後才出來站在鋪門口，遠遠地注意著。

「三姊、三姊夫。」九月緩步到了祈夢的攤子前，葛小英管著的棉花糖攤已經有了不一樣的創意，她繞出來的糖絲不再是一成不變的一團，而是多了許多造型，長的、扁的、圓的、方的，甚至還有兔子、小雞之類的形狀，便是顏色也多了幾種。

祈夢正在清洗攤子上的盤子，快中秋了，買的客人也多，他們每天出的吃食已有些供不上，連葛根旺每天的爆米花量也是猛增。

「九月來了。」祈夢看到她，甜甜一笑，日子過得舒心又有盼頭，祈夢整個人也容光煥發，瞧著年輕不少，衣著打扮也與以前不同，如今齊整的髮上也簪上了銀簪子，戴上了小小的耳墜子。

葛根旺正忙著，便抬頭朝九月笑了笑算是打過招呼。

「九月，家裡怎麼樣了？」祈夢收拾完空盤，用夾子挾了些小甜品，用紙包了塞到九月手裡。

九月也不客氣，這幾樣是她之前沒看過的，想來是葛根旺做的新品，接過嚐了嚐，酥香鬆脆，味道比之前的更加好了，她滿意地朝祈夢豎了豎大拇指，笑道：「還不錯。」

「那東西……」祈夢壓低聲音，一邊瞄了葛根旺一下。

「那天我去的時候，那兒正大戰呢，弄得亂七八糟的。」九月恍若沒事人似的品嚐著小甜品，一邊輕聲把葛家的事說了一遍，也把葛母的話帶到。「我瞧著，她不似說假話。」

「唉……」祈夢嘆了口氣，心軟地說道：「要真悔改了，我們也不是不可以接她來……」說到這兒，她便看到九月的白眼，忙打住話題笑道：「我也就是說說。」

「三姊，那是妳家的事，妳覺得如何做好，就如何去做，只不過我希望妳能三思而行。」九月瞥了她一眼，也懶得說什麼。「妳也知道的，姊夫累了這麼多年，好不容易才過幾天舒坦日子。」

「嗯，我曉得的。」祈夢正色看著九月點點頭。

「中秋節回大祈村聚聚吧，我和四姊今年可是在家過頭一個中秋呢。」去年的時候，還有外婆陪著……九月忍不住傷感。

雖然祈夢聽九月提起回大祈村心裡仍有些忐忑，不過還是點點頭，大不了就回祈家，不去葛家就是了。

葛根旺倒是沒意見，祈巧第二天過來也表示同意，接著便開始著手準備。

第一百四十一章

很快，便到了刑捕頭宴請的日子，楊進寶也在其中，祈巧身為楊進寶的家眷，也在受邀行列。於是在祈巧的折騰下，九月難得打扮了一番，帶上禮物跟著他們一同前往，黃錦元自然隨侍。

九月等人步行而去，到了一品樓前時，就看到刑捕頭領著一位身形頎長的年輕人正站在樓前迎客。

今兒是私人宴會，刑捕頭也脫去了那身公服，穿著靛青色錦服，他身後的年輕人則是一身月白儒衣，瞧著眉目間有些相似，只不過年輕人比刑捕頭更多了一分書卷氣。

「山兄。」楊進寶率先上前打招呼。

刑捕頭看到他們，立即和之前幾人說了幾句，帶著那年輕人走過來。「進寶兄弟、弟妹、九月姑娘，你們總算來了。」

九月跟在後面向刑捕頭行禮，剛剛抬頭，她便留意到有人在看她，順著那目光瞧去，竟是刑捕頭身後的年輕人，那目光直勾勾的，卻清澈至極，倒是沒讓她有厭惡的感覺，能被刑捕頭帶在身邊迎客的必定是他親近之人，所以九月倒是有禮貌地朝那年輕人微笑著點點頭。

年輕人的目光頓時歡喜起來，待要說話，九月已經收回目光。

「濤兒，還不給你楊叔見禮？」刑捕頭回頭對年輕人說道，輕斥的語氣中飽含親近，說罷又對楊進寶笑道：「這是犬子新濤，一直在鄉下老家進學，這回要遷居了，便帶他出來見見世面。」

「見過楊叔、嬸子。」刑新濤倒是頗有眼力，早把刑捕頭剛剛的招呼給聽進去了，只是面對九月時，他卻有些猶豫，不知道她是什麼身分。

「這是你楊叔的小姨子，也是祈福巷的東家。」刑捕頭見兒子為難，便笑道：「不過她比你還小，喚一聲祈姑娘也就是了。」

「刑捕頭說得是，隨意就好。」九月大大方方地接話。

「祈姑娘有禮了。」刑新濤的一雙眼睛都要黏在九月身上了。

「刑公子客氣了。」九月微福了福身。

「快裡邊請。」刑捕頭拉著楊進寶走在前面，刑新濤則落後跟在九月身後。

黃錦元看看他，皺了皺眉，不過沒有說什麼，只是跟在後面。

一品樓如今是遊春的地盤，留下的管事也都是調來的可靠之人，對於九月，他們就算沒有見過本人也是看過她畫像的。

九月一進去，掌櫃的就迎出來。「小的見過祈姑娘。」卻沒有理會刑捕頭等人。

刑捕頭不由打量九月一眼，笑呵呵地站在一邊。

九月回了一禮，她不知道這掌櫃的姓什麼，只知道他是遊春的人，之前也是見過兩次的。

「姑娘可是要宴客？」掌櫃的笑著問道，她可是未來的少夫人，來這兒吃飯必是免費的，而他們難得有這樣表現的機會，自然要好好利用。

「不是呢，我今兒是赴刑捕頭的宴來的。」九月笑了笑，看了看刑捕頭。

「原來如此，刑捕頭的席面安排在二樓。」掌櫃的立即說道。「既是祈姑娘的朋友，那這席面便按八成算。」

刑捕頭越發驚訝了，一句話就能免了他二成的銀子？據他所知，這在一品樓還沒開過先例呢。

「如此，多謝掌櫃的了。」刑捕頭順勢道謝。「九月姑娘，我今兒請妳赴宴，反倒是沾妳的光了。」

在樓下稍稍一寒暄，外面又有客人到了，刑捕頭去迎接，讓刑新濤領著楊進寶等人上樓。

「請。」刑新濤收回一直膠著在九月身上的目光，在前面引路，時不時與楊進寶談上幾句，倒也應對得體。

刑捕頭今天設宴請的人也不多，只包下二樓兩間相連的雅間，分男女席面，刑新濤把人領到雅間前，裡面已有人坐著閒聊了。

楊進寶在康鎮經營也有些時日，認識的人也多，一看見他到，屋裡有相識的紛紛拱手行禮，便是祈巧和九月，也有不少人認得。

寒暄過後，祈巧和九月被引到隔壁房間，黃錦元向九月微一頷首，見這邊也沒什麼可疑之人，便退下了。

屋裡已坐了七位婦人，主位上坐著的中年婦人衣著素雅，舉止端莊，言談舉止都流露著一股書香氣息。九月一眼就喜歡這中年婦人。

「娘。」刑新濤朝那中年婦人行了禮。「楊掌櫃的夫人和祈姑娘到了。」

中年婦人從從容容站起來，朝屋裡眾人微笑頷首，便到了門邊，她與祈巧、九月都是初見，言語間卻似多年不見的好友般親切溫柔。「兩位妹妹來了，早聽相公多次提及兩位妹妹，今日一見，果然人如其名。」刑捕頭與楊進寶平輩論交，稱祈巧和九月為妹妹，當然沒什麼不對。

「娘，祈姑娘比我還小兩歲呢。」偏偏刑新濤聽到這稱呼，不樂意了，在邊上小聲地嘀咕一句，神情竟有些孩子氣。

九月忍俊不禁，沒想到刑捕頭的老婆孩子是這樣的。

她這一笑，頓時又勾住刑新濤的目光。

知子莫若母，刑夫人被兒子這一提醒，又加上他這直愣愣的表情，哪裡還不懂他的意思，當下笑道：「是是是，是我糊塗了，祈姑娘莫要見怪。」

「見過刑夫人。」這下倒好，反弄得九月不知如何稱呼刑夫人。

「我還沒來康鎮的時候，就聽過福女的名頭，今兒一見，果然是天仙般的人兒。」刑夫人知曉刑新濤的心意，對九月便多了一分注意，乾脆便拉住九月的手，細細打量一番，對著祈巧笑道：「妹妹真有福氣，有這樣一位好妹妹。」

「嫂子過獎了。」祈巧微微一笑，審視地打量刑新濤一眼，這愣頭小子從一開始就盯著九月看，她哪裡會不知道，現在見刑夫人又這樣作派，心裡更是明白了。細說起來，這刑新濤倒也能與九月般配，刑家夫婦又是楊進寶知根知底的人，比起那謎一樣的遊春來，可好上太多了……

於是，祈巧也動起了心思。

「這妹妹又妹妹的喊，真是彆扭。」刑夫人乘機親近關係，拉著九月笑道：「妳可介意我喚妳名字？」

「夫人喚我九月就是了。」九月笑了笑，有心想抽出手來，卻被刑夫人拉得掙脫不開，又不想做得太明顯，只好忍了。

「九月、祈福，好名字。」刑夫人打量九月一番，竟從自己腕上褪下一只玉鐲直接套上九月的手，她的手有些圓潤，九月則偏纖細，鐲子套上便顯得大了，刑夫人卻滿意地點點頭。「我今兒也沒帶什麼好的，這只鐲子就當是見面禮吧。」

刑新濤見狀，眼中頓時多了一分喜氣，看著九月的目光越發柔了起來。

九月卻顰了眉，今天她是來赴宴的，雖說年紀小，但從楊進寶的關係來說，與刑捕頭可謂平輩，這見面禮之說，從何說起？

「夫人，這使不得。」九月忙伸手推拒，卻被刑夫人按住了手。

「這是我的心意。」刑夫人不容推辭地朝九月笑著搖搖頭，拉著她和祈巧進門。「各位，給妳們介紹一下這兩位……」

刑新濤才依依不捨地離開。

在座的都是康鎮的商戶家眷，她們自然是知道福女名頭的，而且她們誰家沒用著祈福香燭鋪的香熏燭？如今見到九月，一個個都熱情如火，反倒讓九月沒了機會退還那鐲子。

好不容易捱到宴席結束，那刑夫人又似猜到九月的心思般，硬是左右逢源，沒給九月還鐲子的機會。

「四姊，這……」九月等人在刑家三口熱情的相送下離開了一品樓，路上，九月褪下鐲子，無奈地看著祈巧。

「那是刑夫人的心意。」祈巧嫣然一笑，伸手要替她戴上，一邊笑著問道：「九月，妳覺得刑公子如何？」

九月聞言不由一愣，隨即便明白過來，不由沈了臉，把鐲子往祈巧手裡一塞。「還請四姊費心，把這鐲子退回去。」說罷，帶著黃錦元快步走了。

「九月……」祈巧頓時傻眼了，自從認回這個妹妹，她還沒見過這樣的臉色呢，難道真是她們過分了？

「怎麼回事？」楊進寶有些微醺，不過人卻很清醒，看到九月生氣離開，不由驚訝地問。

「相公，我是不是做錯了？」祈巧有些委屈地看著楊進寶。

「妳做了什麼？」楊進寶睨著她。

「刑夫人很喜歡九月，我看那刑公子對九月似乎也挺有意思的，就沒攔著……刑夫人塞了鐲子給九月。」祈巧越說越不安，她似乎真的惹九月生氣了。

「妳呀。」楊進寶明白了，無奈地嘆口氣，挽過祈巧的手。「九月的事妳少操心了，她有自己的主意。」

「那這鐲子呢？」祈巧有些不高興，刑捕頭的兒子哪點比不上遊春了？

「我明兒就還回去吧。」楊進寶接過收在懷裡，一邊勸道：「巧兒，妳是個聰慧人兒，怎麼對這事就想不通呢？遊公子那時也是為了九月好，而且他們兩情相悅，妳又何必枉費……枉費這個心呢。」

「我知道，我還不是擔心九月嗎？」祈巧嘟了唇，低低嘆氣。「那個遊春，什麼來歷、家裡什麼情況，我們一無所知，我還不是……」

「巧兒，若是我們遇到這樣的事，妳會開心嗎？」楊進寶撫著祈巧的手，輕聲說道：「如果是我們兩情相悅，互許終身，而妳的姊妹對我百般挑剔，橫加干涉，妳會怎麼想？是全了姊妹情誼？還是為了心愛的人與家人斷了聯繫？」

「我……」祈巧一滯，心虛地強說道：「我哪有對她橫加干涉了……」

「妳呀。」楊進寶不由笑了，拉著她加快腳步回去，路上，少不了要對祈巧開解勸慰一番。

中秋節，祈福巷依舊生意興隆，九月有心想早些回去，也被耽擱了大半天，過了中午，祈夢才帶著小英姊弟三人騰出空了，葛根旺還得留下看顧攤子，等晚上楊進寶打了烊，兩人一起回去。

黃錦元雇了兩輛車，把買的東西都搬上車，祈巧帶著楊妮兒到了這邊會合，祈夢安頓三個孩子出去。

「哥，跟我們一起回去唄。」九月站在雜物房前邀請葛石娃。

葛石娃的傷已在康復中，如今坐著動動刻刀還是無礙的，聽到九月的這一聲稱呼，他不由顫了一下，停下動作。

「我還是第一次在祈家過中秋呢，難得一家人聚聚。」九月假裝沒看到他的反應，笑道：「你不想回去和玉姨一起過中秋啊？」

葛石娃拿著刻刀的手放了下去。

「走啦，三姊、四姊都在外面等著呢。」九月乾脆上前，奪下他的刻刀，拉著他的胳膊往外走，一邊朝夥計們說道：「你們幾個也別忙了，下午都玩去吧，走之前把這兒收拾好啊。」

葛石娃整個人都僵住了，傻傻地由著九月拉出去。

祈夢和祈巧看到九月拉著葛石娃出來，微有些驚訝，不過兩人只是交換一個眼神，笑了笑，什麼也沒說。

「和小山、小海一起坐吧，路上好照應著些。」祈夢輕聲招呼葛石娃上後面的車，黃錦元正托著小山、小海上車。

祈夢看了看葛石娃，笑著對小山、小海對道：「小山、小海，聽舅舅的話，別調皮啊。」

「好。」小山聽話地點頭，他不知道祈夢為什麼讓他喊表叔叫舅舅，不過還是乖乖地朝葛石娃喊了一聲。「舅舅。」

小海也奶聲奶氣地學著哥哥喊道：「舅舅。」

葛石娃簡直石化了，整個人僵直著，眼眶微紅。

「舅舅，別哭。」小海突然指著葛石娃說道。

葛石娃一震，低了頭就要往院子裡躲。

「欸。」九月一把拉住他，瞪眼說道：「你還是個爺們呢，怎麼這麼囉嗦？」說罷，直接推著葛石娃上車。

九月重重地往他手臂上一拍，抬著下巴對黃錦元說道：「黃大哥，交給你了。」說罷頭也不回地往祈夢她們那輛車走去。

「是。」黃錦元笑了，輕輕地拍了拍葛石娃的肩。「上車吧。」

葛石娃點點頭，神情有些複雜，心情也紛亂至極，不過還是乖乖地上了車。

車子緩緩地起動了，路上，祈夢和祈巧兩人也沒問葛石娃的事，三人一路聊的都是今天晚上的團圓飯。

很快，就回到了大祈村。

看到葛石娃，葛玉娥很高興，拉著他噓寒問暖。

「喲，三夢和四巧都回來了。」余四娘從那邊院子裡聽到動靜，出來幫忙，誇張地笑著打招呼。

人多手多，很快就把東西全搬了出去。

九月走之前就交代過，祈喜是早知道今晚一家人都會來，所以一大早就和葛玉娥帶著小虎、阿德開始忙了。

祈老頭也被收拾得乾乾淨淨的坐在輪椅上，這會兒正在堂屋裡，老魏陪在一邊。

「爺爺。」祈夢等人上前打招呼，又帶著幾個小的去喊「曾外祖」，祈老頭的笑明顯濃了許多，手顫著伸出來想摸摸幾個小孩子。

「來來來，果兒，來見見幾位姑姑。」余四娘搬完東西，又回去抱了果兒過來找祈夢、祈巧。

祈喜無奈地朝九月眨了眨眼，搬著東西進廚房去了。

還有兩個時辰就是晚飯飯點，要做的事還多著呢。

九月也避去了廚房，由著祈夢、祈巧去應付余四娘的熱情。

沒多久，葛石娃也扶著葛玉娥進來，娘兒倆的眼睛都是紅紅的，但兩人臉上明顯帶著笑容。

葛玉娥挽起袖子，繼續她之前沒做完的揉麵活兒，葛石娃左右看了看，拿了水桶去打水。

九月拿出帶回來的食材開始配菜，路上她已經知道兩位姊姊的打算了，這會兒她們就算不在，她也能搞定。

沈寂了這麼多年的祈家，頭一次中秋節這麼熱鬧。

準備了一個時辰，該洗的都洗了，該配的也都配了，就等著灶上的糕點蒸好，就可以開始做飯了。

九月淨了手，踱到院子裡休息，剛到堂屋，就看到祈康年沈著臉走進來。

第一百四十二章

「妳來。」祈康年看到九月，停下腳步朝她招手，臉黑得很，任誰看了也知道他來意不善。

祈巧看了看九月，就要出來。

「二叔，今兒擺中秋席面，晚上過來喝一杯水酒吧。」九月淡淡一笑，緩步走了過去。祈康年有段日子沒出現了，這次又是為了什麼？

「我問妳，那小子是誰帶進來的？」祈康年看著挑水搬柴禾的葛石娃，冷著聲問道。

「哪個小子？」九月裝傻。

祈康年直指葛石娃，陰著臉盯著九月問道：「就是他。」

余四娘等人瞬間安靜下來，祈巧把果兒還給余四娘，往外走了幾步。

這時，九月卻笑了，脆脆地問道：「二叔，你不認得他嗎？」

「我就是認識，才問妳為什麼他會在這兒？」祈康年火大地說道。

葛石娃已經停下來，僵直地站著，他不知道九月會怎麼說，這些年他已在村子裡從各人嘴裡聽說了太多讓他難堪的話，可此時此刻，他竟是前所未有地緊張，他在意九月的回答。

「二叔。」九月坦然地看著祈康年。「他是我邀請回來一起過中秋的，有什麼問題嗎？」

「中秋是家宴，他有什麼資格在這兒？」祈康年咬牙切齒地問道。

「二叔，我辦的就是家宴，你要是晚上有空，一樣有資格在這兒。」九月訝然地看著他，她就不明白了，他幹麼這麼激動？

「妳可知道……」祈康年被她這句刺激到了。「妳……」

「二叔，出什麼事了嗎？」九月只微笑地看著他。

「這兒還是祈家，妳一個女孩子家，有什麼資格作這個主？」祈康年平復了一下怒氣，怒視著九月。

「二叔，我爹走之前，把這個家交給我了，我不能作主，誰作主？」九月就當是笑話聽了，說罷，還極客氣地邀請祈康年進來坐。

祈巧也在後面附和道：「二叔，進來坐坐吧。」

「哼。」祈康年瞪了九月一眼，拂袖而去。

葛石娃看著這一切，動了動嘴巴，最後還是沒說什麼，挑了水進廚房去了。

「九月呀。」余四娘抱著果兒湊過來。「妳那樣對妳二叔，一會兒只怕他就要把族長請過來了。」

「為什麼呀？」九月不解地問。

「妳不知道，當初因為他們娘兒倆的事，唉，就是我們家，也沒少被人說閒話，妳也知道的，妳二嬸那性子清冷得很，不像我，嘴碎，性子卻直，有什麼就說什麼，人家罵我一句，我噼哩啪啦地就還回去了，心裡不擱東西，可她不一樣。」余四娘倒也有自知之明。

「那時候……人家也是過分，她受了氣，心裡憋著，又不知道自己懷了孩子，結果就……沒了。」

還有這樣的事！九月等人驚訝了。

「所以妳二叔心裡……」余四娘剛說到這兒，就看到葛石娃出來了，忙閉了嘴，抱著果兒走了。

「九月。」祈巧想了想，上前輕聲問道：「要不，我們送些禮過去？」

九月有些不情願。

「送吧，我們本來就打算要去的。」祈夢忙出來。「我們本來就準備了給二叔、三叔的禮物，還有堂哥他們。」

「那走吧。」祈巧見九月不想去，也不勉強，和祈夢一起準備禮物。

沒一會兒，姊妹倆提著禮物去了隔壁院子。

九月也沒在意，幾個孩子都由小英帶著，正圍著祈老頭嘰嘰喳喳，她看著好玩，也湊了過去。

可誰知，還不到半個時辰，祈族長竟真的帶著人來了。

九月看了看，來的都是祈家的老人，祈康年、祈瑞年也跟在後面，相較於祈康年的冷臉，祈瑞年便顯得和藹可親多了。

這些老人可都是祈家的長輩，九月忙讓老魏看著孩子，自己迎了出去。「族長，您怎麼來了？」

「九月呀，妳二叔剛剛來找我們，說妳自作主張帶了不該帶的人回家了？」祈族長倒是笑呵呵的，目光已經看到廚房裡的葛玉娥母子，不由無奈地一嘆，他還真不想蹚這渾水，可是他是族長，祈康年在找到他之前先去找了那些老頭子們，他是想推也推不掉了。

「族長，您說的那不該帶的人又是誰呀？」九月沒想到祈康年竟然來真的，看向他的目光也變得似笑非笑起來。

九月這拒不承認的態度讓祈康年很火大，他憤憤地瞪了九月一眼，大步來到廚房前，對著葛玉娥母子倆大聲喝道：「你們兩個給我出來！」

葛玉娥嚇了一跳，葛石娃皺了皺眉，把手中的扁擔往牆邊一放，過去扶住葛玉娥。

「出來！」祈康年厭惡地瞪著兩人。

「他……在說我們嗎？」葛玉娥有些怯怯地看了看葛石娃。

「娘，我們走。」葛石娃的眼裡有著屈辱，他沒有看任何人，低著頭圈著葛玉娥的肩往外走。

只是到了門外，有那麼多祈家人擋著，他們哪裡出得去。

葛玉娥看著這麼多人，變得不對勁起來。

「玉姨，別怕。」九月上前，柔聲握住葛玉娥的手。「他們是來找我的，妳先回房歇歇吧，一會兒飯好了，我喊妳吃飯。」

「真的？」葛玉娥怯怯地看著那些人，此時此刻，她的眼神比受驚的小女孩還要無辜。

「真的。」九月安撫地拍拍她的手，抬眼看了看葛石娃，警告地瞪了他一眼。「帶她回房間。」

葛石娃有些抗拒地皺眉。

九月直接朝他挑眉。

「他們……真的不是找我的？」葛玉娥敏銳地感覺到九月和葛石娃之間的暗流，有些驚慌。

「真的不是。」九月朝她甜甜一笑，然後朝葛石娃使了個眼色。

葛石娃斂了眸，哄著葛玉娥往堂屋那邊走。「娘，回去歇歇。」

「喔，好、好。」葛玉娥驚慌地看了看那些人，她總覺得他們是衝她來的，可是九月說不是，兒子沒說什麼，那就真的不是了。

「站……」祈康年橫出一步想要攔下他們。

「二叔。」九月冷眼旁觀。「我好不容易治好她，你再刺激她，對大家都沒有好處。」

祈康年瞇眼看著九月，又看了看正往堂屋慢慢走的葛家母子，正待說什麼，後面的祈瑞年竄了上來，拉住他。

「九月啊，妳看看這事怎麼說？」誰是那個不該帶進門的人，大家心知肚明，祈族長也不多說，笑咪咪地看著九月。

「族長、各位長輩，今兒中秋，既然來了，大家坐下喝杯茶吧。」九月微笑著招呼。

「小虎、阿德，看座、上茶。」

很快地，小虎和阿德把家裡的長凳都搬出來，不夠坐，就去余四娘家借，安頓好這群老人，余四娘一家人還有祈稻等人也趕了過來。
看到這情形，祈稻不由一愣，大步上前拉住祈康年。「爹，您幹啥呢？」
「沒你的事。」祈康年黑著臉推開祈稻，他還沒老糊塗，來這兒找九月說話，也不是針對九月，他只是看到葛家母子這樣進來，想起了那個沒緣的兒子，心裡憋屈。可他不會讓祈稻摻和進來，他知道祈稻和九月的關係一向不錯，他不能斷了祈稻的路，最近祈稷那小子的發達，可不是沾了九月的福氣嗎？
「爹，您這是幹什麼呀？」祈稻有些疑惑地看了看在場的人，又上前拉住祈康年，他看得出來，這些人的到來與他爹有關係。
「說了讓你甭管。」祈康年正火大著，狠狠地推開祈稻。「一邊站著去。」
這邊父子倆小小的爭執，眾人也只是一笑置之，他們還想聽聽九月怎麼說。
祈夢和祈巧也回來了，站到了九月身邊。
「族長，我呢，去年才回家，我四姊也是，所以今年這個中秋節對我們姊妹來說很重要。」九月收回目光，給族長幾人續了些茶水，溫溫婉婉的沒有半絲傲然。
「是很重要。」祈族長等人紛紛點頭。
「我爹出門的時候，把這個家交給我打理了，雖然他沒能趕得及回來和我們一起慶團圓，不過我們還是想好好地聚聚，所以才趕著回來準備。」九月放下茶壺。「我很不明白，我們只是想吃個飯而已，為何二叔要這麼激動呢？」
「九月呀，妳二叔不是說你們吃飯他才生氣的。」祈族長看了看祈康年，到底沒有說出不管不顧的話，祈家這些事拖了這麼多年，總得有個人出來解決，現在也未必不是個契機。

「妳剛回來，不知道以前發生的事情，他的心情，妳難免理解不了。」

「以前的事？」九月驚訝地問，沒說自己從余四娘那兒知曉了一些事。「以前什麼事？」

「當年因為他們的事，村裡人難免話多了些。」祈族長說到這個有些不好意思，他們家當年也不是沒說過類似的話……咳咳。「連帶著妳二叔、二嬸以及三叔、三嬸也就受到了牽連，這不，累得妳二嬸滑了胎，險些喪命，那胎……還是個成了形的男娃。」

「所以就把這責任歸到他們娘兒倆身上？」九月笑容淡了下來，這樣沒了孩子，關葛家母子什麼事？

「也不是……」祈族長剛剛開口，又閉上了嘴，端著茶杯喝了兩口。

「要不是他們，怎麼會出這樣的事？」祈康年咆哮著。

「爹！」祈稻終於知道他爹幹麼來了，不由無奈地上前想攔，被祈康年再次推開。

「大堂哥，讓他說。」九月對祈稻沒什麼意見，反倒甚是敬重，這會兒也不想讓他為難。「二叔心裡既然不痛快，那就讓他說個痛快。是非對錯，大夥兒評評也就是了，若是那件事真的是他們的錯，我從此不會再帶他們踏進這個門一步。」

「好。」祈康年的眼睛紅紅的，瞪著九月喝道：「這話是妳說的。」

「我說的。」九月從從容容地點頭。「我雖是女子，卻也知君子一言駟馬難追的道理。」

「既然這樣，康年吶，那你有什麼就說吧。」祈族長點點頭，示意祈康年淡定。「好好說，急有什麼用？」

祈康年梗著脖子，脹紅了臉開始細說往事。

葛石娃安靜地站在門邊聽著，屋裡燃了香，葛玉娥已經沈沈睡去。

原來，當初葛玉娥未婚生下葛石娃，葛家人抬著還在月子裡的葛玉娥和嬰兒找上門來，要讓祈豐年負責，休了周玲枝娶葛玉娥進門，祈豐年不同意，甚至拒不承認自己做的事，葛玉娥也就是那個時候受了刺激變得瘋癲，葛家人也因為她做的醜事，把她趕出葛家。

葛玉娥帶著孩子住在破廟裡，也遭到一些不懷好意的人騷擾，結果都被葛玉娥又打又咬地趕走了，那些人沒占到便宜，懷恨在心，就開始在村子裡散播流言。

後來，祈家不斷出事，隨著九月的出生，災星之說和葛玉娥的事再次成為眾人攻擊的重點。

陳翠娘就是那個時候出的事，只因為她出門的時候，被人圍著指指點點，回到家後心情鬱悶了兩天，接著就滑了胎……

「二叔，你的意思是，二嬸是因為被人說了難聽的話，心情鬱悶才滑胎的？」九月打斷祈康年的話。

「如果不是他們，她怎麼會被人圍著說那些話？」祈康年粗聲問道。

「二叔，三嬸似乎也遇到這樣的情況，為什麼她就沒事？」這樣算在葛家母子頭上，未免也太無辜了吧。

「妳……」祈康年聞言為之氣結。「總之跟他們脫不了關係。」

九月沒理會他，轉頭看著祈族長微笑著問：「族長，我能說說我的意見嗎？」

「當然能。」祈族長點頭，他巴不得她早些說完，他們好回家過節去。

而這會兒，院子外已經圍了不少聞風而來的人。

「首先，我很同情二嬸的遭遇。」九月掃了那些人一眼，緩緩開口。

「誰要妳的同情！」祈康年氣得直喘氣，這個臭丫頭，居然不幫自己家的人反幫著別人。

「二叔，你今兒是找我要說法的，就不能心平氣和地聽我說完嗎？」九月無奈地看著他。「我理解你的心情，若那男娃還在，也是我的堂弟，我一樣心疼他的不幸，可是我也不能睜眼說瞎話，盲目附和你，那樣對玉姨他們母子不公平！」

「妳……」祈康年還要發作，祈稻忙攔了下來，懇求地看著他。「爹，聽九月把話說完好不好？」

祈康年瞪了他一眼，總算閉上了嘴。

「各位長輩，當年的事我不清楚，而且我是晚輩，對我爹他們上一代的恩怨，沒有任何資格去評說是非。」九月朝祈稻笑了笑，轉身對著眾人說道：「我今兒只是以我自己的個人立場來說說意見，當年要不是玉姨，這世間早就沒有我祈九月的存在，是她救了我。我接她回家，向她盡孝，是我想報恩，更是我和玉姨之間的事，我喊葛石娃哥哥，也是因為玉姨的關係。請問諸位，今兒這家宴，我請我的恩人、我恩人的兒子來吃一頓飯，有問題嗎？」

屋裡，葛石娃一動不動地聽著，淚水無聲地滑落下來，他聽到九月對他們的維護，這麼多年來，她是頭一個承認他們身分的人。

院子裡，眾人啞然無語，九月並沒有說葛石娃是祈豐年的兒子，她喊人家哥哥也是因為感激葛玉娥當年救了她，她感恩報恩，請人家吃頓團圓飯，自然也沒礙到別人。

唯有祈康年，很不服氣。

九月自然也注意到了，她想了想，繼續說道：「二叔，當年的事是個意外，你何必耿耿於懷呢？」

「意外？屁個意外！」祈康年破口大罵。

「康年，注意態度，你好歹也是當長輩的，哪能在孩子面前這樣？」祈族長不滿地提醒。

九月嘆了口氣。「二叔，既然你想追究這個責任，今兒諸位長輩也全了，那我們就好好地討論，如何？」

「討論就討論，我正想要個公道。」祈康年才不怕她，他可是受害者。

九月無奈地看看他，好好的中秋節呀，好在小虎、阿德該幹麼還在幹麼，這會兒正在廚房裡準備晚上的席面，倒是讓九月心裡舒服了一些。

「二叔，你說二嬸那時候是因為別人說了不好聽的話才心情鬱悶導致滑胎，那麼那些人是誰？」九月已經知道事情的大概，心裡有數，便好整以暇地開始討論。

「哼，要不是那娘兒倆的出現，不然他們為什麼針對我們家？」

「你覺得引起這些閒言碎語是因為玉姨他們母子？」九月反問。「可是，玉姨他們母子這些年受了這麼多的苦，又該向誰討公道？」

祈康年冷哼一聲，翻了個白眼。

「你是不是想說向我爹討公道？」九月也不顧忌，直接問道。「可是我爹呢？他受的不公又要向誰討？」

祈族長端著茶抿著，老神在在的不說話，其他老人也都是人精，不想得罪九月，也不想受到祈康年的責難，自然也不開口了。

第一百四十三章

「難道要向過世的祖母討嗎？」九月的語氣卻突然輕下來，她定定地看著祈康年，自顧自地說下去。

「因為她重男輕女，所以我娘不斷地求兒子、所以我爹不得不背負那麼重的壓力？是不是如果沒有奶奶重男輕女，我娘就不用生那麼多女兒；我爹沒有壓力，生活無虞，也不會養不起孩子；我二姊、四姊不會流離失所；我六姊、七姊更不會活活餓死，至於後面那些亂七八糟的事也不會發生？那些人也不會圍著二嬸、三嬸說難堪的話，二嬸就不會滑胎，二叔，你是不是這樣覺得？」

祈康年沈默著，他想反駁，卻無話可說。

「二叔，這世間很多事都是注定的，該是你的，就是你的，那位堂弟既然沒能留下來……」九月說到這兒，沒再說下去，說多了，傷感情。

「康年哪，九月說的不是沒道理。」祈族長這才放下茶杯，語重心長地開口。「十幾年了，該過去的就讓它過去吧，你就是揪著，那孩子也回不來了，玉娥母子這些年也受盡了苦，他們……也是受害者。」

祈康年不服氣，悶著頭不說話。

「豐年他……唉，也不容易吶。」祈族長說罷站起來，態度不言而喻。

看到他起來，那些老人們也紛紛放下杯子，起身要走。

這時，陳翠娘走進來，對著祈族長等人行了禮，溫溫柔柔地朝祈康年喊了一聲。「康年，回家了。」

「爹，回去吧。」祈稻擔憂地看著祈康年，便是他，也覺得他爹這次過分了，當年的事能怪得了誰？

祈康年目光複雜地看著陳翠娘，張了張嘴卻說不出話來。

「二叔，過去的就讓它過去吧，以後我們家會好的。」祈巧嘆了口氣，走到祈康年面前輕聲細語地說道：「嚐過了那些年的苦，如今餘下的就是甜，我們都該好好珍惜不是嗎？」

「看你，說好了要做月餅給孩子們吃的，這都什麼時候了，你還不回來。」陳翠娘穿過人群，到了祈康年身邊，略帶著一絲埋怨的語氣看著祈康年。「都當爺爺的人了，怎麼還這樣孩子氣？」

這話一出，九月等人紛紛看腳尖，九月只覺得，敢情二嬸這是當眾調情啊？

祈康年也真吃這一套，低了頭由著陳翠娘拉著往外走。

經過九月面前時，陳翠娘停下來，朝她笑了笑。「九月，我最近老是睡不好，聽說妳有安神香，能不能勻我一些？」

「當然。」九月有些驚訝，她突然覺得也許二嬸不是冷漠，只不過是性子清冷，不願與人多打交道罷了。「我一會兒給妳送過去。」

「不急，妳先忙吧。」陳翠娘點點頭，拉著祈康年回去了。

「九月，抱歉，我爹他……」祈稻過來時，不好意思地向九月致歉。「他心裡有個結，才會這樣失態，我們……會好好勸他的。」

「大堂哥，我知道的。」九月大度地笑了笑。「各人都有各人過不去的坎。」

「那就好。」祈稻看著她，知道她說的不是違心的話，鬆了口氣，笑容也燦爛不少。「我先回去了。」

「一起吃飯吧。」九月挽留。

不過，祈稻還是匆匆走了，祈族長等人也開始撤退，九月和祈巧幾人跟在後面相送。送到了門口，還沒下坡，就看到村口行來一隊人馬。

眾人好奇，站定了腳步注目。

「難道是外公回來了？」祈巧驚訝地說道。

黃錦元肅穆地看著中間那馬車，低低在九月身邊說道：「不是爺，那是宮裡的標記。」

「宮裡？」九月驚訝地回頭。

「看樣子……是傳旨的隊伍。」黃錦元一雙濃眉皺成了蚯蚓似的，死死地盯著停下的馬車。「那是御林軍。」

「怎麼可能？」九月瞪大眼睛，傳旨的御林軍？來這鳥不生蛋……喔，窮山溝裡傳什麼旨？

「九小姐，那領頭的認得我，我先避一避。」黃錦元突然說了一句，退了進去。

「咦？那不是三姊夫和我相公嗎？」祈巧低呼，前面的人馬已經停下來，她看到楊進寶和葛根旺陪著一個人走在前面。

這時，眾人已經都停了下來，看到來人，祈族長等人紛紛讓出一條道來。

九月疑惑不解，想了想，還是迎上去，祈巧緊緊跟上，這陣仗，她在楊家也沒見到過。

「九月。」楊進寶看到九月，神情有些凝重地喊了一聲。「這是宮裡來的劉公公。」

「見過劉公公。」九月和祈巧一起福身行禮。

「免禮。」劉公公瞟了九月一眼，聲音尖細地說道，接著從背上取下黃布褡子，解開後，露出封了火漆的竹筒，高高地舉過頭。「聖旨到，祈家福女祈九月接旨——」

這一喊，眾人一片驚嚇。

在村子裡，縣太爺就已是很遙遠的存在，這會兒卻親耳聽到了什麼，聖旨？還是給祈九月的？這、這、這……是福還是禍？

是福還是禍，在九月看來卻很淡定，反正，是禍也躲不過。

九月從善如流地跪下去，一邊問：「敢問劉公公，可需設香案？」

「不必，一切從簡。」劉公公抬眼看看四周，也沒奢望她能做到合乎規矩的儀式，便應了一句。這一路上楊進寶已經打點過了，對於楊進寶的識趣，他很滿意，所以不介意適當地放放水。

「民女祈福接旨。」九月拜了下去，皇權大如天的世界，她就委屈一下自己的膝蓋吧，總比掉了腦袋的好。

接著，楊進寶也跟著跪下去，他身邊的葛根旺得了暗示，動作也不慢。

祈巧見多識廣，忙拉著祈夢以及孩子出來全部跪下。

祈族長有些激動，活了一輩子，他居然親眼看到戲文裡才有的接旨場面，這可是真的聖旨呢！還是給他們祈家的女兒！這、這……一激動，老人家連楞杖都扔了，直接撲通一聲跪下。

他們都跪了，一旁那些不知情的圍觀人士也在感染下跪了一片，在場還站著的，除了傳旨的劉公公，也就是那些馬匹了。

劉公公見眾人都跪下，這才滿意地剔了火漆，取出一卷明黃色繡著龍紋的帛布，緩緩展開，用他獨特的尖細聲音朗讀起來。

一長串冗長的官話之後，才算點到正題，九月才明白，原來京都已有兩月無雨，皇帝為此愁白了無數頭髮，南水北調、招賢求雨，這些事沒少幹，卻依然無效。就在這時，皇帝驚聞福女出世，龍心大悅，便下旨特召福女進京為民祈福，若能大顯神通解了京都百姓厄劫，便冊封為福妃，永伴君王……

九月聽完，深深地無語了。

「福女，接旨吧。」劉公公宣完聖旨，態度大變，看著九月的眸中笑咪咪的。開玩笑，這要真的是福女，祈雨成功後，她就是福妃，只怕憑她這福氣和本事，連皇后都得靠邊站了，他當然不能得罪狠了。

「劉公公，這……」九月皺著眉抬頭，還沒說，便被劉公公打斷了。

「福女，妳不會是想抗旨吧？」劉公公的語氣中帶著警告，同時，他還意味深長地瞄了身後的御林軍統領一眼。

九月啞然，她是想抗旨來著，可是也十分清楚抗旨是什麼下場，說不定她九月要人頭落地，便是她的家人也要受到牽連，更甚者，大祈村……

一個激靈，九月不得不低了頭。「民女祈福……領旨……」

劉公公這才滿意地點頭，把聖旨放到九月手上。

明明只是一疋帛布，卻恍若千斤重般，壓在九月手上，也壓在心頭，她從來沒想過進宮伴駕，只想清清靜靜地過她的小日子，可如今聖意就在她手上，不論她能不能完成那祈雨的大事，她和遊春……只怕都到頭了。

九月正心情鬱悶之時，劉公公又一次開口了。「福女，皇上口諭，福女接到聖旨，不得耽擱，即刻啟程！」

「劉公公，這天都快黑了，您一路勞累，不如先歇一晚吧？今日中秋，家裡剛備了中秋宴，您賞個臉。」楊進寶忙湊到劉公公身邊恭敬地說道。「再者，這進京祈福，總也得容她收拾收拾。」

「京裡什麼沒有？哪需要她帶什麼。」劉公公緩緩說道，不過，好歹給了楊進寶一個準話，說實在的，他這一路奔跑，那臀兒還真有些受不了，歇一天……那就歇一天吧。

「公公能賞臉，是我們祈家莫大的榮耀了。」楊進寶笑著行禮。「公公，我們家九月剛剛造的房子，雖然簡陋卻也比這邊寬敞，要不，今晚就住那邊？」

楊進寶純粹是想招待好劉公公等人，這樣九月上路後也好少受些委屈。

可是，劉公公卻誤會了，細眼一瞇打量著楊進寶。「不必了，咱家也不是嬌氣的人兒，就在這邊擠擠吧。侍衛們的事，你們也不用管，他們會自己安排，給他們備好飯就是了。」

「姊夫，我家可以騰幾間空屋出來。」祈稷上前，對著楊進寶說道。

楊進寶點頭，向劉公公請示道：「公公，這是我們家九月的十堂哥，院子就在隔壁，侍衛大人們也是一路辛苦了，不如輪流歇著？」

「那行吧。」劉公公點點頭，他也就是一個頒旨的，御林軍的事，他還真作不了主。「韋副統領，你看……」

「就這樣吧。」他身邊的御林軍副統領韋一涵面無表情地點頭，他這趟出來，除了保護聖旨，最要緊的就是保護福女，皇帝密詔，不容許福女有一點閃失，可是他不休息，不代表手下們不用休息。

於是，眾人都忙活了起來。

余四娘興高采烈地帶著媳婦們回去收拾房間，皇差能住家裡，那是多大的榮耀啊。

祈族長也招呼人回去準備，畢竟祈家一下子多了這麼多人，吃食肯定是不夠的，九月接到聖旨能去伴君王，那是多大的榮耀？身為大祈村祈家一分子，大夥兒都得盡盡心不是？說不定九月成了福妃，給皇帝誕個一兒半女的，他們大祈村還不得發達了？

人群散去，韋一涵帶著御林軍們安頓馬匹，安排值勤，九月家的院子被圍得水泄不通。

劉公公被安置在正房，之前郭老住過的房間，他走後一直空著，也一直收拾著，一應物事倒也現成。

九月把聖旨供在堂屋正上方，恭恭敬敬的態度讓劉公公很滿意，也就不去管她，自己回房了。楊進寶親自帶著小虎去照拂他，進門之前，意味深長地給九月遞了個眼色。

這聖旨的到來，歡喜了幾家人，卻也愁壞了九月一家人。

祈夢和祈喜很是忐忑，卻也幫不了什麼，只好帶著阿德和幾個孩子去了廚房，晚宴還得準備起來，之前備的是遠遠不夠的。

祈巧一臉凝重地拉著九月回了屋，說是幫她收拾東西。

一進門，祈巧就把門關上了，低低地問：「九月，現在怎麼辦？」

「除了上京，還能怎麼辦。」九月幽幽地嘆口氣，這一會兒的工夫，她也想明白了，皇帝遠在京都，怎麼會知道這麼偏僻的地方有她這個福女的存在？只怕這是有心人的操作，所以這旨必須要遵，不遵，牽連九族都是有可能的，遵了還有一線生機。

「可是……」祈巧難過地看著九月，早知道這樣，當初還不如答應遊春的提親呢，然而千金難買早知道，這會兒已經不是後悔的時候了。

「四姊，幫我收拾兩套換洗的衣服就好，我寫幾樣東西。」九月故作淡然地朝祈巧笑了笑。「一會兒，我還有事要拜託妳。」

「好。」祈巧顰眉，動了動唇，卻只能應出這一個字。

九月坐到桌邊，鋪開了紙，開始安排「後事」。

首先，就是祈福巷的歸屬，當然，那兒不全都是她的，她能寫的只有自己的那部分。地契和房契上寫著她和遊春的名字，她卻沒有出過一文錢，所以還得改成遊春的，算是物歸原主。

她在祈福巷的分額一律平攤給幾位姊姊，還有吳伯。香燭鋪轉入葛石娃名下，就算以後認不了祖，有了香燭鋪，他們母子也好度日了，就算是她還給葛玉娥的救命之恩吧。

阿安與她的合作，只怕也要到頭了，他們如今那竹器鋪子，就當是用她的分額買下送給他的吧，以後阿安也好有個出路。

張義、張信為她做了許多，那麼多鋪子裡，就由他們兄弟自擇一間。只希望，這次的事不要牽連到他們才好。

其次便是她在大祈村的那大院子，剛剛建成，她還來不及住上一晚……唉。那塊地是祈老太臨終分給她的，雖沒看到地契，卻也沒有人來找她麻煩，不過以後未免不會有麻煩，幾個姊姊中，也只有祈巧才能保住這些，便暫由祈巧打理。幾個姊姊想住自然可以，祈喜若與水宏不成，總也有個能落腳的地方，有了那院子，底氣也能足些。

再來……

九月停下了筆，一聲輕嘆。

「怎麼了？」祈巧幫她收拾好衣衫，轉了回來，坐在她邊上輕輕地問。

「四姊，蘇力被我派出去了，他若回來，妳務必見他一面。」九月牽掛的另一件大事就是祈喜的親事。「水宏有沒有事，必須要有確切的消息，才能決定八姊的親事，知道嗎？」

「什麼？」祈巧頓時愣住了。

九月原本沒告訴姊姊們，也是不想洩漏這個消息給祈喜知道，知道的人多了，難免就在祈喜面前露餡兒，可現在卻是沒辦法了，當下把她的懷疑和水家的反應都說了一遍，叮囑再叮囑祈巧，一定要拖到消息確定才行，要不然就是讓八姊孤身一輩子，也不能把她送進水家。

「我明白了。」祈巧那玲瓏心，一聽就明白了，壓著心裡的沈重，鎮定地點點頭。

第一百四十四章

「大姊、二姊、三姊、五姊、八姊，如今的日子，也就是二姊和八姊讓人不放心，爹離開之前把諸事交給我，我如今……唉，以後就得四姊多多費心了。」九月感慨一笑。「二姊在陳府雖然風光，可說到底也不是妻室，若有可能，想個辦法讓她成為平妻也好啊，陳府的生意，有一大宗與遊春有關，只可惜他現在也……」

「九月，二姊的事妳不用擔心，她自有主意。」祈巧撫上她的手臂。「妳告訴我，爹去哪裡了？」

「爹在京都。」九月神情平靜地看著祈巧。「他這麼多年的心結，也是時候解了，他說過，等回來，就了結這邊的遺憾。」

「是說玉姨的事嗎？」祈巧沈默了一會兒，輕輕問道。沒想到，家裡還有這麼多的事，除了九月，她們幾個姊姊居然都不知道，不過她沒有半點不滿，九月肯定是不想讓她們操心才不說的。

「可能吧。」九月搖搖頭，她也不清楚。「四姊，香燭鋪裡，我的房間有個暗格……」

九月放低聲音，把暗格的位置、開啟的方法、裡面的東西都一一交代給祈巧。「裡面的那盒小首飾是外婆的遺物，姊姊們各自都留幾件當念想吧，餘下的給八姊當嫁妝，那裡面的地契房契都交給四姊夫，等遊春回來，物歸原主，裡面還有兩張銀票，是給八姊置辦嫁妝用的……」

姊妹倆嘀嘀咕咕的說了近半個時辰，九月才把一切交代清楚。

晚宴時，祈祝和涂興寶帶著孩子們來了，祈望、楊大洪也帶著孩子們匆匆趕來，他們都聽說九月接聖旨的事，看到九月，神情都複雜至極。

能進宮伴君王是天大的榮耀，可是他們知道九月和遊春的事，如此九月豈會願意進宮去？

但，他們什麼都不能說，他們雖然是莊稼人家，卻也知天家威嚴，他們不過是小老百姓，又在傳旨公公和御林軍的眼皮子底下，非議天家，那是不要命的做法。

他們幫不上九月什麼，也不能把她再往火坑推進一步呀。

很快，席面便擺起來了，由原來的兩桌擴展到五桌，桌子都是祈康年和祈瑞年家裡湊出來的，雖說之前祈康年還和九月鬧過彆扭，可這個節骨眼上，他們到底是一家人，大哥祈豐年又不在，身為叔叔，理當負起責任。

老村長和祈族長帶人送來了食材，便也被楊進寶留下，兩人都顯得有些激動，不過到底是有見識的老人，有他們在，做事的幾個人才沒有被院子外那些真刀真槍的傢伙們嚇到。

院子裡燃起了火把，點起了紅燈籠，燈火通明，院中擺了四桌，分了男女席面，九月和楊進寶則陪著劉公公、韋一涵坐在堂屋裡，同坐的還有老村長、祈族長和祈康年、祈瑞年。

楊大洪幾個連襟和祈稻、祈稷他們分作兩桌陪同著御林軍的漢子們。

葛石娃扶著葛玉娥出來，院子裡人影紛雜的，劉公公等人倒是沒有發現這兩個沒有出去接旨的漏網之魚。

祈巧看到，忙把他們招呼過來，和她們姊妹以及孩子們一起，余四娘和陳翠娘領著她們兩家的兒媳婦、孫輩們擠了一桌。

只是，這本是喜慶的團圓日子，氣氛卻有些低，這四桌除了孩子們的嚷嚷聲，也就剩下楊大洪和祈稷他們的勸酒聲了。

相對而言，堂屋裡的氣氛就和諧多了。

誰也沒有注意到，原本日日守在院子裡的老魏和黃錦元不知何時已不知去向。

酒過三巡，九月向劉公公請教起京都旱情。

劉公公從小在宮裡長大，還是頭一次吃上這麼溫馨的團圓席面，加上九月等人不帶異樣的招待，幾杯酒落了肚，心裡就暖起來，話也多了起來，倒是告訴了她不少事。

卻原來，風調雨順也不過是大祈村附近幾個地方……九月心裡暗嘆，大祈村屬於南方，這些年，該下雨的時候會下雨、該晴的時候就會放晴，讓她都忘記了，不是每個地方都能得上天保佑，如今的東南沿海正大雨傾盆，而北邊的京都一帶卻是乾旱成災……

「這天就跟傾了一樣，一邊雨、一邊旱，唉，皇上心裡那個急呀。」劉公公嘆著氣。「到各處救災救難，這兩個月啊，皇上的頭髮都白了不少，日夜睡不好覺，京都人心浮動，眼見這樣下去，必有兵禍發生，這不，皇上便讓欽天監想了法子，廣招賢士，設壇祈雨，如今也求了一個月。福女，明兒妳無論如何也得隨咱家啟程了，耽擱了歸期，不僅是妳，還有咱家和韋副統領以及一干兄弟們，都要人頭落地了。」

九月暗暗驚嚇。「公公，皇上……砍了很多人腦袋了？」

「皇上是仁君，一向不輕易動極刑，不過最近有些不長眼的江湖騙子，倒真被砍了。」劉公公不以為意。

「公公，要是我祈雨不成，會不會也要被砍？」九月怯怯地問，這下豈不是死定了？

「福女，妳多慮了，只要妳盡心盡力，這雨一定會下，皇上又怎麼捨得砍了妳呢？」劉公公呵呵一笑，晃了晃頭。

那是你不知道我這福女也是假的……九月腹誹，不過，也沒有再問下去。

一場中秋團圓家宴沒有了想像中的輕鬆溫馨，卻也在楊進寶等人的努力下，賓主盡歡。席面散後，又是一陣人仰馬翻的忙碌。

祈稷等人帶著媳婦們忙著收拾，楊進寶送了劉公公回屋洗漱安頓，韋一涵等人繼續去院外站崗。九月想要做些什麼，卻被祈巧等人攔下，她想了想，便端熱水去了祈老頭的房間。

屋裡，葛玉娥和葛石娃已經在照顧祈老頭吃飯了。

看到九月進來，葛玉娥只是笑了笑，倒是葛石娃目光閃爍，不知道在想什麼。

「玉姨，我來吧。」九月把熱水放到一邊，接過葛玉娥手裡還剩些許的飯菜。

祈老頭看到她，目光流露些許笑意。

「爺爺，我得離家一段時日呢，您在家裡可要聽話好好養身體喔。」九月細心地擦去祈老頭唇邊的菜汁，面帶微笑說道：「等我回來，給您帶京都最好吃的東西。」

祈老頭抓住九月的袖子，呵呵地說道：「去……去……」

「爺爺，聽說外面好多人受災了呢，皇上到處招賢，人人都說我是福女，我這次去呀，是給受災的百姓們盡力呢，是好事。」九月輕笑，安撫著祈老頭，又餵了一勺飯。

祈老頭盯著她看了幾眼，才緩緩點點頭，鬆開手，對老人來說，孫女要去做好事，能回來，就是好的。

「妳要去哪兒？」反倒是葛玉娥，有些驚訝地看著九月，眼中怯怯的，充滿依賴。

「玉姨，我有事呢。」九月微笑。「妳別擔心，我很快就回來，這段日子，妳跟哥一起去鋪子裡吧，我不在，我擔心鋪子的生意呢，有妳和哥在那兒，我才放心。」

「放心，我會看著鋪子的。」葛玉娥受了驚嚇，這會兒的反應又顯得有些稚氣，她聽到九月這話，忙點點頭。「石娃很厲害，他會幫妳看著的，誰也不能打鋪子的主意，可是妳什麼時候回來？」

「我辦完事情就回來。」九月笑著點頭，心裡雖然難過，也不好表現出來，祈老頭和葛玉娥都受不得刺激。

葛石娃默默地看著九月，他什麼都聽到了，可是，他能做什麼？

給祈老頭餵好了飯，洗了臉淨了手，又泡腳按摩一番，坐著閒聊了一會兒，九月才端著髒水退出來。

葛石娃跟在後面，低低地說了一句。「妳……自己小心。」

九月回頭，看到他認真無比的神情，笑了。「嗯，以後，香燭鋪就交給你了。」

葛石娃點點頭，鄭重地應道：「有我在，放心。」

「陪我到院子裡坐坐吧。」

九月就怕他不接受她的好意，這會兒倒是放心了。

葛石娃點頭，跟在她後面，看著她倒了水，洗了盆，又端著茶水回來。

沒多久，祈祝等人也忙完了，都聚了過來，沒有人提起進京的事，說的都是些家長裡短的事。

只可惜，天空斜斜掛著的那輪明月前，多了一絲淡淡的陰霾。

九月等人珍惜著離別前的最後一夜，他們沒看到，院子外，韋一涵緩步下了坡，往村口的方向走去，沒一會兒，黃錦元出現在那兒。

「你怎麼在這兒？」韋一涵很驚訝，他剛剛看到這邊熟悉的信號才過來的，心裡已經猜到可能是相熟的，沒想到竟是黃錦元。

「涵哥。」黃錦元笑嘻嘻地打招呼。

韋一涵皺了眉，瞪著他不解地問道：「你不是跟著王爺……」

「我奉王爺之命，在此保護九小姐。」黃錦元嘻笑著上前，搭住韋一涵的肩，套著交情。

「涵哥，能不能告訴我，皇上是怎麼知道九小姐的？」

「九小姐？」韋一涵吃驚地看著黃錦元，一時忘記拍開他的手。「福女？」

「沒錯，就是你想的那樣。」黃錦元拍了他的肩一下，拉他到了一旁隱蔽處。「祈家就是王爺親生女兒的家，九小姐是王爺最看重的外孫女，你自己想吧。」

「那……」韋一涵瞪著黃錦元說不出話來，王爺的親外孫女不就是皇帝的外甥女？那還讓她進宮侍君？這不是……不是亂了套了……

「涵哥，我不便出面，只能暗中行動，九小姐的安危交給你了。」黃錦元正經起來。

「那個人是誰？能告訴我嗎？」

「林家。」韋一涵的臉色陰晴不定，好一會兒才拍開他的手，吐出兩個字。

他韋家與林家交往甚密，這次出京前，他父親還把他喊去叮囑了一番，讓他務必把福女帶到京都，難道父親也參與了此事？可是，事情涉及到王爺，被打主意的又是王爺的親外孫女、皇帝的外甥女，事情被捅出來，林家必定要倒楣了，那他們家……

一轉念間，韋一涵冷汗都冒出來了。

「涵哥，好自為之。」黃錦元頗有深意地拍了拍韋一涵的肩。

他與韋家沒什麼交情，不過與這韋一涵曾經在一個兵營裡練過，兩人實力相當，表面上為對手，實則惺惺相惜，所以他才會引韋一涵出來說這些，只希望韋一涵不會讓他失望。

「王爺……早就回京了。」

「我欠你一次。」韋一涵板著臉點點頭，目光凝重。

韋一涵和黃錦元之間的暗會，誰也不知道。

翌日，九月帶上周師婆留給她的朱砂罐以及不同顏色的符紙，脖子上掛了郭老留下的玉扳指，提著只裝了兩套衣衫的包裹登上馬車，在家人們依依不捨的目光，以及大祈村村民的羨慕目光中，由韋一涵帶領的御林軍緩緩啟程。

一路上，九月的謙和加上劉公公的有意結交，兩人倒是越來越熟絡。劉公公與祈豐年年紀差不多，到後來兩人便一個劉叔、一個九月的稱呼起來。而韋一涵雖然話不多，路上安排卻是極周到，同時九月也感覺到他態度的一些轉變，雖然納悶，卻沒有多想。

幾天後，他們到了昭縣，便換了行裝雇了船走水路。在外人看來，也不過是富商人家帶著護衛們出行，絲毫不起眼。

韋一涵安排的船隻頗大，九月也有了自己的艙房，倒是能好好地洗澡休息，日子也舒心不少。白天閒了，和劉公公一起釣釣魚、下下棋，聽他說些皇宮裡無傷大雅的瑣事。

劉公公是宮裡的老人了，侍候了兩代皇帝，雖然都不是什麼得寵的要職，職位卻也不低，在宮裡自有穩固地位。

不過他為人謹慎，和九月說的也只是些無關緊要的事，隱隱間還教導她一些宮廷裡的規矩。而九月也不是八卦之人，沒追根究柢地追問，所以她不知道劉公公的職位是什麼，甚至連皇帝姓什麼都沒問過。

順風順水的走了五、六天水路，這一日，九月吃了午飯，剛剛在自己艙房裡活動四肢，便感覺到船緩緩地慢了下來。

她正奇怪，外面就響起韋一涵的聲音。「怎麼回事？」

「啟稟韋副統領，前面鐵鎖攔江，行船被阻，只怕是要改道。」馬上有人回答。

九月的興趣頓時來了，轉身出了艙房，便看到韋一涵和劉公公站在甲板上，前面不遠處，滿滿的擠著船隻，進去了，想要再退出來已是極難，往左邊有條小小的河道，已有不少小型船改道往那邊行去。

這會兒，他們的船倒是停了下來，韋一涵的手下已經分派出人手，放下小船前去打探事由。

鐵鎖橫江，萬帆辟道。

九月十分震撼，她還從來沒見過這樣的盛事呢。

沒多久，派出去的人紛紛回來了，小船行至船前，那些人也不上來，站在船頭衝著這邊的韋一涵回稟道：「稟副統領，據前方官兵所說，往北三個城鎮河道決堤，如今正在搶修，一條水路只怕十天半個月無法通行了。」

韋一涵站在船舷邊，目光投向左邊那小河道。「那邊通向哪裡？」

「稟副統領，那邊過去是個小鎮，前方已有不少人改道前往，準備棄船走陸路。」另一條小船上的人應聲說道。

「嗯。」韋一涵轉頭看了看劉公公，略一沈思便有了決斷。「你們幾個速去前面探路，準備好馬車和一應物品。」

「遵命！」於是，那兩條小船上的人忙活起來，打點東西帶上錢，先行離開。

小船派出後，大船也開始緩緩轉向，他們的船算不上極大的船，吃水也不深，倒是能在小河道通行。可那些大商船，卻是舉步維艱、進退兩難了。

九月看到，已經有不少大船開始與周邊的小船商量搭船了。

這些船也不是所有都是滿載的，像他們這船，剛剛一動，那邊便有一艘退出來的大船擋住去路，船上站著幾個人，向韋一涵抱拳行禮，要求搭船。

韋一涵目光閃了閃，點點頭。「船上有女眷，不便搭乘太多，而且也只能捎你們到前面鎮上，如無意見，便上來吧。」

「多謝兄臺。」對面的人很高興，隔著船向韋一涵行了禮道了謝。

兩方說定，韋一涵揮揮手，兩條船便開始緩緩靠近，中間搭上木板接人。

韋一涵轉頭打量九月一番，對著劉公公說道：「公公，你還是陪著祈姑娘回艙吧，這兒不安全。」

劉公公可不是個大膽的人，一聽有危險，忙連連點頭。「九月呀，我們還是進艙下棋喝茶吧。」

「好。」九月看出韋一涵的用意，也不多說，跟著劉公公走了。

兩人自回艙中對奕去了，外面反正有韋一涵主持，連晚飯，也是他派人送過來。

第一百四十五章

到了晚間，船明顯慢了下來，這河道聽著似乎很短，可走了兩個多時辰，所謂的小鎮還沒有出現，九月和劉公公沒有什麼反應，韋一涵心裡卻謹慎起來，暗中叮囑手下們開始防備。

所幸，天完全暗下的時候，他們看到不遠處的燈火，這才暗暗鬆了口氣。

韋一涵派人過來通知九月和劉公公準備下船。

聽說要下船，九月自然也是乖乖配合，她的行囊不多，簡單一收拾，裝了一個包裹也就夠了。

船隻緩緩靠岸，韋一涵讓放了那些搭船的人下去，才招呼自己人簇擁著九月和劉公公下船。

九月揹著包裹，腳剛剛踏上埠頭，一種莫名其妙的寒意從心裡竄上來，她愣了一下，腳步一頓，抬頭看向四周。

韋一涵就在她身邊，第一個發現她的反應，皺眉問道：「怎麼了？」

「不對勁。」九月低低地說道。

「什麼不對勁？」劉公公頓時驚慌起來。

「公公莫慌。」韋一涵忙提醒道，瞥了九月一眼，什麼都沒說，便給四周的幾個人打了個手勢。

接著，最外面的幾人四下散了出去，其他幾人反而更加收緊，把九月和劉公公護在中間。

就在這時，身後的水下突然嘩啦幾聲，竄出四個黑影，連剛剛散出去的幾人也遇到了黑衣人。

「有刺客！」

九月心裡一沈，她這倒楣的直覺還真的靈驗了，她還沒想好現在該怎麼辦，便被劉公公拉住手，急急地往外拽去。「快跑！」

「欸……」九月還來不及阻止，便被拉著跑了幾步，反倒和韋一涵脫離了一段距離。

「哎喲喂，這真是要死了！」劉公公驚叫連連，不僅沒逃脫成功，反讓那些黑衣人注意到九月的行蹤，頓時，有幾個人甩開侍衛向她圍過來。

「哎呀呀——」劉公公一聲驚叫，整個人跳起來，腳步一繞就竄到九月身後。

九月猝不及防，被推得撞了出去，直直迎上前面刺來的劍，她從來沒遇過這樣的事情，嚇得失聲驚叫，直接閉上眼睛。

就在她以為自己要被刺穿的時候，身邊襲來一陣風，接著她的腰被人攬住，整個人旋了好幾圈，等她反應過來睜開眼睛，她已經安然地站到一旁。只見韋一涵手拿雙劍和三個人鬥在一起，而不遠處的劉公公卻已躺在地上，喉間穿著一枝箭，雙目圓睜，七竅流血，沒有生息。

九月不由得摀住嘴，不敢相信自己的眼睛。

下午還陪她對奕、談笑風生的劉公公，這會兒竟然死了？

「走。」這時，韋一涵已經傷了兩人，逼退了另外兩人，過來拉住她的胳膊便跑。

九月不敢耽擱，順著他的力道發足狂奔，只是他們想跑，人家未必想放過他們，跑出沒多久，他們再次被人圍上。

「給妳！」韋一涵把九月往邊上一推，反手塞進一把劍，自己拿著另一把衝上去。

他的功夫極好，可是好漢難敵四拳，漸漸地，他便開始掛彩，沒一會兒，便有兩個往九月這邊走來。

九月拿著劍，比劃了一下，卻不知道怎麼用，不由心下大急。

兩個人已經漸漸逼近，眼見就要提劍刺過來。

這時，九月靈光一閃，空著的左手已經探進腰間的小袋子，掏出一樣東西隨手一撒，頓時香氣四溢。

那兩人愣了一下，不過也只是一下下，接著便重新擺開架勢，舉劍刺了過來。

韋一涵見狀大急，不顧自己受傷，一劍刺穿一人的胸膛，反身竄到九月身邊，飛腿踢開其中一人，而另一人的劍卻是無論如何也躲不開了，他乾脆背對著後面，把九月護了個周全。

可奇怪的是，那個人的劍到了他的背後，卻軟軟地垂下了，整個人也倒了下去。

韋一涵以為自己這一劍是挨定了，可誰想到，身後撲通一聲，身上也沒見怎麼痛，他不由驚訝地回頭，又抽了抽鼻子，看著九月問道：「妳做了什麼？」

「用了點迷香罷了。」九月撇嘴，看了看劉公公。「劉公公他……」

「我殺的。」韋一涵淡淡說道，接著，吹了個哨，不遠處的侍衛們也紛紛趕過來。

「你為什麼殺他？」九月頓時瞪大眼睛，震驚地看著他。

「因為他要害妳，是內奸。」韋一涵瞄了她一眼，不再理會她，直接向回來的侍衛們詢問結果。

出來的黑衣人有十個，韋一涵解決了四個，被九月迷倒一個，侍衛們解決了餘下的，倒是沒有一個逃竄的。

「封鎖這裡，速去通報當地衙役，讓他們帶人來處理，就說福女遇刺，劉公公為保護福女，以身殉難。」韋一涵面無表情地吩咐道。

九月皺眉聽著，沒有說話，她想到劉公公避到她身後，她不由自主往前撲去的那一幕，心裡頓時涼了一片，沒想到他的演技這般好，同行這麼多天，滴水不漏……

「走吧。」韋一涵吩咐完事情，轉身看著九月。「我們先去客棧。」

「嗯。」九月沈默，心情鬱鬱，也就由著韋一涵安排。韋一涵留下一半的人手，帶著其他人護著九月去投宿。

小鎮沒有康鎮熱鬧，這會兒走在街道上，有些蕭瑟，不過地方小也有好處，沒一會兒他們就找著了一家客棧，那客棧門關著，裡面倒是還有燈光。

韋一涵示意隨行的四人上去一個拍門。

就在這時，街上又出來兩個人，來得速度極快，韋一涵幾人直接擺開陣式把九月護在中間。

來人到了面前，九月就認出來了，忙喊道：「老魏！」

「祈姑娘，妳沒事吧？」來的正是老魏，至於另外一個，九月並不認識。

「我沒事。」九月搖搖頭，在這種情況下能看到熟悉的人，心裡真不是一般高興。「你們怎麼在這兒？」

自從韋一涵他們來了之後，黃錦元和老魏就不見人影，她還以為他們留在大祈村了。

「我和黃兄弟一起來的，只是沒有顯露行蹤讓妳知道。」老魏打量九月一番，見她確實沒事，這才鬆了口氣。

「他們是？」韋一涵警惕地看著他們。

「這是老魏，自己人。」九月坦然介紹。

「此地不宜久留，祈姑娘，你們還是跟我們走吧。」老魏看了看客棧，低低地說道。

「好。」九月毫無懷疑地抬腿就走，韋一涵本來想攔，想了想又改變主意，衝著手下揮手，全都跟上。

老魏兩人帶著他們東拐西走，很快就到了一處莊園前，才停下腳步。「就是這兒。」說罷，與老魏同來的人直接推開門，走了進去。

「這是什麼地方？」九月沒有懷疑他們的意思，不過，她看到一臉警惕的韋一涵，還是好奇地問了一句。

「這是我們暫時落腳的地方，放心，很安全，莊園的主人和我們少主是舊識。」老魏解釋道。「我和黃兄弟前天就到了，昨天下午他收到蘇力的消息，今天一早就趕去黑風崖了，只是他被黑風崖的匪賊纏住，讓我們先來接應，我們正打算去埠頭，就看到妳了。」

「黑風崖的消息？」九月眼睛一亮，急急問道：「水宏可還活著？」

「不僅活著，還好著呢。」老魏笑道，豎了豎大拇指。「是個漢子。」

「活著就好……」九月終於大大地鬆了口氣。

韋一涵聞言，奇怪地看了看她，並且記下水宏的名字。

老魏帶著他們進去，韋一涵也沒有完全放鬆警惕，讓他的手下分散在莊園四下，自己跟在九月身邊，之前那位先進去的男子已經在大廳裡點燃油燈。

莊園裡，似乎並沒有別的人。

九月被安頓在一間乾淨的房間，老魏得知還有人留在埠頭，又找了剛剛那人領了韋一涵的一個手下出去接應，處理後面的事情，老魏自己去準備飯菜。

韋一涵挑了九月隔壁的房間，不過他沒有立即進去，而是沿著牆一間一間的檢查過去，才回到九月門口。「他們是什麼人？」

九月抬頭，淡淡地看著他。「自己人。」

「身分。」韋一涵皺眉，不讓步，路上發生了這樣的事，他必須對出現在她身邊的每一個人瞭若指掌，直到安全送她到京都之後。

「保鏢。」九月抿抿嘴，知道他不會善罷干休，想了想還是說道：「這麼說吧，他是那個就算天下人都想殺我也不會傷我一下的那個人的手下，明白嗎？」

韋一涵沈默。

「你殺了劉公公，怎麼交代？」九月轉移話題。

「我自有辦法。」韋一涵說了一句，轉身走了。

「呿。」九月翻了個白眼，隨即又想到水宏，方才她還沒來得及找老魏細細問呢，水宏到底做了什麼事，竟讓老魏如此誇讚？

等到她有空問老魏時，黃錦元領著蘇力和水宏回來了，水宏身上帶著傷，臉色雖然蒼白，一雙眸神采奕奕，看到九月時，水宏驚喜地走過來。

「九月。」水宏歡喜地盯著她，看到她，也就代表他能知道祈喜的近況了。「家裡都好嗎？」

「都好。」九月卻是淡淡地點頭，打量了他的傷一眼。「既然無恙。為什麼不早些回去？」

「我……」水宏看到九月的神情有些意外，他疑惑地看看她，心裡也有些愧意，撓了撓後腦勺。「我辦完了這邊的事情就回去。」

「蘇力告訴你家裡的事了沒？」九月板著臉。

「我已經知道了。」水宏點點頭。

九月瞇著眼，揚聲問道：「知道了還在這兒磨蹭什麼？」

韋一涵和黃錦元等人驚訝地看過來，不明白九月為什麼突然生氣，尤其是韋一涵，更是特別留意了水宏。他以為水宏是九月說的那個特別的人，可是細想想又覺得不對，這水宏，沒那麼大的能力吧？

「我……」水宏也是一頭霧水，不過他不介意。「黑風崖為禍一方，我既然遇上了，總不能不管……」

「你很厲害嗎？」九月冷冷地打斷他的話。「你是會絕世武功？還是有千軍萬馬？你作這些決定的時候，有想過我八姊嗎？你知道你們家裡人打的是什麼主意嗎？」

「我……」水宏愣住了，面對九月的質問，他半句反駁的話都說不出，便低了頭，輕聲說道：「對不起……」

九月還是不舒坦，不過她畢竟不是祈喜，沒有立場多質問什麼，想了想，便緩了語氣。「婚期定在十二月，你如今回去，還能趕上下聘，別讓我八姊等太久了。」

「過了這幾天，這邊的事就能結束了。」水宏想了想，還是說道。「裡面的情況只有我了解，這個時候我不能走。」

「什麼裡面的情況？」九月皺眉。

「黑風崖寨中的情況……」水宏解釋起來。

原來，水宏那日失蹤，是摔下了山溝裡，等他醒來的時候，鏢局的人已經死的死、退的退了，他在山裡徘徊了兩日，沒有走出那片山林，反而誤打誤撞闖進黑風寨，被寨中的人抓進去，還被扔到後寨修築工事。

水宏在裡面吃了許多苦，這些他沒有提及，他一味做小伏低，做事又賣力，監工頭倒是對他頗有好感，慢慢地也就放鬆警戒，水宏的日子才好過了些，在寨中也漸漸地摸到了一些門道。

終於，半個月前，他等到了機會，黑風寨似乎接到了極大的買賣，舉寨上下，但凡有些地位的、有些功夫的都被調集起來，連夜離開寨子，餘下守寨的也不過是些小嘍囉，後寨的工事也暫時停下來。

趁著寨中空虛，水宏摸出自己住的地方，溜進後寨那處工事，順著到了地下，他才知道那山底下居然被掏空了，他還在裡面看到很大很大的打鐵爐子，而邊緣的一間間小石室，裝滿了各種各樣的武器。

水宏再不明白，看到那些東西，也忍不住心驚膽顫。他不敢逗留，想著就要退出來，卻來不及了，倉促間，他退進一角，順著那小道一直到了一個水潭前。

可是外面的人跟了進來，他迫於無奈，只好遁入水裡，結果，那水潭竟通到外面。

水宏出來後，剛上岸沒多久，在林子裡就被蘇力抓住了。

蘇力只是想抓個人來問問，沒想到歪打正著，抓到了水宏本人。

水宏把事情一說，蘇力立即警覺起來，他是大內侍衛，對這些事的敏銳度比水宏高出不知道多少倍，於是又讓水宏引著他偷渡進去幾次，確定了那是個地下的兵器製造所，這地方存在的原因，不外乎叛亂謀反。

蘇力已經向京都的郭老傳去消息，這半個月他一直帶著水宏在這一帶勘察地形，水宏也依然摸回去當臥底，前幾天他還引起寨中頭目的懷疑，硬是眼睛也沒眨一下，一刀刺在自己手臂上以示清白，換取那些人的信任。

這也是老魏說他是個漢子的原因。

九月聽罷，不由一愣一愣的。

「真有此事？」韋一涵頓時神情肅穆起來，這可是滔天的大事啊。

「千真萬確。」黃錦元來得早，也跟著他們去探過了。「我們已經跟最近的衙門聯繫過了，明晚子時便行動，我們負責潛入裡面配合他們攻打山寨。」

「只是衙門的人夠不夠？」韋一涵皺眉。

「已經有安排了。」黃錦元笑了笑，看了看九月，沒有多說。

韋一涵也橫了九月一眼，閉上嘴巴。

九月皺眉看著水宏問道：「是不是這件事了了你就回去了？」

水宏咧咧嘴。「當然，我也想早些回去。」

「嗯。」九月點點頭，最終沒有告訴水宏他爹的消息。

韋一涵的人很快就都撤了回來，外面的事已經交給當地的衙門，沒多久，他的人又派了出去，忙忙碌碌的，九月猜測他們可能是為黑風崖的事而忙，卻沒有過問，她不懂，所以不添亂。

很快的，就到了他們約定行動的日子，韋一涵臨出門時，向九月要了所有的迷香，九月爽快地給了。

「千萬當心。」九月看著出門的黃錦元、蘇力、水宏鄭重說道。

今晚，他們都要去，她身邊也就只剩下老魏和之前那個同來接他們的男人。

所有人走後，九月也沒有在外面多待，和老魏打過招呼就回房休息了，雖然睡不著，她還是乖乖地回去歇著，也不知過了多久，才迷迷糊糊地睡去。

第一百四十六章

翌日，她早早地起來，韋一涵他們仍沒有回來。

老魏守在門外，那個和他一起的男人做的早飯手藝極好，九月雖然擔心他們的安危，卻也安穩地留在這兒，該吃就吃、該休息就休息。

一等，就是兩天。

這天一早，九月有些心焦，醒來時也格外地早，她穿戴整齊出來，老魏他們也不見了蹤影，她便先去洗漱，才四下裡尋找起來。

屋裡沒有人，就去院子裡，一出去，就看到老魏和那個人回來了，臉上都帶著喜氣，九月還沒有問什麼，一顆心便放了下來。

在這種時刻，她的淡然都有些勉強，看到熟悉的人，心裡頓時安了不少。

「姑娘，他們成功了。」老魏一看到她就報喜。

「太好了。」九月笑了，沒提到他們的傷亡，就是好事。

「郭老派了人來接應，黃兄弟他們裡應外合，黑風崖留守的人全部拿下，妳可知道，那下面都搜到了什麼？」老魏卻極興奮，對著九月說起打聽來的消息。「大批的弩、弓、刀、槍、箭，還有黃金白銀無數，奶奶的，那些人也太厲害了，居然囤積了那麼多東西！」

「那麼多？」九月也驚訝了，小小黑風崖居然是座寶山？

「可不是嘛。」老魏說得興起，拍著大腿說道：「這次黃兄弟他們可發了，所有參加的人都必有封賞，妳那個八姊夫也少不了。」

「早知道這樣，你們倆也該去的。」九月有些遺憾。

「誰跟妳說這個了？」老魏眼一翻，豪氣地揮揮手。「我們家少主給的不比那些當官的差，誰稀罕那個。」

「他們何時回來？」九月不由輕笑，看來遊春很得人心呀。

「郭老的人駐守在那兒，之前不是說有大批黑風崖的人調出去了嘛，他們怕夜長夢多，準備連夜把東西運走。朝廷也快派兵過來了，水宏他們是證人，還得跟著回去覆命，不過我們不跟他們一起待了，等晚點韋副統領一來，我們就先上路。」老魏看了看九月，又補充一句：「郭老的意思，妳先跟著他們回去覆命，至於伴駕一事，不必擔心。」

九月聞言，忙問道：「他有辦法？」

「沒說，來人只讓我告訴妳這些，說是船到橋頭自然直。」老魏搖搖頭，他也沒把這事當回事。

「嗯。」九月點點頭，一直鬱鬱的心總算鬆懈了些。

這一天，九月依然沒有出去，晚間韋一涵帶著六個手下回來了，餘下的都留在那邊幫忙，他一進來，就過來尋九月說第二天啟程的事，讓她做好準備。

九月其實也沒啥可準備的，無非就是收拾那簡單又簡單的包裹。

再次出發的時候，九月揹著包裹跟著老魏等人出門，卻是嚇了一跳，只見莊子外停著一輛極氣勢的馬車，朱漆雕花車廂，四匹高頭大馬拉著，前前後後還有十幾個衙役。

「福女請。」韋一涵也不知道是哪根筋不對，竟上前一步，略躬身朗聲說道。這在之前，可是沒有的。

九月疑惑地看看他，在他的示意下，扶著他的手踩著木階上了馬車。

「福女啟程——」不知道是誰喊了一聲，聽得九月一陣雞皮疙瘩。

豪華馬車畢竟與尋常不同，這車走起來，速度不慢，卻十分穩定，九月坐在車中都不覺得顛簸，車中還備了茶水糕點，寬寬的車廂裡還備了薄被靠枕，累了隨時能躺一躺。不像之前，她還得陪著那個劉公公一起，雖是個公公，都還是沒辦法完全放鬆。

九月研究了這車廂一番，讚嘆一會兒後，把包裹放到一邊，脫鞋躺了下去，被子搭在肚子上，搖搖晃晃的，很快就睡著了。

累了就睡，醒了自有人照顧吃食，偶爾遇到打尖的地方，也有人安排一切，她什麼也不用想不用做，倒是過足了富家千金的癮。

白天趕路，晚上非衙門不住，每到一處地方，韋一涵都會派人去通知當地的父母官，哪怕是一個小小的村，他也會讓人去通知村長之類的人，以福女之名借宿。

七天之後，馬車已經進入京都附近的縣屬了，九月的悠閒再次被打斷。

接下去的路上，漸漸的，便遇到流民的行跡，越往前走，背井離鄉的人便越多，經過的土地也越來越乾涸，恍如被歲月摧殘過的古稀老人的臉。

九月的神情也漸漸沈了下來。

面對這一切，她笑不出來了。

韋一涵也不知道出於什麼目的，從進入受災區之後，他找落腳的地方不單單告訴人家是福女要借宿，他還告訴人家，福女是奉了聖諭進京的，她要去為皇上分憂，為百姓祈福求雨。

九月對他的這些行為頻頻皺眉，幾次私下問他，他都不解釋，請託他以後不要這樣，他偏偏還就說得越發起勁，甚至還告訴他的手下們，一路遇到逃難的百姓，也要這樣說——福女會為他們祈福、福女會為他們求雨、福女會阻止這場天災……

九月在車上聽到，氣得牙癢癢。她的福女之名根本就是造勢出來的，不是真的福瑞好不好？這樣到處散布，她要是做不到，豈不是招天下人恨了？估計這會兒，會比之前在康鎮被判火刑還要慘上千倍萬倍。

「魏叔。」等著歇腳的時候，九月去處理了生理需要，回到馬車上扒著窗戶招呼老魏過來，這些天一直都是老魏和那個男人駕車，這會兒也沒有別人在一旁，正合適她說話。

「姑娘，需要什麼？」老魏笑盈盈地過來，他對韋一涵的所作所為看在眼裡，卻沒有提醒半點，也沒有任何擔心。

「怎麼辦？」九月不放心，壓低聲音，一邊注意四周一邊問道：「你應該知道我的福女之名怎麼來的吧？」

「知道。」老魏笑呵呵地點頭。「姑娘放心，我們都安排好了，而且京都有位少主認識的奇人在，到時候他會指點迷津。」

「你說的是康俊瑭的爺爺吧？」九月問道。

「正是。」老魏點頭，見她實在擔心，便笑著透露了些遊春的安排。「少主雖然人在牢裡，可消息一直通著，這次聽聞妳被召見的事，他立即便著人去求了康老爺子，康老爺子已經答應親自出馬，妳就只管安安心心地去京都。」

「可是他這樣宣傳，我這心裡總過意不去。」九月都覺得自己有些欺世盜名的嫌疑了，心裡很不安。

「他這樣做，必定是想以此來震懾某些人，妳想想，妳若悄悄地進京，被人暗殺了都沒人知道，反而不如光明正大地招搖過市，讓所有人都知道福女進京了，是為受災的百姓祈福解厄來的，那樣那些想害妳的人，也得掂量掂量後果。」老魏安撫著九月，別看他大老粗一個，性子裡卻有著他的細膩。

「唉。」九月聽罷，也只剩下嘆氣。「何時能到京都？」

老魏給九月的答案是三天，可是，他們還是到了第五天才進了京都高高的北城門。

因為他們路上被流民給堵住了，所幸那些流民只是聽聞福女之名，攔著想一觀真容罷了，隊伍被攔得沒法走，韋一涵直接讓九月挽起門簾窗簾，接受「萬民景仰」。

九月有種動物園裡的珍禽被人圍觀的感覺，可是她不配合，隊伍無法前進，只好照著韋一涵的話做，這樣才讓那些人滿意地讓出道來。不過越近京都，這種情況便越少。

京都，到底還是京都，旱災不僅沒有影響其繁華，反讓懂得投機的人抓住了機會，大把大把地往口袋裡撈銀子。

韋一涵一直和京都保持聯繫，包括劉公公的死、路上遇到的事，都事無鉅細的傳遞回來。這會兒福女甫一入京，馬上有禮部的人前來接應，引往驛站安頓下來。

九月幾乎沒有喘氣的機會，便被安排了房間，沐浴、更衣，連茶都沒來得及喝上一口，又被人帶上了車，直直往皇宮駛去。

沿路，自然又是韋一涵等人「洩漏」消息，圍觀的人紛紛湧來，老魏身邊的那個男人卻是消失不見，便是老魏，也在進入驛站前，化明為暗。

韋一涵都知道，不過，他很識趣地沒有說話，他的手下也就視而不見了。

馬車到了宮門口便停下了，沿途護送的衙役們自然沒有資格進去，韋一涵的御林軍卻是例外，他們本就在宮中當值，而且來迎九月的好歹也是禮部官吏，所以九月下了車，由韋一涵和那小官引著進了宮門，韋一涵的手下們自去當值的地方報到。

一路彎彎繞繞，饒是九月記憶力驚人，也被那差不多的建築給弄得頭暈眼花，她乾脆放棄記路線，純粹欣賞起宮內風景來。

禮部官吏一路提點九月一會兒拜見皇帝的禮儀，絮絮叨叨個沒完，到最後九月也沒聽進去一句。

皇帝似乎真的很著急，聽到通報的時候，他正在御書房裡發愁，聽聞民間傳言的福女到，立即讓人帶九月和韋一涵去御書房覲見。

禮部官吏一聽沒他的事，送他們到了御書房前便退下去，遠遠地站著等候通傳。

韋一涵淡淡地看了看九月，目光意味不明，什麼也沒說就先跟著來通傳的太監進去了。

九月愣了一下，撇撇嘴，跟在後面。

一進門，也不知道是心理因素還是氣氛使然，九月不由自主地變得壓抑起來，她想了想，低了頭，端莊地走在韋一涵身後。雖然她沒把禮部官吏的話聽進去，可好歹她也看過幾部古裝宮廷劇，見皇帝，忌直視龍顏，如今可不是觸怒皇帝的時候，她還想著稟明事情真相後請皇帝饒恕呢。

「臣韋一涵拜見皇上。」韋一涵單膝跪地，他是武將，行的禮自然不適用九月。

九月微微一想，上前跪了下去，雙手交叉放在地上，叩了下去。「民女祈福拜見萬歲、萬歲、萬萬歲。」

「抬起頭來。」正前方響起一個低沈威嚴的聲音，沒有指名道姓，在場的人也知道說的是九月，畢竟韋一涵久在御前當值，有什麼可看的？

九月緩緩抬頭，飛快地看了一眼面前的人。

「妳就是福女？」皇帝感興趣地打量面前跪著的小姑娘，他不由皺了皺眉，竟感覺有些面熟，可是這女子是從偏遠的康鎮來的，他根本不可能見過呀。

九月心裡一愣，才一照面就皺眉，可不是好兆頭啊。

她不敢有任何耽擱，恭恭敬敬地回答。「稟皇上，民女不是福女。」

韋一涵身子一顫，又不動了。

「妳不是祈福嗎？」皇帝有些驚訝，看了看韋一涵。韋一涵的辦事能力，他自是知道的，絕不會弄錯，所以，只能說這個女子在撒謊。

「民女是祈福、是祈九月，卻不是福女。」九月這會兒反倒平靜下來，反正該來的還是要來的，她怕也沒用，倒不如做自己。

「有意思。」皇帝竟笑了，他聽出她的意思了。

九月斂眸，淡淡地接道：「謝皇上誇讚。」

「妳會祈雨？」皇帝忍不住抽了抽嘴角。

「不會。」九月坦然搖頭。

「那妳會什麼？被人傳為福女，必定有過人之處吧？難不成我天朝百姓的眼睛都是瞎的？」皇帝衝著韋一涵擺擺手。

韋一涵默默地行禮，退了出去。

「皇上，九月只是一個普通的村姑，所會的，也不過是混飯吃的手藝。」九月雖然還跪著，不過還是抬起頭，坦然地看著皇帝。

「當年那場大饑荒，我娘也沒能倖免於難，九月降生於棺中，一度被人視為災星，這些年一直跟著外婆避世而居，便跟著外婆學著製符、學著祈福舞、學著一切師婆會的技藝，但這些都與福女無關。」

「若妳並無福緣，為何會有萬佛朝宗、蓮臺隱現？」皇帝淡淡地問道，顯然他已經掌握所有有關福女的消息。

九月無奈地嘆了口氣，猶如與客人閒聊般，沒有一絲畏懼。「皇上，九月不知道什麼萬佛朝宗、蓮臺隱現的事，興許是當時煙太濃、陽光太強，讓人看錯了眼也未可知。」

「荒謬！」皇帝忽然冷哼一聲。「那麼多人，難道全出現幻覺了？」

「皇上，三人成虎。」九月笑了笑，無奈地微垂了頭。

「三人成虎……」皇帝冷冷一笑，竟走下來，到了她面前，居高臨下地看著她沈聲說道：「抬起頭來。」

九月仰頭，這次，她看得更清楚了，這人，為何這麼像外公？九月心裡驚疑不已。

「給朕記清楚了，從現在起，妳，就是福女。」

皇帝久居上位，養成的氣勢威嚴自然不尋常，只可惜在九月面前似乎失效了？他不由細細打量起九月來，柳眉、杏眼、瓊鼻、薄唇，組在她的鵝蛋臉上，並沒有特別出色的地方，比起這宮中的美人兒，頂多就是清秀偏上，可為什麼，他就是覺得有些熟悉、吸引目光呢？

「是。」九月明白了，不管她承不承認，這福女，她當定了。

皇帝，如今急需要一枚能安撫民心的棋子。

第一百四十七章

九月被安排住在聚賢館。

聚賢館裡住了不少和尚、尼姑、道士、道姑，這些人都是應召而來的「奇人異士」，看到九月，一個個的都停下手裡的事看了過來，目光不免有探究和鄙夷。

「這些人都是應召而來的，其中不乏有那招搖撞片的江湖術士，皇上震怒，已經砍了五個人的腦袋，這不，把他們嚇得日日苦練。」禮部官吏瞧著九月的眼色，在邊上解釋道。「只是這種事，哪裡是臨時抱佛腳能成的，這些人到頭來只怕也免不了……唉。」

「他們也是要參加九月九祈雨的？」九月回頭瞧了瞧他們，心裡湧入一種說不清道不明的感覺。

「福女請。」禮部官吏站在月洞門前等她，一邊打量著她，見她神情淡淡毫無慌張，心裡也有些意外。「他們已經參加半個月的法會了，他們雖應召而來，不過也是知情識趣的，故此，並沒有主動出頭走上祭臺，方才安穩至今日。」

九月抽了抽嘴角，偏偏她是那個倒楣的要上祭臺的人之一。

九月初九，原是她的生辰，如今看來，就快成忌日了。

禮部官吏站在院子門口，門口守著兩名侍衛，他指著院子對九月說道：「福女，此處名喚聚福院，乃是專門為福女布置的，院中有粗使丫鬟五人、二等丫鬟三人，另有貼身照顧福女的宮女兩名、教養嬤嬤一名、掌膳宮女一名，都是皇上吩咐為福女配置的，福女有任何吩咐都可派她們去做，有何需求也可派她們報予下官，下官定當竭盡全力為福女效勞。」

「不知大人如何稱呼？」九月終於想起請教一下人家的姓名了。

「在下姓李，於禮部任左侍郎。」禮部官吏笑著答道。

禮部左侍郎也是正三品的大員了，對她一個平民百姓稱下官已是一件大奇事，無奈九月不懂這些，當下也只是輕描淡寫地福了福身。「多謝李大人指點。」

所幸，這李大人也沒和她計較的意思。「福女一路勞累，下官不打擾了，三日後，下官再來引福女前往祭天壇。」

「恭送李大人。」九月客氣地行禮。

李大人笑了笑，對她拱拱手便離開了。

門口兩侍衛如木頭人般，目不斜視，直直地站著。

九月也不去管他們，舉步走了進去。

裡面自有嬤嬤照應，巧的是，這位嬤嬤也姓顧，為人隨和，照顧周全，九月沒有別的辦法，只好走一步算一步，關起門來備戰。

連續三日，卯時前起身，洗漱、用飯、沐浴、焚香、練舞，中午吃了飯，又繼續練……

很快，便到了第三天下午，眼見再過一晚就是上祭天壇的日子。

九月最終還是忍不住緊張了，她停了舞，宮女已經備好香湯，她泡了進去，隱在熱氣中，長長地嘆了口氣，她到底還是做不到泰然自若啊，終究還是怕死的人。

「福女，李大人來了。」這時，門外響起顧嬤嬤一貫溫婉的聲音。

「來了。」九月忙匆匆洗了洗，起身穿衣，兩位宮女進來七手八腳地替她整理衣衫、擦拭頭髮。

待她收拾妥當，已是一刻鐘後了。

「李大人，不好意思，勞您久候了。」九月到了前廳，李大人正端坐著品茗，九月不好意思地過去行禮。

「無妨、無妨。」李大人笑了笑，放下茶杯站起來，從寬大的袖中取出一個帖子。「下官是給福女送章程來的。」

九月雙手接過，有些緊張。

「明日卯時登祭天壇，酉時方能下壇，所以福女今晚得好好休息，明早早些起來準備。」李大人的目光落在九月身上，心裡不免遺憾，也不知道她能不能堅持下去。

九月打開帖子，漫不經心地問道：「大人，若是明日祈雨不成，後面會如何？」

「皇上口諭，福女需登臺七日。」李大人看著自己的腳尖，七日祈禱下來，她還能受得住？到時候只怕連處罰都免了。

九月頓覺頭上烏鴉齊飛，七天，直接要了她小命吧。

「福女，所有章程都在帖子上詳細羅列了，請細細揣摩，下官明早再來迎接。」李大人拱手退了出去。

李大人走後，九月反覆讀著那帖子，倒是頗有所得。

九月初九，凌晨，寅時，九月起身準備，顧嬤嬤帶著宮女忙進忙出，卻一直保持著安靜。

過了兩刻鐘，九月準備妥當，一身白衣走出聚賢館，長髮沒有一絲裝飾，就這樣自自然然地散落著。

李大人已經率人等在門外了，除了他，還有韋一涵和他的手下們，他們今天奉了皇命前來保護九月，直到七天祭典完成。

「李大人。」九月從容行禮。「韋副統領。」

韋一涵面無表情地點頭，沒說話。

李大人看著九月恬靜的笑容，也不免有些訝異，但仍收斂思緒，請九月登車。「請。」

此番的車，依然是四匹高頭大馬拉著，只是車廂四周卻只掛了白紗，九月坐在裡面，毫無遮掩。

她抬頭看了看天際，此時天邊正泛著一絲透亮，瞧著，今兒必又是個好天氣了，換在冬日，這種天氣必是人人盼望的，可是如今旱已成災，那抹亮便成了眾人失望的源頭。

九月無從得知，只是心裡隱隱的泛起疑惑，皆因康老太爺的帖子令她將信將疑——

九月初九午時正，雷鳴電閃風雨必至。

其實，就算沒有他給的這絲希望，這七天祈福，她也是避無可避的，只不過如今她心裡還能存著一點希望之光罷了，她猶如在大海上迷航的船，被這點光緊緊吸引。

馬車緩緩地往祭天壇走去，路兩邊，早有得知「喜訊」的百姓聞訊而來，他們身在天子腳下，雖然沒有像別處的人那樣背井離鄉，可是乾旱帶給他們的苦，已讓他們日漸焦躁，有許多人家家中已斷水多日了，便是那大戶人家，如今也只餘下無比珍貴的少量的水。

最近半個月，無數的能人上了祭天壇，他們每日相隨，盼著求著老天顯靈，可最終的結果，除了那能人身首分離，便是他們再一次的失望，所以此番聽說有福女赴京，他們其實都是抱持半信半疑的態度，尤其看到福女竟是如此年輕的小女子時，人群頓時譁然起來。

這麼年輕的小姑娘，會給他們帶來幸運？

這個時候，韋一涵率的十幾個御林軍便起了作用，他們團團守在九月的馬車邊，擋去一切想湊近馬車細看的人，前面，是李大人安排的人開道。

所幸，人群雖然紛亂，他們再怎麼懷疑，卻也沒有人敢在這個時候擋住去路。

卯時前，馬車到了祭天壇前。

祭天壇離皇城不遠，高有十幾丈，九月坐在車上看著那足有十幾層樓高的祭天壇，頓時鬱悶了，她需要一個人三步一叩登頂，還得在上面跳一天的祈福舞……

九月真想這會兒就直接暈倒，她暗罵自己嘴賤，當時皇帝問她的時候，她就不該說自己會祈福舞，頂多像個神婆那樣，在上面拿把劍亂抖一天，也好過跳舞的體力活啊。

「福女，時辰快到了。」李大人見車子都停了一會兒，九月卻沒有動靜，忙提醒道。

「嗯。」九月無奈地回神，起身下車，都到這會兒了，哪裡還有退路。

也許是心神不寧的緣故，九月在下車時踩到裙襬，踉蹌了一步，雖然險險地抓著車轅站穩了，可頸上掛著的紅繩卻斷了，那枚玉扳指跌落下來，滾進了馬車下面。

「呀！」九月想也沒想就想蹲下去撿，正在這時，不遠處鐘鼓齊鳴，響徹天際。

「福女，時辰到，妳必須登壇了，方才掉的東西下官替妳撿。」李大人臉色一變，忙催促道。誤了時辰，要是祈雨不成，他也會被挑剌責罰的。

「我來。」韋一涵已經示意他的手下去撿了。

「拜託了。」九月點點頭，快步往石階走去，開始了三步一叩登天……登壇之路。

她沒注意，祭天壇的另一邊，郭老和一位老者同坐於一輛馬車上。

「鐵牛，你說的可是真的？」郭老看著穿著儒衫的老人，喊出一個很「特別」的名字。

「你這麼緊張幹麼？我說的話什麼時候不準了？」老者翻了個白眼，指了指自己。「我好歹也是一代大儒，你還鐵牛鐵牛的叫，我多沒面子？麻煩你，王爺，請喊我康子孺。」

「還不是一樣，子孺、孺子牛、鐵牛。」郭老微微一笑，目光投向通往祭天壇的臺階上，那兒，一個小黑點上攀的速度明顯慢了下來。

「差很多好不好？」康子孺鄙夷地看著他，順著他的目光看向遠處，笑道：「放心，你這外孫女了不得，她肯定懂得如何自保，再說了，你著什麼急啊？就算正午時沒有雨，你就沒轍了嗎？福女之名也沒什麼好的，福女沒了，祈九月就能重生了，去了那虛名，她能活得更自在。」

「話是這麼說，可你也知道遊家的事，皇上對遊家心存愧疚，又極欣賞遊春的才能，言語中不乏有招為駙馬的意思，九月若沒了福女之名，她如何與天家公主爭？」郭老苦笑，這段時日，他已經將遊家的證據呈上去，才知道皇帝居然早就在查林家了。

皇帝看過遊家的資料，又得知遊春這些年的所作所為，惜才之心大起，有心收為己用。唉，他的外孫女畢竟隔了一層啊，這也是他沒有及時出來與九月相認的原因，皇帝雖然也知道他有幾個外孫女，卻不知九月就是其一。

康子孺不屑地瞟了他一眼。「那遊春若是個貪戀榮華的，你外孫女搶了也沒用，他要是有心，他自己會解決這些事，你個老東西操的什麼心？」

「你說得好聽，那你為那瑭小子又操的哪門子心？」郭老立即瞪了回去。

康子孺頓時啞然，好一會兒才不甘心地嘀咕道：「我那是孫子，娶個不賢的孫媳婦回來，我倒是不怕，我就怕他娶個男的回來，那我康家還要不要續香火了？」

「我那是孫女，要是遇人不淑，一輩子都毀了。」郭老冷哼一聲。「你孫子能三妻四妾，我總不能讓我孫女三夫四……哼。」

「嘿嘿，遊春那小子要是不靠譜，就把他踹了唄，換我們家孫子，咱哥倆親上加親，如何？」康子孺聽到這兒，很不正經地往郭老身邊靠去，勾著手指頭說道：「我那孫子不比春小子差吧？」

「哼，你這話還是留給你那徒弟說去吧。」郭老說到這兒就火。「你什麼時候收了這樣一個小徒弟，怎麼也不告訴我一聲。」

「他不是我徒弟。」康子孺也鬱悶了，遊春和他雖然沒有師徒之名，卻也情同師徒了，他也教了不少東西，可遊春一娶九月，就得管郭老頭叫外公，那他這個師傅不是平白低了郭老頭一輩？不行不行，打死他也不能承認這關係。

兩位老人開始就遊春的事抬槓。

那邊，韋一涵的手下已撿回九月掉落的玉扳指，當韋一涵拿到玉扳指，看到上面的紋飾時，臉色大變，他想到黃錦元的話，九月是王爺的親外孫女，這話他及時帶回了家裡，可是他父親並不相信，如今有了這個，應該能相信他了吧？

事情涉及那位王爺，任何事，縱然你有天大的把握都會化為泡影，他雖然不清楚他的父親參與到何種地步，卻也隱約知道他父親與林家交往過密。

這次福女的事，也是林家捅上來的，如果……他不敢想下去，低聲吩咐手下一幾句，捏著玉扳指匆匆尋往祭天壇下。

九月心無旁騖地爬著臺階，三步一叩，換了誰都吃不消，還好，她一向不是嬌嬌女，跟著外婆一直練祈福舞，體質倒也不差，加上她知曉調息，一路緩緩而行，倒是緩解不少。

許久之後，九月滿頭大汗卻氣息平穩地站到高臺上。

到了上面，才發現祭臺極大，四周也加了防護，她起先擔心跳的時候會摔下去的可能倒是沒有了。

此時，高臺上只有她一個，可是她發現，與祭天壇相對不遠處的皇城牆上，卻是一片的明黃，能穿明黃的，自然只有皇家人，九月不敢怠慢，緩緩到了祭臺中間，深呼吸了幾下，展開手腳，開始跳祈福舞。

祈福舞的舞姿很怪異，有時候明明是站著的，可一旦中斷停下，也會摔得很慘，九月小時候沒少受罪過。

太陽如一輪金輪爬上天空，金光四射下，高高的祭天壇上，窈窕的身影不斷變幻，臺下的人們舉頭望著，漸漸地，忘記了時辰。緊張，在悄無聲息間蔓延，這次，會成功嗎？

辰時過去，金輪越發耀眼起來，九月已經拋開雜念，心裡只剩下每個動作，她舞得並不快，緩緩而動，卻如行雲流水，從容美麗。

巳時過了大半，底下的人已然滿頭大汗。

皇城上，皇帝等人已經搬了椅子上了茶點，九月也已是大汗淋漓，舞步所到之處，汗漬斑斑。

午時到了，離午時正只有半個時辰，遠處傳來報時的鼓聲。

「鐵牛，你不是說午時嗎？怎麼還沒動靜？」郭老皺眉，盯著天空的大太陽質問道。

「這麼大太陽，會下雨？」

「呃，我從天象上看到的確如此。」康子孺無辜地看看天、看看地，想了想，突然跳下車，蹲到某處角落找螞蟻去了。

郭老氣得瞪了他好幾眼，招手讓人過來，低聲吩咐幾句，他不能把所有希望都押在這個不靠譜的老小子身上。

祭臺下的百姓們也有些浮動起來，人聲紛雜，懷疑的、失望的，各種聲音此起彼伏。

此時此刻，九月也有些心浮氣躁起來。午時了，這太陽光依然紅耀耀的，哪裡有半絲下雨的跡象？

九月只覺得胸悶氣短，她不敢多想，忙克制心神，穩住舞步，舞了大半天，就算放緩動作，她也有些吃不消了。

偏偏，不遠處的明黃仍在，九月不由腹誹，這皇帝也真閒，這會兒居然還在那兒盯著，他都不覺得累嗎？被這樣眼巴巴地盯著，她想偷懶都不行。

第一百四十八章

空氣，似乎越發地悶了。

風，似乎被抽光了，一下子失去了蹤影。

九月只覺得煩躁、疲憊，卻不得不繼續撐著，她不能倒下，她來京都還沒見到遊春、還沒見到外公，她就是要離開這兒，也得跟他們告別不是？還有，今天是她這一世的生日呀……

猶記得，前世那年的九月初九，她給一位孤寡老人辦了喪禮，獨自驅車回到家，已是深夜，吃了泡麵洗了澡，她就上網，開始「九月春」的創作，那是她枯燥生活中唯一的樂趣。

後來……

九月在旋轉中想起了後來，那時候，似乎是子時吧？她更新了當天的進度，然後關了電腦……不，她直接俯在電腦前面了。

長期的勞碌，讓她一下子鬆懈下來，沈沈地陷入黑暗中。

再醒來時，便是那奇異的地方，她在狹窄的棺中，鼻息間盡是血腥味，耳邊充斥著各種驚叫聲，她看到了一個老頭，那是祈老頭，她的爺爺，他拿著一把剪刀，她以為他想殺她，可是，他是給她剪臍帶、穿衣服……

九月記起祈老頭那時的微笑，憨憨的，不明顯，卻是發自內心的。

旋轉還在繼續，記憶中某些沈寂的片段也在這個時候冒了出來。

人群中，康子孺順著小巷尋了一路，看到螞蟻成群結隊地往高處爬，他細看了一番，又閉上眼睛抽了抽鼻子，笑了，一轉身，已生不少華髮的老人竟腳下生風，飛快地回到馬車上，拍著郭老的肩笑道：「安啦，我敢斷定，不出半個時辰必風雨大作、雷雨傾盆。」

「如果沒有呢？」郭老淡淡地白了他一眼。「你出面替我搞定遊春的事？」

「沒問題。」康子孺拍著胸膛，一口應下，一邊瞧著郭老嘿嘿地笑。遊春也是他徒弟啊……啊呸，是「徒孫」，遊春的事他肯定不會袖手旁觀的，不過由郭老頭子說出來，以後郭老頭子就承了他的情了，嘿嘿……

自覺占了便宜的康子孺放鬆地靠在馬車上，抬頭看著紅豔豔的天，笑意盎然，快了……

此時，九月想到和外婆在一起的快樂日子，不知道為什麼，人在絕境時，總愛胡思亂想，回想往事，總結自己未做完的事，計算著還有多少遺憾。

突然，九月抬頭看著天，她剛剛，似乎聽到了一聲沈悶的雷聲？

她的動作沒有停下，開始豎起耳朵聽聲音，頻頻看向天空想尋找一些蛛絲馬跡。

高懸在頭頂的太陽似乎沒那麼熱了？天似乎也沒那麼亮了？

九月完全清醒過來，眼角餘光瞄了一眼地上的影子，嗯，快正午了，於是，她加快速度。

有時候，天氣就是這樣古怪。在康子孺眼中，那是自然現象，久旱必有久雨，這段日子他日夜觀天象，看螞蟻……咳，看自然現象，才推算出雨期，向皇帝進諫把福女祈雨日訂在九月初九。

九月的這一場，不過是一場戲，道理就像那時遊春對付火刑一般。

可是皇帝不知、大臣們不知，老百姓們更不知，他們只看到，別人多次祈雨不成、福女一來就要成功了。

變幻，也不過是在一瞬間，剛剛還豔陽高照的天，此時已風雲變幻，黑壓壓地沈了下來，隱隱約約間，似乎天雷滾滾，風，平地而起。

「好！」皇帝龍心大悅，拍著桌子站起來，衝到城牆邊上往上看，哈哈大笑。「天佑我大康啊——」

接著，後面就跪了一大堆人，齊呼——「皇上洪福齊天！」

九月在祭天壇上也聽到了這邊的動靜，她忍不住撇嘴，這天氣變化，關皇帝洪福鳥事？當然，也不關她什麼事，她只不過是運氣好，趕在下大雨前演了場戲，現在也該是盡心盡力的時候了，完美地演完，後面六天她就不用受苦了。

皇帝沒理會身後那些人，他看著天空、看著祭臺上的九月，哈哈大笑，突然，他離開原地，往左邊快步跑去，身後跟著一串反應不及的人，他順著城牆來到角落，竟從那兒尋了一張梯出來，往房頂一搭，直接爬上去，嚇得後面的人驚叫連連。「皇上！小心！」

「萬歲爺！不可啊！」

皇帝心裡潛伏的頑心已經被激起，他爬到屋頂上，傲然而立。

緊張的護衛們在下面圍了一圈又一圈，生怕他一個失足掉下來。

皇后、妃嬪以及皇子皇女們也是緊張兮兮地看著他，至於他們怕什麼，天知道……

天越來越黑，正當午的，突然就變成了黃昏似的，這種情況，一直延續了兩刻鐘，豆大的雨才伴著一道驚雷劈下來。

「下雨啦！」短暫的呆滯之後，百姓們突然爆發一陣驚呼，人群如同燒沸的油般騰了起來。

「哈哈哈，鐵牛，有你的！」郭老開心大笑，狠拍著康子孺的肩。

康子孺沒好氣地拍回去，臉上到底沒斂住笑。

皇帝被雨淋得開心極了，不過臣子們卻不允許他再淋下去，沒一會兒就把他接下來，皇后和幾個妃子七手八腳地給他拭著身上的水，太監急急忙忙去準備薑湯。

「好！」皇帝任由他們擺弄，自己站在城牆邊衝著下面大笑。「福女祈雨有功，封福……」

「妃」字還沒出口，便被一聲巨大的雷聲蓋過，接著，一道耀眼的電光從天際直直劈下祭天壇。

「轟！」祭天壇上的九月應聲而倒。

「九月！」郭老的笑戛然而斷，變成了驚吼，他以為九月被雷劈倒了。「快，救九小姐！」他身後立即掠出幾道人影。

祭天壇下的韋一涵等人離得近，反倒沒看到上面的情況。

皇帝也派出幾名高手撲向祭天壇。

然而他們的速度再快，也沒有人群中暴射出的灰影快，那灰影幾個起落，便遙遙領先奔到祭臺上，抱起倒地的九月，顫聲喚道：「九兒！」

此時，其他人已經掠上祭臺，灰影不好久留，抱著九月便往臺下掠去，目光一掃，便急速往郭老的馬車跑過去，到了馬車前，直接把九月送上車內。

「從後面走。」郭老只是瞟了來人一眼，低低地吩咐一聲，逕自拿過車上的薄毯把九月裹了起來。

灰影深深地看了九月一眼，閃身消失在雨幕中。

此時，後面的侍衛們也紛紛趕了過來。

皇帝派來的幾個，看到了車裡的郭老，紛紛單膝跪地行禮。「王爺。」

「起來吧。」郭老點點頭。「去回稟皇上，福女急需救治，本王府邸便在附近，救治方便，待福女無恙，再行入宮領賞。」

「王爺，這……」中間那個貌似領頭人，猶豫地看著郭老。「不妥吧？」

「救人如救火，更何況康大儒就在本王這兒，難不成他的醫術還比不上宮裡的太醫？」郭老直接皺眉，不待這些侍衛們回話，便吩咐人馬上回府。「皇上那兒，本王稍後自會進宮解釋。」

說罷，便在眾目睽睽之下帶走九月。

九月醒來的時候，發現自己在極豪華的陌生房間裡，一樣的紫檀家具，卻不是聚賢館裡那個院子，她不由愣了愣，腦袋有些轉不過來。

她不會又穿到哪個不靠譜的地方了吧？九月想到這兒，騰地坐了起來，頓時一陣眩暈，胃裡一陣翻騰，冷汗便冒了出來。

「九小姐醒了！」一邊上有人驚喜地喊了一聲，接著，外面馬上響起紛沓的腳步聲，湧進來一群人。

「九月！」

「九小姐——」

終於，九月的心落了回去，她看到郭老和顧秀茹，還有文太醫、康俊瑭，另外還有一個笑得賊兮兮的白髮老頭。

「外公、嬤嬤。」九月有些哽咽，她剛剛才戀上這個家的，知道自己沒穿越，心情起伏頗大。

「妳哪兒不舒服嗎？」郭老忙示意文太醫上前給九月看診。

「就是餓得慌。」九月抬手拭去眼角的淚花，笑著回道，一邊搜尋著遊春的身影，她記得昏過去的剎那曾看到他。

「快快快，把熱著的粥送上來。」顧秀茹忙指揮丫鬟們去辦，自己到了九月身邊，替她拉過枕頭墊好，一邊問道：「九小姐，您可有哪兒不舒服？莫要留下病根吶，那麼可怕的雷劈下來……」

「九月，我說妳是不是做什麼壞事，不然怎麼會遭雷劈呢？」康俊瑭無視在場的長輩笑嘻嘻地問道。

九月頓時無語了，她哪裡是被雷劈倒的？她是被那雷嚇的好不好？正好舞到一半，就看到那閃光奔著她來了，腳步一亂，就摔倒了。至於昏迷，也不想想她早上幾點吃的飯，這一路三跪一叩還不斷跳舞，能不暈嗎？

「九月，妳仔細感覺一下，哪兒不舒服？」郭老瞪了康俊瑭一眼。

「外公，我沒事呢，那雷沒劈到我，我就是被嚇的，而且我一早起來也吃不下什麼東西，才這樣的。」九月有些不好意思，不過她不忍他們這樣緊張，便說了實情。

「九小姐，請伸手。」文太醫一直在邊上等，也沒見九月伸出手，便提醒了一句。

九月忙遞上手，任他把脈。

過了一會兒，文太醫鬆了手，對郭老說道：「稟王爺，九小姐並無大礙。」

他的話，郭老是極相信的，這才鬆了口氣，點點頭。「吩咐廚房，做些藥膳，給九月好好補補。」

「王爺？」九月驚訝地看著郭老。

「妳還不知道？」康俊瑭取笑道。「也夠糊塗的，連自己的外公是誰都不知道。」

「外公就是外公，其他的要緊嗎？」九月瞪了康俊瑭一眼。

郭老笑了，這孩子，就是這樣得他歡心，就像釵娘又何曾問過他的身世？她只知道他是京都的大家公子，卻從來沒問過任何事……

「那妳聽清楚了。」康俊瑭還記著當日她和遊春離別時說要防備他的話，心裡那個委屈啊，他明明什麼也沒做，為什麼要防備他呢？「妳外公，是先皇先后嫡出的小皇子，也就是當今皇上嫡親的小皇叔。」

「那我是不是不用進宮了？」九月對郭老的身分沒什麼反應，倒是知道了這關係後有些竊喜，眼睛都亮了。

「誰說妳不用進宮的？」康俊瑭就是故意捉弄她。「皇上可是傳了口諭來的，等妳一醒，必須馬上進宮去。」

「為什麼呀？」九月頓時苦了臉，轉向郭老。「外公，我不想進宮，再說了，他可是您姪子，我是您外孫女，這關係……豈不是亂了？」

「噗——」顧秀茹忍俊不禁，安撫道：「九小姐，康公子逗您呢，皇上已經知道了您是爺的外孫女，哪裡還會封您為妃？不過您還真得進宮一趟，一是領賞、二是謝恩，這一趟免不了的。」

「那就好。」九月這才大鬆了口氣，惡狠狠地瞪了康俊瑭一眼，不理他了。

沒一會兒，丫鬟們送來飯菜，郭老等人退了出去，屋裡只剩下顧秀茹和幾個丫鬟。

九月掀被起來，身上只著一件乾淨的單衣，所幸這天氣也不會著涼，便直接洗漱好，坐到桌邊吃東西。

顧秀茹在一邊陪著她，輕聲細語地說道：「九小姐，您睡了兩天，這胃裡空著，不能多吃，先填些清淡的，等過會兒，我再讓廚房給您備吃的。」

「兩天？」九月愣住了，睡了這麼久？

「是呢。」顧秀茹笑盈盈地看著她，又給挾了一筷銀芽。「這兩日，文太醫一直保證您只是累了，別的無大礙，爺還是吃不好睡不好……所幸九小姐有福氣，真的沒事。」

「嬤嬤，你們是不是以為我被雷劈了呀？」九月笑道。「我只是被嚇到了，祈福舞一旦開跳，一套動作沒做完，是不能停下的，再加上我餓的……就丟人了。」

「原來如此。」顧秀茹也是笑，知道真的無恙，心就寬了，至於餓的、淋的，這些都是小事，府裡有太醫，還有上好的藥材，好好養養就是了。

「嬤嬤，我好像……看到了遊春，他人呢？」九月喝了一碗粥，整個人暖和了些。

「他回刑部去了。」顧秀茹拍了拍她的肩，笑著說道。

「回……那天，真是他？」九月眼前一亮。

「是呢。」顧秀茹笑了。「我那天沒去，爺和康爺一起去了，回來的時候在說，我才知道的，他那日在眾人面前顯了行蹤，怕林家人為難王大人，就把您交給了爺，自己匆匆回牢裡去了。果然沒一會兒，就有林家的人去牢裡為難，多虧了他們機靈。」

「那現在呢？」九月有些擔心。

「現在沒事了。」顧秀茹安撫地笑了笑。「快吃吧，吃完好好歇一歇，明兒一早還得進宮謝恩呢。」

「嬤嬤，剛剛那位老者是不是康大儒？」九月點點頭，又想起另一件事。

「正是，也是俊瑭的爺爺。」顧秀茹點頭。

九月這才閉上嘴，乖乖地繼續喝粥。

吃了個八分飽，九月就放下碗筷，顧秀茹想讓她休息，她卻不想，便穿上外衣，在顧秀茹的陪同下出了房間。

房間極大，聚賢館與之一比，儼然成了小巫，用九月的話說，這間屋子及得上她家一整個院子了。

「這是爺的逍遙居，只是爺一年到頭也沒能在這兒住上兩個月，這兩天也算是熱鬧了。」顧秀茹扶著九月出了屋，一邊給她介紹這院落。

順著遊廊到了院子裡，便看到郭老和康子孺在院中湖心亭中品茶納涼，康俊瑭沒個正經地坐在亭子邊上的欄杆，看到九月，他舉起手連連晃了晃，高聲喊道：「九月，來這邊──」

「這康公子，這麼大了還是頑童心性。」顧秀茹好笑地應著，一邊看著九月。「康大人和王爺是幾十年的好友了，王爺也算是看著康公子長大的，這孩子從小就頑劣，心地卻是極純良的，與他一起，您也不會吃虧。」

九月若所有思地看了看顧秀茹，不說話。

「走吧，過去坐坐。」顧秀茹自覺自己多言，也沒有說下去。

到了亭中，九月向郭老和康子孺行了禮，剛站定，就被康俊瑭拉到一邊。

「你做什麼？」九月不高興地瞪了他一眼，她和他很熟嗎？拉拉扯扯的做什麼？

「問妳件事。」康俊瑭也是習慣了，毫不在意地笑了笑，鬆開了手。「聽說你們在黑風崖挖到了一個大寶庫？」

「又不是我，我根本沒看到。」九月搖頭。

「妳總認識水宏吧？改天幫我介紹介紹唄，我找他問。」康俊瑭笑嘻嘻地繼續說道。

「你康大公子，沒人介紹你就認識不了人嗎？」九月才不信他這說詞。

「嘿嘿，那倒是。」康俊瑭摸了摸臉，又道：「主要是……他不怎麼理我。」

「你見過他了？」九月驚訝地問。

「嗯，昨兒下午，他們已到京都了。」康俊瑭點頭，也不隱瞞。「他跟著黃錦元和蘇力一起，我去找他們打聽，他們誰也不理我，太不給面子了。」

「黃大哥和蘇力都不說，更何況他了，他一個鄉下小老百姓，敢胡說嗎？」九月沒好氣地白了他一眼。

「咦？妳跟他很熟嗎？」康俊瑭突然用一種很怪異的目光打量九月。「難道……妳背著我遊春……嗯？」

九月瞪著他，好一會兒，才猛地抬腳踩在康俊瑭的腳上，惹得他一陣鬼哭狼嚎。

「九月，妳想謀殺親夫……」康俊瑭滑稽地抱著腳跳著。

一句話，頓時引來無數關注和好奇。

第一百四十九章

「滾。」九月這會兒想推他下湖的心思都有了，什麼親夫？他跟她有啥關係啊？

「喂，妳想謀殺親夫的好兄弟啊！」康俊瑭總算把整句話說全了。「我要告訴遊少。」

「儘管去，看他是對付你還是對付我？」九月挑眉，公然調戲她，遊春知道了只怕揍的也是他。

「……算了，那傢伙……有嬌妻就不管兄弟了。」康俊瑭苦著一張俊臉想了想，放下腳，哪裡有痛苦的樣子。

一邊，顧秀茹看著他們直樂。「王爺，您瞧，這兩個孩子倒是不錯。」

郭老微微一笑，看了看康子孺。「如何？讓他們結個異姓兄妹可好？」

顧秀茹很驚訝，不過，她很聰明的沒再說多餘的話。

「孩子的事，你操什麼心。」康子孺不感興趣，他的興趣在九月那兒，當下不理會郭老，站了起來，向九月伸出手。「小姑娘，很高興見到妳。」

標準的現代人問候方式，標準的握手禮。

九月微愣，隨即眨眨眼，納悶似的看了看康子孺，福身。「能認識康大儒，也是九月的福氣。」

康子孺一點也不覺得尷尬，笑容可掬地收回手，問道：「小姑娘是從哪一幾年來的？」

「哪一幾年？那是什麼？」九月疑惑地問。

「我來自二〇一〇年，妳呢？」康子孺竟不避諱郭老等人，直言自己的來歷，果然他是九月的「同鄉」，而且還比她早幾年。

康子孺的目光清澈如水，含笑地看著九月。

九月心裡不由一虛，面上卻不顯，她微斂了眸，歉意地朝康子孺行禮。「康大儒，不好意思，九月不明白您的意思，如今不是大康聖佑三十六年嗎？」

康子孺愣住，想了想，換了個方向又問道：「九月，妳製香製燭的手藝是從哪兒學的？」

「承自我外婆。」九月坦然答道，這是大實話，只除了香熏燭……

康子孺頓時無語了，看著九月，想起當年那個臉容有些相似的少女，她的潑辣、她的能幹……嗯，倒真有些現代女性的特色。至於眼前的九月，卻是太過秀氣文雅了，與時下的大家閨秀有些不同，卻也與現代的那些女人不一樣。

「鐵牛，你又在打什麼啞謎？」郭老聽得直皺眉。

康子孺瞪著眼。「說了別喊我鐵牛。」

「你本名就是。」郭老不給面子地戳破，拉著康子孺回去喝茶，他得好好盤問盤問他。

「九月，天色不早，妳身子還沒好，回房歇著吧。」

「好。」九月此時也巴不得早些離開，便向幾人行了禮要走。

「欸欸，水宏的事怎麼辦？」康俊瑭也不知道出於什麼目的，依然跟在九月身後問水宏的事。

「水宏什麼事？」九月一臉疑惑地看著康俊瑭。「他出什麼事了嗎？」

郭老聽到他們的談話，好奇地問道：「水宏是誰？」

「這個得問九月。」康俊瑭笑嘻嘻地看著九月，一臉「妳自己解釋」。

九月白了他一眼，卻不能不回答郭老的話。「水大哥之前曾向八姊提過親，因為各種原因，他離家出來了，我進京前已和水家的人商議過，把他們的親事定在十二月，只是沒想到，水大哥久未回去，竟是在黑風崖遇到了事情。」

九月把水宏和祈喜的事略略解釋了一下，包括讓蘇力去黑風崖以及後來他們在埠頭遇襲的事。

「祈喜？」郭老對其他幾個外孫女沒什麼印象，不過此時他倒是記起那個勤快的祈喜。

「水宏如今在哪兒？」

既然是祈喜的夫婿，自然也要關心一下的。

「和黃錦元、蘇力一起。」康俊瑭瞭若指掌，顯然，他對黑風崖的事很感興趣。

郭老點點頭，也沒說什麼馬上找水宏的話。

此時，天色已然暗下，幾人也不在亭子裡待著，一起往逍遙居花廳走去。

九月自然不好走在他們前面，康俊瑭見她落後，湊了過來，原本與九月一起的顧秀茹看到，微微一笑，拍了拍九月的肩，快步先行了。

「喂，妳想不想見見遊少？」康俊瑭一副引誘小紅帽的表情，神秘兮兮地湊在九月身邊說道。

九月白了他一眼。

「明兒等妳謝恩回來，我帶妳去牢裡探監，去不去？」康俊瑭說到這兒，也不知道想到什麼有趣的，神采飛揚，眉頭亂挑。

九月不得不承認，這個建議太有吸引力，想了想，她顧不得他的笑是不是還有別的意義，便點了頭。

康俊瑭笑得更歡，也不再纏著九月，在王府吃了晚飯，也不管他爺爺，逕自走了。康子孺不由連嘆孫子不孝，他的話當然不會是真的，九月從他的語氣中聽出了隱隱的驕傲。

退回暫時的房間，當夜，顧秀茹怕她不自在，過來陪著她，一邊說著明日進宮該注意的事、該守的規矩。

翌日，停了一天的雨淅淅瀝瀝地下了起來，乾旱也算是得到了解決。

天還沒亮，顧秀茹就把九月挖了起來，王爺今天難得要去早朝，九月也要跟著去朝房等著皇帝召見。

沒半個時辰，九月便換上了一身新衣，淺藍色銀紋繡百蝶度花的窄袖上衣，一襲淺藍繡白玉蘭的長裙，腰間繫上寬寬的銀紋繡白色腰帶，勾勒出少女的曼妙氣息。

烏黑的髮依舊自然垂著，只是額上多了一條珍珠抹額，讓她整個人看起來越發清麗。

「來，戴上這個。」顧秀茹上上下下打量了一番，滿意地點點頭，從腰間取了一枚玉扳指出來。

「這個不是那天掉的？」九月一眼就認出是她掉的那枚。

「正是。」顧秀茹拉過她的右手，把玉扳指套在九月的大拇指上。「妳回來的第二天，韋大人就親自上門送這個來了，是韋公子撿回來的。」

「韋公子？」九月驚訝地問。「韋一涵？」

「沒錯，就是御林軍副統領韋一涵。」顧秀茹點頭，注意到那玉扳指套在九月大拇指上還有些大，便又摘下來，讓丫鬟去翻了一根紅絲線在玉扳指上繞了一小段，才套回九月手上，倒是剛剛好。「他爹是禮部尚書，平日與林家往來甚密，王爺鮮少見他，這次居然親自上門，真真奇怪了。」

「禮部尚書呀。」九月訝然，韋一涵的老爹倒是挺厲害的嘛。

「能入御林軍的，大多數都是有背景的，像黃錦元，他爹也是朝中二品大員；蘇力的長兄也是三品將軍。」顧秀茹笑了，她知道九月對這些不熟，便盡力地介紹。

九月不由咋舌，之前黃錦元和蘇力在她家的時候，她還把人家當普通護衛看待，沒想到都是官二代呀。

有了顧秀茹這番提點，九月再看郭老的侍衛時，目光便多了一分考究，她在想這人又是什麼身分，那人又有什麼樣的後臺。

簡單地用了早飯，九月跟著郭老出門，康子孺沒見蹤影，想來昨夜已經回去了。

今天的郭老也穿上了朝服，一襲紫色蟒袍，鑲玉黃金箍束髮，玉帶環腰，掛著兩個他常戴的玉珮，這會兒端坐車中，整個人散發著威嚴和貴氣，哪裡還有落雲山中那個老頭子的影子。

九月忍不住多看了幾眼，一把年紀了還有這氣度，他年輕時一定更吸引人，怪不得外婆為他癡心一輩子。

「在看什麼？」郭老微笑著問，心軟得一塌糊塗，當年釵娘也是這般年紀看著他笑，如今伊人已逝，坐在面前的是他們的外孫女。想想，也是造化弄人，他連女兒的存在都不知道，如今竟直接有了這麼多外孫女。

「外公，您年輕的時候一定很受歡迎。」九月讚了一句。

你沒事長這麼俊幹什麼？招花引蝶啊……

記憶中的人兒恍若初見，郭老不由輕笑。「我這輩子最開心的，就是能吸引到妳外婆，要不然也不會有妳們這麼好的外孫女。」

「我想，外婆一定也是這麼想的。」九月輕笑，點頭贊同。

「等一會兒見了皇上，妳陪我去向皇后請個安，也見見妳的幾位皇哥哥。」郭老溫和說道，「這趟去，順便提提讓釵娘入牒的事，王妃之位本就是她的，這樣他們的女兒、外孫女也能受到封賞，至於九月，加上福女的身分，郡主之名是少不了的。」

「皇后？」九月一想到電視劇裡那些所謂的后妃們，她就頭皮發麻。「一定要見啊？」

「嗯。」郭老點頭，看出她的抗拒。「那是妳的舅母，不會把妳怎麼樣的。」

「總覺得那種地方不適合我。」九月撇撇嘴。

「就此一次。」郭老也笑了，他也不喜歡。「妳就當是為了妳外婆，認祖歸宗。」

「好吧。」九月聽他提到外婆，這才點點頭。

「妳可想好要什麼封賞嗎？」郭老突然又問道。

「沒有，這個還能自己提嗎？」九月壓根兒沒想到這個，也沒有人和她說可以提。

「此事說起來，我也有錯，我原想著等遊春的事情結束後，再向皇上請願封賞妳們姊妹的事，卻不料被林家搶先揭妳出來，他們的用意是激怒遊春。皇上不知妳我的關係，確也存了心思，妳若祈雨成功，便封為福妃，入宮伴駕，如今這一層卻是不用擔心，前日我已進宮向皇上說明。」郭老也有些自責，同時也慶幸那天的雷劈得及時，要不然，皇帝當著那麼多官員、百姓的面封九月為妃，這豈不是鬧了笑話嗎？

「不瞞您說，我這一路可糾結了呢，您也沒說您是王爺，我還以為……」九月也有些心有餘悸，笑著吐了吐舌頭。

「怪我，讓我的好孫女受苦了。」郭老連連點頭，說著軟話。

「外公，我想替遊春求個封賞可以嗎？」九月猶豫了一下問道。

郭老斂了笑，凝重地打量她一番。「妳想替他求什麼？」

「我想求皇上重新審理當年遊家的案卷，可以嗎？」九月也是想替遊春做些什麼，如今好不容易有面聖的機會，不提多可惜？

郭老垂眸沈思，好一會兒，鄭重交代道：「妳記好了，只能說重審，不可說告狀。」

「好。」九月一喜，連連點頭，只不過，她不大清楚這兩者的區別。

王府離皇宮不遠，說話間，馬車便進了宮門，便停在空地上，此時，雨已變得飄渺，倒也不用撐傘。

九月扶著郭老一起下車，便看到不少文武官員下車，他們看到郭老，紛紛過來行禮。

「這是宰相裴大人、這是刑部尚書王大人。」郭老笑咪咪地給九月介紹。

九月一一行禮。

沒想到這些人竟然都避開了，王平暉更是笑道：「福女不可，妳可是我們康朝的大功臣，我等當不起妳的大禮。」

人家可是拜天的，拜他們，他們還怕當不起這福氣。

因為之前就知道遊春和祈豐年得了王平暉的庇護，九月對他便有種好感，這會兒見了真人更是恭敬。「在各位大人面前，九月是晚輩，不是福女。」

「妳為我們康朝求了福雨是真，如何不是福女了？」王平暉不知道九月是郭老的外孫女，見她態度溫婉，不卑不亢，也是打心眼裡欣賞。

「小丫頭。」這時，康子孺從馬車上下來，笑呵呵地走過來，衝著郭老等人抱拳，打量了九月一番。「這一打扮，更有仙氣了。」

九月無語，不過還是向康子孺行禮道謝。「謝康大儒誇讚。」

眾官員也紛紛向康子孺行禮。

九月注意到，康子孺似乎和郭老一樣，也不怎麼在意眾人行禮，都是淡淡地點頭，而且康子孺穿的還是那身儒衫，只不過紋飾不一樣罷了。

這時，有個挺著大肚子身穿紫色朝服的官員邁著內八字走過來，諂媚地朝郭老和康子孺一揖到底。「見過王爺、見過康大儒，您二老今兒可是稀奇了，居然雙雙上朝來了。」

「林國舅家不也是太陽打西邊出來了嗎？」郭老不理人，康子孺卻扯著笑打量著來人。「想必昨晚沒去醉紅樓吧？今兒居然也來得這樣早。」

「康大儒說笑了，今兒不是皇上的大喜之日嘛。」說罷，這姓林的國舅瞄了九月一眼，笑得頗有深意。

郭老不由冷哼一聲。「不早了。」說罷伸手向九月示意一下，率先往內宮門走去。

九月跟上，目光瞟見康子孺陰陽怪氣地拍了拍林國舅的肩。「久旱逢甘霖，皇上自然是喜，只不過今兒只怕是國舅的喜更多些吧？」

「好說、好說。」林國舅朝康子孺點頭哈腰，可接的話卻不謙遜。

眾官員不屑地紛紛走避，當然，也不乏過去與林國舅攀談說笑的。

第一百五十章

進了內宮門，皇宮的巍峨陡然呈現，九月跟在郭老後面，低調地走上那長長的朝聖之路，來到官員們等待早朝的朝房，朝房裡，已經有幾個官員在等了。

九月看了看他們的朝服，有紫色、絳色，上面的繡花還不盡相同，她也看不懂那代表什麼意思，她只知道，這些紫色朝服的官吏中，沒有一個像郭老這樣衣服上繡了蟒。

五爪為龍、四爪為蟒，顯然，這彰顯了郭老的地位。

「見過王爺。」朝房內的幾人看到郭老進來，也是恭恭敬敬地行禮。

郭老只是淡淡點頭，仍給九月介紹。「這是韋大人、劉大人、李大人。」

九月一一行禮，聽到韋大人時，她多看了幾眼，眼前這人，眉目身形都與韋一涵有幾分相似，只不過已染了歲月霜華，髮微白、鬚已生，看著也更清瘦些，沒有韋一涵的英氣。

韋大人看了看九月，倒是沒說什麼。

沒一會兒，上早朝的鐘聲響起，眾官員又紛紛站起來，郭老叮囑九月幾句，讓她且在朝房等候，便領著百官出門上殿去了。

九月無聊地獨自坐在朝房中，也不敢隨意走動，屋中備了茶點水果，她也不去動，只默默地坐著想心事。

也不知過了多久，外面天已大亮，雨卻飄了起來。

九月等得有些浮躁，就在這時，有個小太監走進來。「福女，請殿外候駕。」

總算來了。

九月站起來，客氣地謝過小太監，在他的引領下來到一處大殿前，殿前高高地懸著「金和殿」三字，殿前兩邊侍衛林立，站在金和殿門口的儼然就是韋一涵。

九月朝他笑了笑。

韋一涵居然回應了，雖然只是微微一頷首，卻也挺稀罕了，要知道，他這一路可都是板著臉居多。

「傳，福女見駕——」

「傳，福女見駕——」

突然響起尖銳的通傳聲，把九月嚇了一跳，韋一涵見到，不由扯了扯嘴角，微一側身，請九月進去。

九月深吸了口氣，之前見皇帝，可沒這種陣仗，這會兒如此，她還真有些緊張了。

低頭、斂目、小碎步，還得行雲流水般保持淑女儀態……

九月總算來到百官前面，看著離前面臺階還有十來步遠，緩緩跪了下去。「民女祈福參見皇上。」

「平身——」皇帝的聲音裡倒是流露著歡欣。

「謝皇上。」九月起身，低頭看著自己的腳尖，等著皇帝先開口。

「福女祈雨解我康朝危急，此乃大功一件，賞。」皇帝含笑說道。

想了想，九月略彎下腰回道：「皇上，民女能否自己挑賞？」

「嗯？」皇帝訝然，看了郭老一眼，笑著點頭，難怪自己看她順眼，果然和小皇叔一個性子啊，只可惜了，她是他的外甥女。「說來聽聽，妳想要金要銀還是要官？」

九月跪了下去，俯身說道：「民女不要金不要銀也不要官，民女只想求皇上一個恩典。」為了遊春，放低姿態也值了。

「妳想要什麼恩典？」皇帝好奇地看著九月，猜不到她想要什麼。

「民女想求皇上開恩，重審十六年前遊家冤案。」九月想了想，也不彎彎繞繞，直接提了出來。

此言一出，滿朝皆驚。

尤其是林國舅，更是跳腳，指著九月喝道：「大膽！小小女子，竟敢干涉朝政！」

「林國舅，你沒聽到嗎？她說的是請求皇上恩典，你哪隻耳朵聽到她干擾朝政了？」康子孺冷嘲熱諷地看著林國舅。「要說干政，你一個國舅，又有什麼資格站在這兒？居然還敢咆哮朝堂。」

「你……」林國舅一驚，忙向皇帝躬身解釋道：「皇上，臣弟不是有意的，臣弟……」

「林國舅，本王怎不記得何時多了你這麼一個姪兒？」郭老睨了林國舅一眼。

林國舅頓時大驚，一向不早朝的王爺和康大儒竟然齊齊出現，還向他發難，這是什麼意思？

不過，他來不及深究，他被郭老的話嚇到，一直以來，他自恃是林妃的親弟弟，在皇帝面前自稱臣弟也不是一天兩天了，皇帝一直沒什麼表示，可是郭老這一開口，便直指了他的逾越。他是林妃的弟弟不假，可他不是皇帝的弟弟，哪能稱臣弟呢？郭老這樣說，分明是指責他冒充皇家子弟呀。

林國舅頓時驚出一身冷汗，撲通一聲便跪了下去，朝皇帝連連磕頭求道：「皇上開恩，臣糊塗！」

「行了。」皇帝無奈地抬手，這林國舅確實是糊塗了，不過，這是林妃的弟弟，是他最疼愛的三皇子的舅舅，他還真不能把人怎麼樣。「一旁聽著。」

林國舅卻沒有站起來，仍趴在地上對著皇帝說道：「皇上，臣是無意的，並不像康大儒說的咆哮金殿，臣只是覺得，此女雖然有功於社稷，可是當年遊家一案，乃是皇上御筆親判，此女提及重審遊家一案，豈不是……豈不是在質疑皇上英明嗎？皇上萬不可心軟允了此女要求，那可是會讓皇上被人詬病的啊。」

九月頓時懵了，遊家的案子居然是皇帝親判的？那為何之前外公沒提醒呢？

「林國舅，你這麼說是覺得皇上同你一樣糊塗嗎？」康子孺再次開口。「皇上乃英明君主，天朝上下，誰人不知，你竟敢懷疑皇上的英明？誰給你的膽子？還是說你覺得皇上沒了你的提點，就作不了主了？」

最後一句，語氣已經輕飄飄到極點，卻偏偏讓眾人聽得清清楚楚。

這可是頂大帽子啊，誰敢應？

滿朝文武皆低了頭，大氣不敢出一個，他們不是瞎子，此時還看不出郭老和康子孺的用意嗎？

王爺是皇帝亦父亦兄亦友的小皇叔、康子孺是皇帝的左膀右臂，二老從不會一起出現在朝堂上，可今天他們居然一起出現了，還連連向林國舅發難，這代表什麼？這代表著，林國舅要倒大楣了。

「皇上，臣並沒有……」林國舅也是大驚，連呼無辜。

「行了。」皇帝嘆了口氣，有些頭疼，今天是為了封賞福女，現在卻變成了聲討林國舅，唉，他就知道鐵牛跟著小皇叔一起出現就沒好事。「朕相信林國舅也是無心的，別跪著了，一邊聽著。」

「謝皇上，皇上英明。」林國舅連叩了三個頭，才退到一邊，小眼睛隱晦不明地看了看康子孺。

康子孺卻是連正眼也不搭理他，看到林國舅一退，他也退回郭老身後。

「福女，遊家與妳是什麼關係？」皇帝重回到九月的請求上。

「遊家唯一逃出的公子遊春，乃民女的未婚夫婿。」九月想了想，直接攬上關係，要不然她還真沒有立場為遊春求恩典，她不知道的是，她這一說，歪打正著的對著了皇帝的心思。

皇帝的目光頓時複雜起來。

遊家當年的案件，是林國舅辦的，那時一條一條的罪證放到御案前，正巧他因為西北戰事不斷心煩，也沒有深究，便批了林國舅所奏，定了遊家的罪，後來他覺得不妥重啟案卷時，遊家已經伏法了。

這件事一直是他的心病，最近郭老又帶來所有證據，更是證明當年的事全由林國舅一手操辦，他才知道遊家還有一個兒子逃了出去，這些年一直在謀劃著平反。他便派人去查，發現此子才華不凡，擁有輕易報仇的實力卻一直堅持搜尋證據，想通過正道平反冤情，這份心性便足以讓他讚賞了，所以他便動了心思，想等案情結了招遊春為附馬，可這會兒九月卻說遊春是她的未婚夫婿……

皇帝看了看沒有任何反應的郭老，心裡不由一嘆——小皇叔的外孫女啊，罷了罷了，這個面子不能不給。

「妳有何證據證明，遊家是冤枉的？」皇帝心裡明鏡似的，正好，既然都捅出來了，那就乾脆捅明白吧。

九月見林國舅說了這麼多話，皇帝也是這般淡然，對她並沒有任何不滿，心裡稍稍一安，便把她爹受託保存證據的那段說了出來。

皇帝聽到祈豐年居然把證據藏在棺材裡，眉眼跳了跳，看了郭老一眼，心下歉意更深，當年要不是因為他的事，小皇叔也不會與心愛的人分離，更不會有後來的重重誤會以致孤身一輩子，還連累得小皇叔的妻女受苦了一輩子……

「起來說話。」想到這兒，皇帝柔聲讓九月起身，又問了些細節，便讓九月退到一邊等候，轉向王平暉說道：「王愛卿，福女所言可真？」

「稟皇上，福女所言之事，句句是真。」王平暉正愁沒機會捅上來呢，忙出列附和，把遊春和祈豐年的事一一稟報，矛頭直指林國舅的本家，京都府尹林旺。

「皇上，她這是告御狀。」林國舅又站出來，對著皇帝說道。「皇上，告御狀必須擊響登聞鼓、滾過釘板方可，她怎能不按規矩來？皇上，無規矩，不成方圓吶。」

「林國舅的規矩當真是大呀！」康子孺擺明跟林國舅作對似的，林國舅一開口他就跟上反駁。

「康大儒，我林某何時得罪你了？」林國舅氣得瞪著他質問道。

「你沒得罪我，我就是看你不順眼罷了。」康子孺挑眉，直白地告訴他。「你好歹一個大人了，怎麼心眼比針眼還小？她不就是不小心告了你家親戚嗎？平時怎麼沒見你這樣對規矩上心？」

「康大儒，這是金和殿，你不能亂說話。」林國舅頓時跳腳，轉身求支援。「我何時沒規矩了？各位大人都評評理，我何時沒規矩了？」他一氣之下，口無遮攔，便「你你我我」起來。

皇帝微皺了皺眉，卻沒有指責他，反倒寬慰道：「林愛卿，康大儒只是開玩笑，不必當真。」

「皇上，這是金和殿呢，哪裡是能開玩笑的地方？」林國舅卻以為皇帝偏袒他，上前幾步聲情並茂地說道：「皇上，臣對皇上一片忠心，日月可昭，今日居然被他這般欺辱，臣心寒吶，臣如今唯有撞死在這金殿上方能一證清白！」

「我說林國舅，你至於嗎？我又沒說你什麼，你就尋死覓活的，撞死在金殿上，你這是逼宮欺君呢？」康大儒卻是眼睛一翻，伸著小指頭挖了挖耳朵。「你還知道這是金和殿？居然敢說出這般大逆不道的話來，你簡直是吃了熊心豹子膽啊！」

「你……」林國舅瞪著康子孺，動了動嘴巴卻想不出怎麼反駁，只好又轉向皇帝。

「林愛卿的忠心，朕自然明白。」皇帝淡淡說道。「林愛卿為國為民，辛苦了，從今兒起，便在家安享天倫吧。」

「皇上……」林國舅頓時傻眼了，讓他回家吃自己的？

皇帝擺擺手，不想再理他，直接轉向九月問道：「福女，妳的要求有悖規矩，還是換個要求吧。」

「皇上，如果敲登聞鼓、滾釘板能換得皇上同意重審遊家冤案，民女願意。」九月跪下，鄭重說道。

「這……」眾人大驚，紛紛看向郭老。今天郭老領著福女來朝堂，一路細心介紹，那關係必不會遠，這會兒她居然自請滾釘板，這……難道是王爺授命的？

郭老站在一邊，只是默然地看著九月，卻沒有什麼表示。

康子孺也是摸摸鼻子，不說話。

這兩人的表現，倒是讓皇帝沒了底，這是什麼意思？不過既然知道她是自己的外甥女，皇帝自然也不會真讓她去滾那釘板，想了想便說道：「福女祈雨解我天朝危急，此是大功，豈能因求一恩典便讓福女去滾釘板？傳出去，朕豈不成了昏君？此事，朕允了。」

「皇上！」林國舅還想再爭，便被皇帝凌厲的目光掃到，忙低了頭。

「她是大康天朝的福女，不容半點閃失。」皇帝沈了臉。「此事，便由刑部協助大理寺細查，務必儘早還遊家一個公道。」

「臣，領旨。」王平暉和另一個紫衣大官走出來，雙雙應下。

皇帝點點頭，又看向郭老，他這小皇叔難得上一次朝，今天來必是有事，當下緩了聲恭敬喚道：「小皇叔，您老今兒可是有事要說？」

「稟皇上，臣確實有本要奏。」郭老這才抱拳微笑地開口。

「小皇叔只管說，有什麼需要朕幫忙的。」皇帝對郭老是真的好，朝堂上都這樣隨意。

「臣這幾十年來，一直在尋找臣妻下落，年前終於尋到了臣妻的消息，今日特來奏請皇上，允臣之妻女後輩認祖歸宗。」說罷，便單膝跪了下去。

頓時，滿朝文武譁然，王爺一生未娶，身邊連個妾室通房也沒有，如今居然說有妻子，還有女兒後輩，這真是太讓人驚訝了。

「不知我那皇嬸如今在何處？」皇帝是知情的，便配合著問道。

「臣妻已於去年九月離世，臣唯一的女兒也於十六年前逝去，如今只有臣的女婿和七個外孫女。」郭老語氣淡淡，也沒顯得多激動，他只是敘述事實，快五十年了，也該給釵娘一個交代了。

「小皇叔。」皇帝從龍椅上走下來，親手扶起郭老。「不知朕那妹夫和外甥女如今何在？」說真的，他還是嚇到了，之前郭老只說九月是她外甥女，沒想到居然還有那麼多。

「皇上，臣的女婿便是福女所說她的父親祈豐年，如今正在刑部大牢；臣的外孫女如今只有福女一人進京。」郭老拋出了一顆炸彈，炸得林國舅險些站不住。

完了、完了……林國舅雖然不怕康子孺，可他絕對忌憚郭老，事實證明，任何與郭老有關的事，都撈不到好處，皇帝對這小皇叔，幾乎到了百依百順的境界。

除了他，百官中還有禮部尚書韋大人暗暗心驚，他慶幸他有個好兒子、慶幸他的好兒子領了趟好差事，如此他還有機會挽回敗局，想著想著，他又離林國舅遠了幾分。

皇帝當然不會駁了郭老的請奏，當即應下，讓欽天監擇良辰吉日，准九月代表一家到太廟祭拜，認祖歸宗，載入皇家玉牒。

祈豐年是王爺女婿，皇帝的堂妹夫，又沒犯事，自然不能再關在大牢。遊春應該是原告，被人誣陷，也不應關在大牢，便乾脆都送回王府去，由郭老負責看顧他們，大理寺和刑部審案期間，隨傳隨到。

第一百五十一章

九月跟著郭老退出殿來，馬上有小太監過來請兩人進宮。

康子孺笑著對九月說道：「小丫頭有膽魄，滾釘板都不怕。」

「多謝康大儒今日仗義執言。」九月想到他針對林國舅的那些話，對他好感連升。

「不必謝我，我就是看那小子不順眼罷了。」康子孺揮揮手，一步三擺地走了。

「王爺、福女，請。」小太監還在等著，看兩人說完話，再次延請。

「嗯。」郭老點頭，示意九月跟上。

順著走廊進了側門，便進入一條長長高高的巷子，九月忍不住抬頭，那宮牆瞧著足有祭天壇那麼高，她不由嘆氣，都說一入侯門深似海，如今看這宮門，簡直堪比太平洋了。

順著這條路走了許久，小太監才拐進左邊一道門，領著兩人又繞了長長的一條遊廊，才算到了地方——養元殿。

比起上次去御書房，這次可算麻煩多了。

「王爺請。」小太監很識趣地退下，郭老在宮中行走，一向不必通傳，當然，他也不常來，他只比皇帝大十歲左右，這宮裡住的可都是皇帝的人，他當然要避退。

郭老回頭朝九月笑了笑，帶著她進去，廳中，皇帝和皇后並排坐著品茶，邊上還有四個妃子侍候著。

「皇叔來了。」皇后看到郭老，直接站了起來，四個妃子們也紛紛行禮。一家人，卻要行禮來行禮去，九月表示很無奈，卻也無能為力，一一向眾人磕頭，倒也賺了幾個玉鐲子、玉簪子。

皇后也有五十幾了，打扮得雍榮華貴，卻也難掩歲月摧殘，她對九月最是和藹，對郭老也是恭敬有加。那幾個妃子中，有一個便是林妃，她年紀最小，今年也不過四十，加上保養得當，看著也不過三十多，一雙狐媚眼睛就跟放電似的往皇帝身上招呼，比起她，其他三個便遜色許多。

「九月吶。」此時在座的都是一家人，皇帝也隨和多了，笑咪咪地喚著九月的名字。「小皇叔的意思，是想讓妳繼王府的香火，妳可願意？」

啥？九月驚訝地看向郭老。

郭老笑了笑，說道：「皇上，繼不繼的也就是個形式罷了，兩個孩子都是爭氣的，他們的將來，他們會自己爭。」

「小皇叔，這哪能一樣？」皇上搖頭笑道。「九月的幾位姊姊是郡主之女，便封為縣主，至於九月，既是福女，又是您老的傳人，自當入我們郭家譜，改名郭福，封郡主，將來生的頭一個男孩便能世襲王府，傳您老香火了。」

九月一聽，頓時啞然。

郭老並沒有在宮中耽擱太久，就帶著九月回了王府。

「九月，如果妳不願……」郭老面對九月竟有些愧色，他的本意只是想讓她們認祖歸宗，沒想到皇上卻提了這樣的要求。

「外公，改名的事就算了吧，不過至於孩子麼，頭一個男孩一定姓郭。」九月絲毫不覺得一個未婚姑娘討論這些有什麼不妥，坦然說道：「相信子端也不會有意見的。」

「妳呀，一個姑娘家，說這些也不會害臊。」郭老失笑。「妳說的子端，是遊春的本名吧？」

「嗯。」九月點頭。

「妳今兒在皇上面前坦言他是妳未婚夫婿，這事只怕就成定局了，不過這樣也好，皇上也不會再惦記著他了。」郭老想想便覺得好笑，他和康子孺商量了好久，也想不到如何跟皇帝開口同時不傷了他的面子，沒想到她今天一下子就解決了。

祖孫兩人說說笑笑，很快便回到了府中。

顧秀茹已經備下了午膳，等著他們了。

中午的飯，倒是只有他們兩人，午後，九月回屋洗了個澡就去補眠，等她醒來，已是黃昏時。

「九小姐。」九月一起身，便有兩個丫鬟進來伺候，這兩個都是顧秀茹親自挑出來，一個叫碧浣、一個叫青浣，此時碧浣去打水，青浣過來幫九月拿衣服梳洗，一邊回道：「皇上派人送來好多賞賜呢，也沒傳旨，放下就走了，王爺說了不讓打擾小姐休息。」

九月對賞賜沒興趣，她還記著康俊瑭的約定，說好要去探監的。

「康公子可來了？」九月由著青浣幫她梳頭，看著鏡中自己的長髮變化成漂亮的髮型，她就羨慕。

她來這兒十六年，最多的就是梳麻花辮，根本不會複雜的髮型，雖然她也懶得花工夫去學。

「早來了，陪王爺下棋呢。」青浣笑著回道。

郭老倒是挺愛下棋，當初她和遊春在落雲山遇到他，遊春就陪他下了棋，後來在她家，齊孟冬也陪了不少場。

九月笑了笑，讓青浣隨意地梳了個簡單的髮型，穿了身白袍，就急急忙忙洗漱了下出去了。

「終於醒了啊。」康俊瑭看到她，毫不給面子地取笑。「我還以為妳又得睡上兩天呢。」

「那是意外。」九月撇撇嘴，向郭老行了禮，催著康俊瑭問道：「何時去？」

「我都等了大半天，妳才問我何時去？我還以為妳不去了呢。」康俊瑭懶懶地看了她一眼，坐在凳子上動也不動，依然老神在在地和郭老對奕。

「去哪兒？」郭老驚訝地看看九月，又看看康俊瑭。

「去探監。」康俊瑭立即把九月給賣了。

「哦。」郭老點頭，把手中的棋子放回棋盅裡，笑著起身。「這盤，等你們回來再下，備上馬車，正好把他們接回來。」

「接回來？」康俊瑭疑惑地看著郭老，他今天一天都在外面，還沒回過家，沒和他爺爺碰面，自然也不知道早朝發生的事。

「現在能接了嗎？」九月一聽，頓時高興了起來。

「喏，帶上這個。」郭老摘下他身上的一塊玉珮，又從袖子裡摸出一塊黃緞子遞給九月。

「這是皇上中午讓人送來的手諭。」

「王爺，您太不夠意思了，我都陪了您大半天，您都沒提。」康俊瑭幽怨地看著郭老。

「你個小子，莫在我面前耍寶。」郭老捋著長鬚笑道。「你又沒提要去探監，我原是想等晚上讓錦元去接的，既然你們要去，就順便吧，不過記得讓錦元點上侍衛同去。」

「好。」康俊瑭一把接過九月手中的東西，拉著她的胳膊就往外面走。

「放開。」九月沒好氣地拍開他的手，這人，總是這樣不顧影響，沒看到那些丫鬟們一直偷笑嗎？

「拉一下小手又不會少了妳的肉，怕什麼。」康俊瑭沒個正經地睨著她，眼波流轉，顧盼的風情讓九月這個女人都自覺慚愧，一路上更是收穫丫鬟芳心無數。

「沒聽過男女授受不親？」九月翻了個白眼。

「那要不，我再等妳一下，妳去換身男裝？」康俊瑭停下來，一本正經地看著她。

「……」九月無語了。

刑部大牢設在一道高高的城牆內，上方是不斷巡查的兵士，下面也有兩隊巡邏隊，便是絕世高手來了，只怕也難輕易進出大牢。

康俊瑭把郭老的玉珮出示了一下，門口的守衛才放行，黃錦元和蘇力陪著兩人進去，其他人只能留在外面等候。

「好高。」九月抬頭看著高高的牆咋舌。

「這哪算高。」康俊瑭倒著走。「功夫好的人就能上去。」

「你行？」九月鄙夷地看著他問。

「嗯……那個，差一點點吧……」康俊瑭認真地思考了一下，一本正經地說道：「遊春和他兩個手下倒是能。」

說到遊春，九月立即閉嘴了，不想和他扯這些，顯得她有多不瞭解遊春似的。

「欸，我可是陪妳接人的。」康俊瑭也不知道怎麼回事，雙手環胸微佝僂著腰平視九月，一步一步往後倒退。

「明明就是你提議來探監的。」九月狐疑地看著他，不過，她的心思已經飛到盡頭的那道門上。不知道他在裡面好不好？想到那天他能來去自如，想來也混得不錯吧？還有她爹，在裡面會不會憋悶？

「來者何人？」思索間，已經到了大牢的大門前，四個守衛把兵器一叉，盤問道。

「逍遙王府的人。」康俊瑭懶洋洋地出示玉珮，四個守衛立即跪下。

「還有這個。」康俊瑭拿出那黃緞子晃了晃，四個守衛剛剛站起來，又被驚得再一次跪下，康俊瑭這才說道：「奉皇上手諭，來提遊春和祈豐年的，還不前面帶路？」

「請。」四個守衛也不敢阻攔，他們事先也得了王平暉的吩咐，知道今天會有王府的人來提人，當下有一個打開大牢，陪著他們進去。

這會兒正是黃昏，踏進這道門，視線反而亮了起來，大牢兩邊的牆上，間隔一段路便亮了一盞燈，倒也不算昏暗，只是畢竟是牢房，那氣味還是極難聞。

康俊瑭直接摀住了鼻，嫌棄地揮著袖子。「這味道，比臭襪子還難聞。」

九月古怪地看了看他。

康俊瑭立即辯道：「我說的是別人的臭襪子。」結果越描越黑。

九月的心思沒在這上面，也不與他辯論，只專注地看著兩邊牢房，一路過去，這些牢房不是全滿的，只有稀稀疏疏的幾間關著幾個人。

走過十幾間牢房後，拐了個彎，又是一道鐵門，打開後，裡面的光線卻是暗了許多。

「兩位，最裡面的兩間就是。」守衛讓到一邊。

九月心急，快步往最裡面過去，才走到那邊上，她的腳步戛然而止。

「哎呀！」康俊瑭跟在後面，怪叫一聲。「我們是不是走錯地方了？」

那裡面的兩人聽到聲音，驟然抬頭，那男的儼然就是遊春，而他身邊的女子，穿著一身鮮紅，雙目含春，酥胸半露，轉身看到康俊瑭時，還特意往遊春身上靠了靠，慵懶地掃了康俊瑭一眼。「你怎麼來了？」

康俊瑭邪氣一笑，甩著手中的黃緞子上前，隔著鐵柵欄對著遊春笑道：「春哥，我們來接你來了。」

遊春沒理他，目光緊緊盯著九月。

九月看了看他，緩步到了另外一間，裡面的祈豐年也注意到她，已經來到鐵柵欄前。

「九月，妳怎麼來這兒了？」

「爹，您沒事吧？」九月很淡定，甚至還微笑著向祈豐年問好。

「我沒事，妳怎麼來京裡了？」祈豐年不知道她的消息，所以才會這樣驚訝。

「有點事呢。」九月淺笑。「外公讓我來接你們出去。」

「可是，事情結束了嗎？」祈豐年看了看對面的遊春，皺了皺眉。「九月，那個……有些事，妳看到的不一定是真的，妳……」

「爹，皇上英明，他同意重審冤案了，還說你是證人，沒有做違法的事，不必在牢裡待著，他已經准許你們出去，在王府住下，隨傳隨到就是了。」九月沒理會他後面的話，逕自笑道。說罷，回頭看了看那守衛，淡淡地吩咐。「開門。」

守衛不認得她，當下猶豫地看了看康俊瑭。

「這是我們家九小姐。」黃錦元立即對守衛說道。「王爺的親外孫女，裡面那位爺可是王爺的女婿，還不開門？」

守衛嚇了一跳，立即上前掏鑰匙開門。

至於康俊瑭，這會兒正看著遊春身邊的姑娘呢，他就像變了一個人似的，說話不饒人；那姑娘也是，對康俊瑭冷嘲熱諷，絲毫不留口德。

有王平暉的吩咐，康俊瑭幾人又帶著皇帝的手諭，遊春和祈豐年很順利地被放了出來。

九月無視遊春的目光，扶著祈豐年走在前面，聽著後面康俊瑭和那姑娘針尖對麥芒，她突然有些明白康俊瑭為什麼熱中拉她來探監了，這傢伙分明是對人家姑娘有意思，那姑娘只怕也是如此。

只不過，兩人孩子氣的爭辯讓她實在無語。

而遊春，始終沒有開口，這讓她很不滿。

她不理會他，只是因為初初見到有個姑娘貼他這麼近，令她心裡不舒服罷了。事實上她並沒有多想，紅蕊的事已她想得很明白，她也相信像遊春這樣能在她祈雨時，不顧危險溜出去看她的人，不會突然間變心。

她在等，等到了王府，兩個人獨處的時候，再好好找他算帳。

遊春卻以為她生氣了，心情有些忐忑，然而此處不是說話的地方，身邊又有這麼一對活寶，他也只有頭疼的分兒。他卻不知道，九月當著皇帝的面都說他是她未婚夫婿了，他這種掩人耳目的做法根本沒必要。

「九月，妳外公……真的是王爺？」出了大牢走向馬車時，祈豐年才開口問道。

「爹，外公是當今皇上的小皇叔。」九月輕聲解釋。「不過對我們來說，外公就是外公，是不是王爺並沒有區別，等事情一了結，我們仍回大祈村去，一家人團聚比什麼都好。」

「是啊。」祈豐年露出一抹微笑，欣慰地看著九月。「妳瘦了不少，這一路吃了不少苦吧？」

九月沒打算告訴他路上的事，那些都過去了，她也不想讓他擔心。「也沒吃什麼苦呢，有人護著，一路都是安排好的。」

「是妳外公派人接妳嗎？」祈豐年點頭。

「不是，是皇上的人。」九月輕笑。「爹，回去再說吧，外公還等著呢。」

「好、好。」祈豐年當下不再多說了。

很快，就到了那兩輛馬車旁，九月扶著祈豐年上了一輛馬車，她正要跟著上去，身後便襲來一陣香風，她皺了皺眉，退到一邊，一回頭，便看到那位姑娘站在她身後，笑盈盈地問：「祈姑娘，我們一起坐後面的車吧。」

「不好意思，我不大喜歡太濃郁的香味，我還是和我爹一塊兒吧。」九月淡淡地看了看她。

一個製香的人居然說自己不喜歡濃郁的香味，這話一出口，康俊瑭的表情立即精采起來，他一把搭在遊春肩上，痞痞地對著那姑娘說道：「紅蓮兒，妳還是乖乖地陪著我們吧，我和遊少不嫌棄妳的香……唔。」

話沒說完，腹部就被遊春一肘子撞了上去，疼得他直咧嘴，摀著肚子退了幾步朝遊春瞪眼。「你個沒良心的，我好心好意帶著人來接你，你恩將仇報！」

遊春冷冷地看著他，他來就來唄，幹麼還帶著九月？帶了九月倒也罷了，還說這些讓人誤會的話做什麼？沒看到九月一直沒理人嗎？

「祈姑娘，我有話要和妳說。」紅蓮兒白了康俊瑭一眼，轉向九月又換上一副能甜死人的笑容。

「我們只是萍水相逢，能有什麼可說的？」九月淡淡地應了一句，很不給面子的上了車，還放下布簾，只是剛一落坐，她的眼皮突然跳了幾下，心裡湧上一股說不清楚的寒意，緊接著腰後被一樣尖銳的東西抵住了。

刺客？九月整個人僵住了。

「福女，呵呵。」身後響起一個有些耳熟的聲音。

九月繃著身子，眼角餘光瞥見祈豐年昏倒在一邊，心裡更是緊張，淡淡地開口問道：「你是什麼人？」

這一出聲，外面的遊春幾人也聽到了。

第一百五十二章

遊春大駭，他這一路出來心思一直在九月身上，擔心她生氣、擔心她誤會，警戒心竟降到最低，而康俊瑭兩人又一直顧著鬥嘴，怎麼也沒想到在這大牢之外，居然有人敢做挾持的事。

遊春一個箭步上前扯下了那布簾，只見林國舅端坐在馬車後面，手上拿著一柄匕首抵在九月腰後，祈豐年倒在一邊，他頓時冷了眸，沈聲喝道：「放開她！」

康俊瑭的嘻嘻哈哈頓時也消散了，目光如蛇般看著林國舅，心裡多少有些懊悔。該死，居然被一隻豬給鑽了縫隙，枉費他和遊春兩個高手了，至於一邊的紅蓮兒，他完全忘記她的身手還在他之上。

紅蓮兒無聲地嘆息，方才她就是想阻止九月上馬車呀，只是沒想到九月對她有這麼深的敵意，她都來不及示警，九月就上了車，這會兒也只能扣著暗器警戒著四周了。

「放開郡主！」黃錦元和蘇力立即拔出武器圍住馬車，目光瞪向四周，才發現，他們帶來的侍衛竟都著了人家的道，僵直著不動了。

「林國舅，我們可是有皇上手諭的，你敢不敬！」只是一瞬間的工夫，康俊瑭又恢復了他之前的嘻哈，懶懶地撣了撣衣襟，從懷裡拉出那方黃緞子向林國舅揚了揚。

「皇上手諭又如何？」林國舅卻笑了。「過了今晚，便是聖旨也沒有效了。」

九月等人心下大驚。

「林國舅，你可知道你剛剛說的，是會誅九族的，你不怕死，也該想想宮裡那位如花似玉的林妃娘娘，你想讓她當寡婦嗎？」康俊瑭不正經地說道，人也斜斜地倚到馬車另一旁，就好像他是遇到了熟人，閒話天氣般，根本無視林國舅手中的凶器。

「那不簡單？重新找一個就是了。」林國舅無所謂地撇嘴。「等她當了太后，想要幾個男人沒有？」

三皇子謀反……九月第一個念頭便是如此。

「喲，有你這樣的弟弟還真好，這麼為自家姊姊著想，殺了她男人，再給她多找幾個，嘖嘖，太夠意思了你。」康俊瑭對著林國舅豎起大拇指。「我說國舅爺，要不，這樣行不行？我去殺了你老母親，然後再給你多找幾個小母親？你也知道，繁香樓美人如雲啊——」

紅蓮兒聽不下去了，上去就拍了他一掌。「你當我們姊妹是什麼？居然讓我們去陪一隻豬！」

「我又沒說讓妳去，妳要去了，那還真的是好白菜被豬啃了，哈哈！」康俊瑭竟旁若無人地和紅蓮兒嬉鬧起來。

九月看得那個無語，她還在人家手上當人質呢，他們就不能正經些？

「康俊瑭，你個渾小子！」

林國舅這一天先是被康子孺氣得險些吐血，這會兒又被康俊瑭這個毛頭小子戲弄，新仇舊恨頓時湧上來，他眼一瞪，手上的匕首就失了準頭。

踢到某個地方。九月明顯感覺到了，立即扭身到一邊，一腳朝著林國舅踢，她只是胡亂地踢，卻不小心

「嗷……」林國舅頓時痛得嗷嗚一聲，扔了匕首彎腰捣住痛處，紅蓮兒動作極快，他剛一張嘴，她馬上飛身入內，一隻繡花鞋堵住林國舅的呼痛聲，接著，手指已點上林國舅的穴道。

「九兒，妳沒事吧？」遊春第二個上車，一把摟住九月。

「我沒事。」九月搖搖頭，此時也顧不得找他麻煩，拉著他的衣襟急忙說道：「林國舅不可能一個人出現的，我們快些走。」

康俊瑭已經替祈豐年解了穴道，這會兒扶起了他。

外面，黃錦元和蘇力也在給侍衛們解穴道，只是外面這些人卻不是被點了穴道，而是中了奇毒，一碰到他們，他們便紛紛倒下，七竅流血。

「少主，此處不宜久留。」紅蓮兒此時哪裡還有半點風塵味道，一張豔麗的容顏再正經不過。「您陪祈姑娘回王府，這兒交給我們。」

「沒錯，你先回王府，今晚只怕要變天了，速稟報王爺，外面的事交給我們。」康俊瑭也難得地鄭重了一回。

「你們當心些。」遊春沒有猶豫，擁著九月坐到一邊。

紅蓮兒扶正林國舅，抽回自己的繡花鞋，手一翻便多了一粒黑色藥丸直接投進他口中，柔軟的小手一抬他的下巴，然後嬌媚地對著林國舅低語道：「國舅爺，乖乖的，要不然這粒

藥丸裡面的蟲子化出來……嘖嘖嘖，那可是一公一母兩隻呢，到時候生出蟲寶寶來，沒有我的解藥，那也就只能吃國舅爺肚子裡的內臟了。」

林國舅身子動不了，眼神卻是明顯露出恐懼。

別說是他了，就是九月也忍不住縮了縮身子。

遊春留意到，緊了緊鐵臂。

紅蓮兒說完，手指滑過林國舅肥肥的臉，正要說上兩句，突然康俊瑭不耐煩地一伸手，抱著紅蓮兒跳下馬車。「女人，磨磨蹭蹭的幹什麼，這種肥豬妳也要揩油啊？」

「放開我！」紅蓮兒氣惱地反抗，兩人糾纏著到了邊上。

黃錦元和蘇力已經把那些不幸遇害的侍衛同僚們抱上另一輛馬車，蘇力駕了那輛車，黃錦元跳上這邊的車駕，迅速離開。

原地，只留下康俊瑭和紅蓮兒，詭異的是，原本密切巡邏的士兵們竟然一個都沒有出現。

黃錦元和蘇力兩人一路警惕，倒是沒再遇到什麼風波，很快就回到王府前，從側門直接拐了進去。

黃錦元和蘇力恨極了林國舅，這麼多兄弟跟著去，一下子都遇了害，讓他們如何不怒，可是再怒，也得待郭老裁決。

林國舅被兩人抬豬似的抬到郭老面前，扔在地上，黃錦元和蘇力雙雙跪倒在郭老面前請罪，他們帶著兄弟們出去，卻沒能把人帶回來，他們自覺有錯。

「怎麼回事？」郭老瞥了林國舅一眼，淡淡地問。

黃錦元忙把事情稟了一遍。

「九月，陪妳爹回去休息，遊春留下。」郭老聽罷，語氣更淡。

九月也知道自己幫不上忙，看了看遊春，就扶著祈豐年退了出去。

顧秀茹早就安排了祈豐年的住處，看到他們出來，忙過來引他們去外院的清竹居，那兒已經安排好照顧祈豐年的兩個小廝。

「姑爺，有什麼事只管吩咐他們做。」顧秀茹對著祈豐年行禮，祈豐年反倒不自在起來，手腳都沒地方放似的，不過他很快就鎮定下來，也不是沒見過世面的人，不會那麼沒出息。

顧秀茹體貼地退了出去，留出空間給九月和祈豐年兩人敘舊。

九月便把家裡的事都告訴祈豐年，還特別提了葛玉娥母子。

「爹，我出來的時候，並不知道有今天，所以把香燭鋪給了玉姨母子，可是這對他們來說，未必是最好的，您心裡也得有個準備才好。」九月說罷，輕聲勸道。

「我知道。」祈豐年這次沒有迴避，坦然點頭。「我這些日子在牢中無事，也想明白了很多，石娃是我的孩子，我欠他們母子一個交代，這次回去，無論如何都不會再讓他們娘兒倆受委屈了。」

祈豐年終於正式承認葛石娃是他的孩子。

九月笑著點頭。「希望這次的事能早些結束，我們就能帶著水大哥一起回去給他們辦婚禮。」

「八喜的事要辦，妳的也要辦。」祈豐年微笑地看她。「九月，這一路多虧了遊春，爹才沒受什麼苦，便是在牢裡也是吃得好睡得好，倒是他，戰戰兢兢，無時無刻不在警惕。那個紅蓮兒姑娘天天來，可是爹看著呢，他們之間沒什麼，今天那樣也只是避人耳目，妳莫要誤會他了。」

「爹，我知道呢。」九月不由輕笑，她只是想找遊春好好算帳時不會落了下風罷了，可現在顯然已經被林國舅破壞，她營造出來的氣氛也沒了。「我信他。」

「那就好。」祈豐年放心了。

有個小廝走進來，恭敬地對祈豐年問道：「爺，熱水和衣裳都備下了，您可要沐浴？」

「洗吧。」祈豐年嗅嗅自己的衣袖，笑了，在牢裡吃得好睡得好，唯獨不能洗澡，這一身的酸味，也虧得自家女兒不嫌棄，陪著他一路回來，還陪他說了這麼久的話。「天不早了，妳也回去歇歇吧。」

「好。」九月點頭，離開清竹居往逍遙居走去，她的房間被安排在郭老那邊，顧秀茹也沒說有沒有準備另外的院子，她這會兒仍往那邊去。

剛拐出院門，碧浣和青浣就提了燈籠來迎，正好，也省了她自己找路。

回到屋裡，碧浣去準備飯菜，青浣準備香湯。

九月心裡記掛著今天的事，匆匆地洗了個澡，也沒了胃口，草草地吃了幾口便放下筷子。

「青浣，王爺他們用過了嗎？」事實上，她想問遊春……

「王爺進宮去了。」青浣忙回道。「方才王爺換了朝服，帶著一位公子進宮去了，走的時候吩咐了大管家，如今府裡上下多了不少防備，尤其是這院子，裡裡外外好幾層戒備呢，嬤嬤方才還吩咐我們陪著小姐，不能離開半步。」

年輕公子？那定是遊春了。九月的心一下子就提了起來，按著林國舅的說法，今夜只怕要變天，他們這個時候進宮……

無奈她什麼也做不了，坐著默了幾遍心經，依然解不了這煩躁，乾脆就扔了筆，和衣躺下。

半夜時，她似乎聽到外面的喧囂，又坐了起來，碧浣和青浣聽到動靜，也披衣進來。

「外面什麼聲音？」九月支著耳朵聽，卻又沒聽到什麼，不由皺了眉，也不知是不是受了林國舅的影響，總覺得有事要發生般，偏偏這會兒外面又安靜得不像話。

暴風雨前，總是詭異得寧靜。

後半夜，九月在迷迷糊糊中度過。

一連三天，雨連綿不絕，老天似乎要彌補那幾個月的過失般，倒起水來毫不手軟，護城河的水漲了上來，王府裡的下水道也有氾濫的跡象。

這三天裡，整個王府的人都沒有出去，出去在外面的人也沒有回來。

九月得不到外面的消息，顧秀茹等人自然也不知道，不過顧秀茹卻很淡定。

「九小姐，您放心，這雨馬上就會過去的。」顧秀茹把王府打理得極好，祈豐年和九月反倒像個客人似的，什麼也不用做，每日有人伺候。

到了第四天夜裡，雨不僅沒有消減，反倒越來越大，傾盆大雨，似要沖刷盡這世間所有污穢般地倒著、傾著……

九月吃了飯，一時也睡不著，便在前廳坐著，看著門外的雨幕，思緒有些亂，在心裡默默祈禱這場雨快些過去，祈禱該平安的人都能平安。

「九小姐。」黃錦元突然匆匆而來，他是府裡的侍衛隊長，可是郭老走之前卻把他留下來，讓他負責全府人的安全，這幾天他也忙得團團轉，這會兒卻是突然出現，讓九月頓時嚇了一大跳。

「怎麼了？」九月站起來。

「王府被人團團圍住，九小姐請立即轉移以防萬一。」黃錦元肅穆地看著九月。「您是福女，府裡還有林國舅，只怕他們是衝著你們倆來的，府上侍衛雖多，卻不過是他們的四成，一旦動手，屬下怕護不住小姐安全，請小姐立即跟屬下退避。」

「能退哪兒去？」九月皺眉問道，既然被圍了，還能出去嗎？

顧秀茹也從外面走進來，她剛剛安排人去給林國舅送飯，趕回來正好聽到黃錦元的話，立即說道：「有，府中有暗道，可直通城外別院。」

「有勞嬤嬤領路。」黃錦元不意外，他沒進過那暗道，可他知道有，顧秀茹長年陪著王爺，自然是知情人。

「馬上收拾。」顧秀茹點頭，立即招人進來，吩咐下去。

「外面……怎麼樣了？」九月眉頭深鎖，無力至極，她這個福女是假的，她只是個凡人，還是個手無縛雞之力的小村姑，連紅蓮兒、紅蕊那樣的本事都沒有。

「林國舅那日已經招了所有事情，王爺和遊公子進宮，想來皇上必有所防範，這些不過是一時的，九小姐不用擔心。」黃錦元安撫了一句。「請九小姐稍待，屬下這就去安排，馬上回來。」

說罷，也退了出去，侍衛們要安排好，儘量拖住外面那些人，好為府裡上上下下爭取時辰。

一刻鐘後，顧秀茹回來了，祈豐年也被小廝領過來，等到黃錦元過來會合，眾人在顧秀茹的帶領下，在雨聲的掩護中，來到逍遙居的湖心亭裡。

顧秀茹指揮黃錦元把那張郭老和康子孺對奕過無數次的石桌左挪右轉了好幾次，便讓他停了手，周圍卻什麼動靜也沒有。

黃錦元有些驚訝。「嬤嬤，是不是記錯了？」

「沒記錯，你們瞧。」顧秀茹卻笑了笑，指向湖面。

只見湖水慢慢退了下去，露出池底。

這池底竟是石板鋪就，微微有些傾斜，石板銜接齊整，儼然無縫，就好像天然一體似的。

王府的下人們顯然都是極有規矩的，面對這一幕，居然還能做到面色如常、安靜如昔。

「走。」顧秀茹回頭看了看九月，先走下亭子，在亭子的底座掏了掏，那亭子下方居然開了一道門，露出一個往下的臺階。「就是這裡。」

九月驚訝極了。

通道中並不寬，一次僅容兩人並行，黃錦元為防萬一，領著四個侍衛走在前面，邊走邊點燃兩邊石壁上的燈。

九月扶著顧秀茹，祈豐年跟在她們面後，再往後是兩個侍衛抬著昏睡過去的林國舅。

林國舅也不知道被動了什麼手腳，整個人癱倒在軟轎上，要不是他神色如常，九月真的會懷疑他是不是已經掛了。

估摸著走了小半個時辰，彎彎轉轉的暗道終於看到山口，在顧秀茹的指點下，黃錦元和四個侍衛推開門口的大石頭，顧秀茹拉著九月走進去。

這是個小小的山洞，出了山洞，外面竟是假山，一路顧秀茹這邊按按、那邊捏捏，所到之處，怪石林立的假山居然就多出了一條直直的通道，到了外面，九月看清了全貌，是座小花園。

「這是王爺在城外的別院。」顧秀茹笑著解釋，拉著九月站到花間，這時，外面守著的人聽到動靜進來，看到顧秀茹忙雙雙行禮，顧秀茹抬抬手。「好生安頓祈爺和九小姐。」

「是。」這兩人也不問九月的身分來歷，恭敬地應下，便引著九月等人出了花園去安頓。

——未完，待續，請看文創風423《福氣臨門》6（完結篇）

2016年4月出版

甜姑娘發家記

文創風 396～397

窮不可怕，可怕的是沒有奮發的決心！
現代小資女的古代求生記
縫布偶、烤蛋糕的家政課小技能
讓她第一次創業就上手——

輕快俏皮，妙趣橫生／安然

張青一覺醒來，發現自己穿成個貧窮農女不打緊，
悲催的是，這家人可能一點都不懂什麼叫家和萬事興。
她娘與她被奶奶和大伯娘明裡暗裡的欺壓虐待，
看看大房家兩個兒子肥得流油，再看看自己風吹就倒的小身板，
就知道她的生活有多麼水深火熱啊！
不過既然讓她穿越這麼一回，就不會是來當受氣包的，
她一定要讓疼愛她的父母過上好日子！
靠著現代人的優勢，張青竭力找尋商機，
她撿來碎布做成玩偶吊飾，在市集上大受歡迎，
布偶抱枕大熱賣，讓他們一家得以蓋新屋、買良田，
還有餘錢支持她開點心鋪，販售獨門蛋糕與餅乾。
眼看家境一天比一天好，幸福的日子讓她樂呵呵～～

有情有義．笑裡感動　活得率性．妙語如珠／小餅乾

2016年3月出版

二嫁得好

穿過來後，
她從寡婦到棄婦到貴婦，活得像倒吃甘蔗，
不只銀兩賺得飽飽，再嫁後夫妻生活也和和美美，甜得快膩人……

文創風 390 1

人家穿越是榮華富貴，而她穿來是個寡婦就算了，
才來沒幾日，居然就被趕出婆家門，帶著兩個小兒子窩山洞裡吃地瓜過活，
唉！穿過來之前沒當過娘，穿過來之後，不得不學著當個娘，
好幾回她氣得三人抱在一起哭，感動也抱在一起哭。
她想，既然回不去了，可得想法子讓這一窩三口吃飽、長進、活好，
看來能使得上力的就是她半吊子醫術、以及時不時來的靈光預感，
她決心要帶著兩個兒子活得有滋有味……

文創風 391 2

楊家人將她嫌得不成樣，還把她從寡婦休成棄婦，
呵呵，她倒覺得離了楊家那狼坑不是壞事，
人呢活著就是要有志氣能自在，機運來了，便能從賺小錢到賺大錢，
瞧她，活得多好，連棄婦都當上了，還怕人家說什麼，
想怎麼過日子就怎麼過日子，兒子想怎麼教就怎麼教，
醫術幫她賺一點，敢於嘗試幫她賺更多，
對人都一張冷臉的老寡婦，疼她的兩個兒子也順便對她好，
連房子都分他們一家三口住，就連老寡婦失而復得的兒子都對她……

文創風 392 3

說真的，楊立冬剛認識田慧這女人時，
他只有想翻白眼跟搖頭的分，要不就頻頻在內心嘆息……
天氣熱，她整個人懶洋洋躺在那兒，要她走動還會生氣；
說什麼都有她的理，直率得不像話，覺得她傻氣偏偏有時又很靈光，
倒是做起生意點子多，教起兒子很有她的理，連別人家的兒子也疼愛有加，
天下有女人像她那樣的嗎？他真真沒見過。
唉，男人一旦對個女人好奇起來，事情就沒那麼簡單了，
自願當起她兩個兒子外加一個乾兒子的接送車夫，
時不時就買好吃的討好三個孩子，人家可還沒叫他一聲爹呢！
那天，還趁她酒後亂性，誆騙她要對他負責，想方設法讓她只能嫁給他……

文創風 393 4 完

她棄婦的日子過得好好，本來沒打算再嫁的，
偏遇到了皮厚的冤家，對她吃乾抹淨還誆她要對他負責，
看在他對自家兩個兒子這麼照顧的分上，心想就跟他湊合著過看看吧……
沒想到，他對自己真是好得沒話說，
這一生，她沒奢想過能二嫁個皇上器重的將軍，
親兒子、乾兒子全考中、還連中三元，連開的餐館都賺得荷包滿滿，
現在的她什麼都不求，只求能度過命中這關卡，能跟他長長久久……

流浪貓狗介紹所

為流浪貓狗加油 和貓寶貝 狗寶貝

廝守終生(一定要終生喔！)的幸福機會

對人來說，貓寶貝狗寶貝只是生活的一部分，但妳（你）對牠們來說，卻是生活的全部，領養前請一定要考慮清楚——

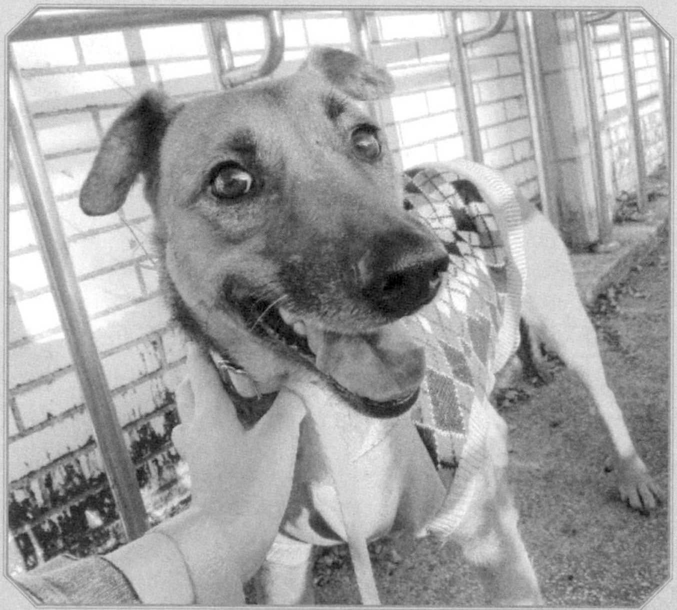

▲ 有情有義的男子漢 黃兒

性　　別：男生
品　　種：混種
年　　紀：3歲多
個　　性：親人、親狗；害羞溫和，而且非常忠心
健康狀況：已結紮、已施打預防針
目前住所：新北市淡水區

本期資料來源：台灣認養地圖

第268期 推薦寵物情人

『黃兒』的故事：

在一個吹著微微涼風的夜晚，愛心姊姊拎著一袋罐頭打算前去北投的回收場看柔柔。柔柔是在那裡生活了很久的浪孩，牠與牠的母親虎媽相依為命。後來虎媽出了車禍，必須離開柔柔的身邊。柔柔從那之後一蹶不振，食慾一直好不起來，因為十分擔心牠的情況，愛心姊姊總會抽空去陪牠。但這天柔柔竟然興高采烈地朝愛心姊姊「汪」了幾聲，當愛心姊姊感到困惑時，這才發現柔柔身後竟然跟著另一隻狗狗，牠就是黃兒。

黃兒的出現彷彿是柔柔心裡的一道曙光，柔柔又變得開朗了，牠們一起玩耍、一起去向附近鄰居撒嬌要食物吃，做什麼事都膩在一起，只要看到柔柔就一定會看到黃兒！

好景不常，五月的某一個晚上，突然傳出一聲「砰」的巨大聲響，附近鄰居趕緊出去查看，這時肇事的車子已經不見，只看到地上流了一大灘鮮血，沿著視線看去，在旁邊奄奄一息的是……柔柔！牠的傷勢太重已經無法救活了，但黃兒依然不肯離開柔柔的身邊，愛憐地舔著牠的傷口，好像這樣柔柔就會活過來……

柔柔車禍過世後，總會看見黃兒向附近鄰居討了食物回到休息的地方後，什麼也不吃，悶悶不樂地趴在原地，彷彿在哀悼柔柔的離去。

後來附近鄰居表示最近又聽到狗狗被車子撞到的慘叫聲，愛心姊姊想起之前虎媽車禍和柔柔過世的事情，推測有人想要將這附近的狗狗斬草除根，所以趕緊提前把黃兒帶走，怕牠遭遇不測！現在黃兒在淡水的中途之家生活，在那裡牠交到了好朋友，也非常黏中途媽媽。親人親狗又忠心的牠會是很棒的家人！請給黃兒一個機會。歡迎來信 summerkiss7@yahoo.com.tw (Lulu Lan)或carolliao3@hotmail.com (Carol咪寶麻)，主旨註明「我想認養黃兒」。

認養資格：

1. 認養者須年滿25歲，有獨立經濟能力，並獲得家人、同住室友或房東的同意。
2. 認養前須填寫問卷，評估是否適合認養。
3. 須同意簽認養寵物切結書。
4. 同意送養人日後之追蹤探訪，對待黃兒不離不棄。

來信請說明：

a. 個人基本資料：姓名、性別、年齡、家庭狀況、職業與經濟來源等。
b. 想認養黃兒的理由。
c. 過去養寵物的經驗，及簡介一下您的飼養環境。
d. 若未來有當兵、結婚、懷孕、畢業、出國或搬家等計劃，將如何安置黃兒？

文創風 422

福氣臨門 5

國家圖書館出版品預行編目資料

福氣臨門 / 蒻曉著. --
初版. -- 臺北市 : 狗屋, 2016.06
冊 ; 公分. --（文創風）
ISBN 978-986-328-603-5（第5冊：平裝）. --

857.7 105006111

著作者 蒻曉
編輯 余一霞
校對 黃薇霓 許雯婷
發行所 狗屋出版社有限公司
地址 台北市104中山區龍江路71巷15號1樓
電話 02-2776-5889～0
發行字號 局版台業字845號
法律顧問 蕭雄淋律師
總經銷 知遠文化事業有限公司
電話 02-2664-8800
初版 2016年6月
國際書碼 ISBN-13 978-986-328-603-5
原著書名 《祈家福女》

定價250元
狗屋劃撥帳號：19001626
網址：love.doghouse.com.tw E-mail：love@doghouse.com.tw
版權所有．翻印必究 倘有倒裝、缺頁、污損請寄回調換